KB068889

현대무림

 10 완결

초판 1쇄 인쇄일 2018년 9월 13일 | **초판 1쇄 발행일** 2018년 9월 18일

지은이 조휘 | **펴낸이** 곽동현 | **담당편집 팀장** 이범수
편집부 홍현주 정요한

펴낸곳 (주)조은세상 | **출판등록** 제 2002-23호
주소 경기도 연천군 미산면 청정로 1355
TEL 편집부 02)587-2966 | **FAX** 02)587-2922
e-mail bukdu@comics21c.co.kr

조휘 ⓒ 2018
ISBN 979-11-89475-77-2 | ISBN 979-11-6171-609-1(set) | 값 8,000원

현대무림

조휘 현대판타지 장편소설

NEO MODERN FANTASY STORY

10

완결

조휘 현대판타지 장편소설

NEO MODERN FANTASY STORY

CONTENTS

1장. 각개(各個)

　우건은 적진을 향해 달려가며 전체적인 그림을 그려 보았다.

　우선 양측의 전력 차이를 비교해 보았다.

　아군이 보유한 절정고수의 숫자는 많이 쳐주어야 열 명이었다.

　한데 적이 보유한 절정고수는 그보다 많아 스무 명이 넘었다.

　절정고수가 적다면 전체적인 숫자에서 적을 압도해야 했다. 그러나 전체적인 숫자 역시 적이 아군의 두 배에 이르렀다.

절정고수와 전체적인 숫자 모두 현저히 밀리는 것이다.

그렇다면 답은 하나밖에 없었다.

우건이 최대한 많은 적을 쓰러트려야 승산이 생기는 것
이다.

한데 우건이 최대한 많은 적을 쓰러트리기 위해서는 내
력의 분배가 중요했다. 천지인(天地人)이 합일(合一)해 자
연 속에서 내력을 무한정으로 가져오는 경지에 이르지 못
한 이상에는 내력에 한계가 있었다. 그리고 그 한계를 벗어
나면 내상을 입거나 주화입마에 걸렸다. 또 완전히 탈진해
자기보다 훨씬 약한 상대에게 어이없는 죽임을 당할 수 있
었다.

머릿속으로 전략으로 짜는 동안, 두 다리는 쉼 없이 움직
였다.

우건은 어느새 슬로프 정상에 위치한 적진에 거의 다다
랐다.

구정연합과 제천회는 서로를 구분하기 위해 옷 색깔을
달리했는데 구정연합은 검은색을, 제천회는 흰색 무복을
입었다.

그런 모습이 우건의 눈에는 마치 검은색 파도와 그 파도
위로 피어오르는 흰 포말(泡沫)이 그를 향해 몰려드는 듯했
다.

"죽어라!"

검은색 옷을 입은 구룡문 문도가 검으로 우건의 가슴을 찔렀다.

어깨를 살짝 틀어 검을 피한 우건은 생역광음으로 반격했다.

쉬익!

파란 섬광이 번쩍 하는 순간.

"크어억!"

구룡문 문도의 심장에 동전만 한 구멍이 뚫리며 피가 치솟았다.

우건은 쓰러지는 문도를 스치듯이 지나가다가 머리를 숙였다.

부웅!

머리 위로 대정회 소속 도객이 휘두른 일본도가 회색빛 광채를 길게 뿌리며 빗나갔다. 우건은 머리를 숙인 자세에서 어깨를 세운 다음, 도객의 품으로 뛰어들듯 돌진해 들어갔다.

콰직!

철산벽 견검에 가슴을 받히는 순간, 갈비뼈가 산산조각 난 도객은 칠공에서 피를 뿜어내며 즉사했다. 부러진 갈비뼈의 조각이 심장, 폐, 간과 같은 주요 장기를 관통한 탓이었다.

생역광음과 견검 두 가지 수법으로 적 두 명을 즉사시킨 우건은 그의 실력에 놀라 멈칫하는 적 세 명 사이로 날아갔다.

적들은 마치 우건이 수류탄인 양 사방으로 몸을 날려 피했다.

우건은 몸을 한 바퀴 돌리며 선도선무를 펼쳐 갔다.

쉭쉭쉭!

부챗살처럼 휘어지며 퍼져 나온 새파란 검광 세 가닥이 도망치던 적 세 명의 등과 목을 가르며 지나갔다. 그들의 상처에서 흘러나온 핏물이 수증기처럼 붉게 퍼지다가 흩어졌다.

현재 우건이 선도선무로 뽑아낼 수 있는 검광의 최대치는 여덟 가닥이었다. 선도선무가 검광 아홉 가닥을 뽑아냈을 때 대성으로 치는 초식이란 점을 생각하면 대성 직전인 셈이었다.

그러나 지금은 어떻게든 내력을 아껴야 했던 탓에 세 가닥의 검광으로 적 세 명을 쓰러트리는 놀라운 집중력을 선보였다.

그때였다.

"이놈!"

우렁찬 호통소리와 함께 험상궂게 생긴 40대 중년 사내가 자신감 넘치는 표정으로 우건 앞을 막아섰다. 확실히 중년 사내는 앞서 상대한 적보다 한 차원 위의 고수처럼 보였다.

우건이 경계하며 속도를 조금 늦추는 순간.

"차아앗!"

중년 사내가 벼락같이 칼을 휘둘렀다.

그 즉시 중년 사내의 칼에 맺혀 있던 검은색 도기가 채찍처럼 우건의 허리를 베어 왔다. 우건은 급히 뒤로 물러서며 도기를 피했다. 도기가 뿜어내는 경풍에 우건의 옷자락이 말려 올라가 세차게 펄럭였지만 살갗에는 상처를 입지 않았다.

도기가 옆으로 지나갈 때였다.

속도를 늦춰 도기를 피한 우건은 금선탈각의 수법으로 앞으로 몸을 날렸다. 마치 분신술을 쓴 듯 우건이 만든 잔상이 채 사라지기 전에 우건의 신형이 중년 사내 코앞에 나타났다.

"앗!"

당황한 중년 사내가 급히 도를 회수하며 왼손으로 우건의 가슴에 장력을 날렸다. 우건은 기다렸다는 듯 같이 손을 뻗어 장력을 쏟아 내는 중년 사내에게 장력으로 맞받아쳤다.

크르릉!

수십 킬로미터 밖에서 천둥이 친 것처럼 은은한 뇌성과 함께 쏟아져 나온 태을진천뢰가 중년 사내의 장력과 부딪쳐 갔다.

퍼엉!

장력끼리 충돌하는 순간, 중년 사내의 왼팔이 어깻죽지에서 떨어져 나가며 피가 분수처럼 쏟아졌다. 우건은 핏물을 뒤집어쓰지 않기 위해 옆으로 돌아갔다. 그때 고통으로 얼굴이 잔뜩 일그러진 중년 사내가 회수한 도로 우건을 베어 왔다.

그러나 중상을 입은 중년 사내는 위협적이지 않았다.

가볍게 피해 낸 우건은 청성검으로 생역광음을 펼쳤다. 파란 선 하나가 레이저처럼 중년 사내의 미간을 그대로 관통했다.

미간에 구멍이 뚫린 중년 사내가 썩은 고목나무처럼 뒤로 천천히 넘어갈 때였다. 우건은 그를 향해 모여드는 적 30여 명을 응시하다가 비응보를 펼쳐 공중으로 솟구쳐 올라갔다.

"어서 쫓아라!"

"놈이 슬로프 위로 올라가지 못하게 막아야 한다!"

졸지에 닭 쫓던 개 신세를 면치 못한 적들이 고함치며 공중으로 솟구친 우건을 쫓아 몸을 날리려는 순간, 원공후와 천혜옥 등이 이끌던 2진이 도착해 지체 없이 살수를 발출했다.

절정고수 대여섯 명이 전력으로 펼친 살수는 가공하기 이를 데 없었다. 우건을 쫓아 몸을 날리려던 적 10여 명이 피를 뿌리며 바닥을 뒹굴었다. 원공후 등은 거기서 멈추지 않았다.

앞으로 달려가며 우왕좌왕하는 적에게 치명상을 입혔다.

그야말로 순식간에 적 30여 명이 아군 손에 목숨을 잃어 갔다.

적 선봉 부대가 눈 깜짝할 사이에 전멸하는 순간, 슬로프 위를 지키던 적 30여 명이 밑으로 뛰어내려 원공후 등의 앞을 막아섰다. 그들은 선봉을 구성한 적들보다 실력이 뛰어나 기세가 오른 원공후 등을 그 자리에 묶어 두는 데 성공했다.

그때였다.

진이연, 노선영, 명주희 등이 이끄는 3진 90여 명이 파도처럼 슬로프로 밀고 올라와 발이 묶인 2진을 지원하기 시작했다.

이에 맞서 적들 역시 70여 명이 넘는 인원을 밑으로 내려 보내 숫자를 맞추었다. 곧 경사가 가파른 슬로프 언덕 위에서 적과 아군 200여 명이 치열한 접전을 벌이기 시작했다.

무인 200여 명이 벌이는 치열한 사투는 장관이 따로 없었지만 우건은 이를 감상할 여유가 없었다. 적을 피해 공중으로 몸을 솟구친 우건은 지상 10여 미터 상공에 멈춰 섰다.

실제로는 잠시 멈춘 것뿐이지만 워낙 강렬한 광경이었던 탓에 우건이 마치 공중에 떠 있는 것처럼 보이는 상황이었다.

중력을 숙명으로 받아들여야 하는 인간이 공중에 멈춰 설 수 있다는 말은 그가 곧 자연의 섭리를 벗어났다는 뜻이었다.

즉, 신(神)인 것이다.

슬로프 정상에 모여 있던 적 수뇌부 중 하나가 놀라 소리쳤다.

"부, 부신수형(浮身隨形)인가?"

부신수형은 공중에서 몸을 마음대로 움직일 수 있는 극상승의 경지였다. 한데 그런 경지가 있다는 것은 구전(口傳)으로 전해질 뿐, 성공한 사람이 있다는 말은 전해져 오지 않았다.

한데 우건이 부신수형을 펼친 것처럼 공중에 정지한 것이다.

그때였다.

1, 2초가량 공중에 잠시 정지해 있던 우건이 갑자기 몸을 뒤집은 다음 슬로프 정상을 향해 가공할 속도로 쏘아져 갔다.

이는 영락없이 부신수형을 펼친 모습이었다.

한데 슬로프 정상에 있던 적 수뇌부의 생각은 다른 듯했다.

그들은 부신수형을 펼친 우건을 보며 감탄하지 않았다.

오히려 비웃었다.

그들 대부분은 초절정의 경지에 올라 있는 상태였다. 한 분야에서 일가를 이루어 일대종사란 칭호가 아깝지 않은 그들은 우건이 어떻게 공중에서 방향을 바꿔 그들이 있는 곳으로 날아올 수 있었는지 어렵지 않게 알아낼 수 있었던 것이다.

사실 우건은 방금 전 몇 가지 절기를 이어 붙여 마치 부신수형을 펼친 것처럼 보이게 했다. 즉 속임수를 쓴 것이다.

우건은 비응보와 천근추, 비룡번신, 일보능천 네 가지 수법을 연달아 펼쳐 부신수형을 펼쳤을 때처럼 공중에서 갑자기 몸을 틀어 적 수뇌부가 있는 슬로프 정상으로 날아갔다.

우건은 사실 부신수형을 펼치지 못했다.

아니, 애초에 펼칠 방법이 없다는 말이 더 맞을 것이다.

은신한 상태에서 적을 죽일 수 있는 무형검(無刑劍), 천리 밖에 있는 사람의 목을 벨 수 있다는 비검(飛劍)처럼 부신수형 역시 사람들이 상상 속에서 만들어 낸 경지인 것이다.

적 수뇌부는 그런 우건을 보며 긴장을 풀었다.

그들은 우건이 허세를 떠는 것이라 생각한 것이다. 즉, 겁을 주기 위해 유치한 속임수를 써 부신수형처럼 보이게 한 거라 여겼다.

초절정고수라 해서 항상 심리적으로 완벽한 상태를 유지할 수 있는 것은 아니었다. 그들 역시 인간이기 때문이었다.

물론 우건처럼 부동심을 익혔다면 얘기가 조금 달랐겠지만, 부동심을 익히지 못한 그들은 한순간 마음을 놓아 버렸다.

긴장이 풀린 적 수뇌부는 눈빛으로 재빨리 의견을 나누었다.

제천회와 구정연합은 불과 얼마 전까지 서로를 죽이지 못해 안달하던 불구대천의 원수였지만, 우건 일행이란 공통의 적 앞에서는 마치 오랫동안 손발을 맞춘 동료처럼 움직였다.

곧 제천회 회주 광무대검 한현과 열검자 두 명이 동시에 우건을 막기 위해 공중으로 몸을 솟구쳤다. 그리고 그사이 구룡문의 검귀 소우와 패천도 강익, 대정회 부회주 일도살신(一刀殺神) 혼다 사토시 등은 슬로프 밑으로 몸을 날렸다.

슬로프 밑에서 원공후 등을 저지하던 적 주력이 슬슬 뚫리려는 기미가 보였다. 한현, 열검자, 소우, 강익 등이 전투에 참가하지 않은 덕분에 절정고수 쪽에서 여유가 있는 원공후 등이 적 주력이 만든 방어선에 구멍을 내기 시작한 것이다.

이를 눈치 챈 적 수뇌부는 한현, 열검자 두 명이 우건을 상대하는 동안, 나머지 고수들이 슬로프 밑으로 내려가 원공후 등에게 밀리기 시작한 주력을 지원하기로 결정한 것이다.

그 모습을 본 우건은 내심 쾌재를 불렀다.

그의 심리전(心理戰)이 훌륭하게 통한 것이다.

우건 혼자 한현, 열검자, 소우, 강익, 혼다 사토시 다섯 명을 동시에 상대할 수는 없었다. 기껏해야 두 명이 한계였다.

그런 상황에서 그를 향해 적 수뇌부 다섯 명이 전부 달려들면 그로서는 버틸 도리가 없었다. 이를 염려한 우건은 꾀를 하나 내었다. 마치 허세를 떠는 것처럼 여러 가지 절기를 이어 붙여 부신수형을 흉내 내는 것처럼 보이게 한 것이다.

우건의 꾀에 넘어간 그들은 긴장을 풀었다. 그리고 두 패로 나뉘어 한쪽은 우건을, 다른 한쪽은 슬로프 밑으로 향했다. 각개 격파가 가능한 최상의 포진인 것이다.

물론 우건이 그를 향해 날아드는 한현, 열검자 두 명을 쓰러트린다는 가정 하에서였다. 우건은 지금까지 거의 쓰지 않은 내력을 전부 끌어올렸다. 곧 내력이 사지백해로 퍼져

나가며 더할 수 없이 완벽한 몸 상태를 만드는 데 성공했다.

한현과 열검자는 우건의 좌우 양쪽에서 날아들며 출수했다.

한현은 광무대검이란 별호처럼 사람 체구만 한 대검을 거칠게 휘둘러 공격해 왔다. 대검이 허공을 가르는 순간, 눈을 멀게 하는 새하얀 검강(劍罡)이 빛기둥처럼 가슴을 찔러 왔다.

뒤이어 열검자가 출수했는데, 그는 등에 멘 검 두 자루를 격공섭물로 뽑아 곧장 앞으로 찔러 왔다. 곧 회색 검기 다발 10여 개가 폭포수처럼 우건의 전신을 사정없이 몰아쳤다.

우건은 등에 멘 검 두 자루 중 일로검을 뽑아 왼손에 쥐었다.

즉 오른손에는 청성검을, 왼손에는 일로검을 쥐어 쌍검으로 변환한 것이다. 쌍검술(雙劍術)을 익히지 않은 사람이 갑자기 쌍검을 쓰면 오히려 실력이 퇴보할 가능성이 높았다.

검이 다른 검을 방해하는 것이다.

그러나 우건은 쌍검술을 배우지 않은 상태에서 쌍검술을 펼칠 수 있었다. 바로 태을문의 비기인 분심공 덕분이었다.

우건은 청성검으로 대해인강을 펼쳐 열검자가 발출한 검기 다발을 막아 갔다. 그리고 그와 동시에 일로검으로는 일검단해를 펼쳐 한현이 찔러 온 검강 한가운데를 매섭게 갈라 갔다.

다섯 자루의 검이 쏟아 낸 막대한 힘이 허공의 한 점에서 충돌하는 순간, 엄청난 빛이 번쩍였다가 순간적으로 사라졌다.

그리고 빛이 사라진 곳에서 문자 그대로 귀를 찢는 폭음이 연속해 울렸다. 영원히 이어질 것 같던 굉음이 끝나는 순간, 세 사람의 간격은 급격히 줄어 3, 4미터에 불과했다.

잠시 후, 한 덩어리로 뭉친 세 사람은 마치 지구에 낙하는 거대한 유성처럼 긴 꼬리를 남기며 슬로프 정상으로 추락했다.

콰아아앙!

포탄이 떨어진 것처럼 땅이 움푹 파이며 흙 수 톤이 공중으로 비산했다. 마치 화산이 폭발해 화산재가 솟구치는 듯했다.

깊이가 5미터는 넘을 것 같은 구덩이 속에서 가장 먼저 튀어나온 사람은 금이 간 대검을 손에 쥔 광무대검 한현이었다.

그리고 부러진 검 자루를 손에 쥔 열검자가 그 뒤를 따랐다.

부러진 검 자루를 버린 열검자는 다시 등 뒤에 멘 검집 안에서 새로운 검 두 자루를 격공섭물로 뽑아 손에 쥐었다.

열검자란 별호답게 그에게는 아직 여덟 개의 검이 남아 있었다.

한현과 열검자는 구덩이 양편에 서서 눈빛으로 의견을 교환했다. 그리고 교환이 끝나는 순간, 그들이 펼칠 수 있는 가장 강한 수법으로 구덩이 아래쪽을 향해 공격을 퍼부었다.

퍼퍼퍼펑!

한현이 펼친 검강이 구덩이 안을 종횡으로 가를 때마다 지진이 난 것처럼 땅이 흔들리며 먼지가 수십 미터까지 치솟았다.

그리고 열검자가 쏟아 낸 검기 다발은 마치 드릴처럼 구덩이 안을 헤집으며 그 깊이를 10여 미터까지 단숨에 늘려 놓았다.

초절정고수 두 명이 평생의 공력을 다 동원해 펼친 협공은 위력은 가히 경천동지할 지경이었다. 구덩이 안에 있는 게 설령 신이라 한들 그들의 협공 앞에선 버티기 힘들 듯했다.

먼저 공격을 멈춘 한현이 심각한 표정으로 구덩이 안을 내려다보았다. 그러나 두 사람이 펼친 협공 때문에 지형 자체가 바뀌어 구덩이 밖에서는 우건의 생사를 확인하지 못했다.

한현은 뒤따라 공격을 멈춘 열검자에게 전음을 보냈다.

잠시 미간을 찌푸린 열검자가 알았다는 듯 고개를 끄덕였다.

한현과 열검자는 제천회의 회주직을 공동으로 맡고 있었다.

그러나 한현이 열검자보다 반 수 앞서는 통에 열검자는 항상 한현에게 양보할 수밖에 없었다. 지금 역시 마찬가지였다.

양손에 검을 쥔 열검자가 구덩이 밑으로 뛰어내렸다.

우건이 땅속에 숨어 있다가 갑자기 기습할지 모른다는 걱정을 한 듯 걸음을 옮기기에 앞서 검기 다발을 날려 그 주변을 초토화시켰다. 열검자가 펼치는 공격에 의해 땅 밑에 있던 집채만 한 바위가 박살나며 그 파편이 사방으로 튀었다.

구덩이 내부가 그의 예상보다 훨씬 넓긴 했지만 열검자와 같은 초절정고수가 수색하다가 지칠 정도로 넓지는 않았다.

내부 수색을 마친 열검자가 옷소매를 크게 휘둘러 하늘을 가린 먼지와 파편을 치워 버린 다음 한현에게 전음을 보냈다.

먼지와 파편이 상대의 귀를 가리면 전음을 보낼 수 없었다.

한편, 전음을 들은 한현은 심각한 표정으로 뭔가를 골똘히

궁리하다가 뭔가를 깨달은 듯 화들짝 놀라 갑자기 돌아섰다.

그때였다.

텅 빈 공간에 흐릿한 그림자가 피어오르기 시작했다.

"이런!"

소스라치게 놀란 한현이 급히 수중의 대검을 앞으로 찔러 갔을 때는 이미 그림자가 사람의 형체를 완전히 갖춘 상태였다.

사람의 형체를 갖춘 그림자의 정체는 다름 아닌 우건이었다.

우건은 이형환위 수법으로 가슴을 찔러 오는 대검부터 피했다. 그리고는 왼손에 쥔 일로검으로 생역광음을 전개했다.

새파란 섬광이 허공을 가르는 순간.

타앙!

새파란 섬광이 한현이 급히 끌어당긴 대검의 넓은 검신에 부딪쳐 위로 튕겨나가며 마치 종을 친 것 같은 음향이 울렸다.

한현은 역시 초절정고수다운 실력을 선보였다.

공격이 실패하는 순간, 바로 대검을 자기 쪽으로 끌어당겨 우건이 자랑하는 생역광음을 거의 완벽하게 막아 낸 것이다.

그러나 우건은 생역광음이 통하지 않을 거란 사실을 처음부터 알고 있었다는 듯 왼손에 쥔 일로검으로 일로추운검법을 펼쳤다.

일로추운검법은 태을문 삼대 검법 중 하나로 그 실체를 파악하지 못하면 대처하기 아주 까다로운 극상승의 검법이었다.

한현이 우건의 기세를 누그러트리기 위해 급히 대검으로 검강을 뿌려 냈을 땐 이미 우건이 찌른 일로검의 검봉이 목젖을 찔러 오는 중이었다. 이대로 검강을 뿌리면 우건의 허리를 가를 수 있었지만, 그 역시 목이 찔려 죽을 수밖에 없었다.

우건과 동귀어진할 마음이 전혀 없는 한현은 급히 검강을 거둠과 동시에 목을 옆으로 휙 틀어 일로검의 검봉을 피했다.

그러나 이런 한현의 대처는 최악의 결과를 불러왔다.

우건은 목을 찔러가던 일로검을 갑자기 밑으로 휙 내려 한현의 단전을 찔러 갔다. 목이 찔리면 즉사지만 단전이 찔리면 무공을 잃어버렸다. 보통 사람에게는 목이 더 소중하겠지만 무인에게는 목이나 단전이나 그 비중이 대동소이했다.

대검을 휘둘러 단전을 찔러 오는 일로검을 막기에는 이미 늦었단 판단을 내린 듯 한현이 뒤로 훌쩍 뛰어 피하려했다.

우건은 섬영보로 거리를 좁히며 도망치는 한현을 추격했다. 그리고 추격하는 틈틈이 일로추운검법으로 요처를 찔렀다.

그야말로 눈 깜짝할 사이에 10여 합의 공방이 이어졌다.

한현은 벌써 30미터 이상 뒤로 후퇴했다. 그사이 여섯 번 몸을 날려 공격을 피했는데, 한 번은 바닥을 굴러 적의 공격을 피하는 나려타곤(懶驢打滾)을 펼쳐야 할 만큼 급박했다.

이미 우건이 승기를 완벽히 잡은 셈이었다.

일로검의 검봉과 한현과의 거리는 갈수록 짧아졌다. 처음에는 30센티미터 차이였지만 지금은 5, 6센티미터에 불과했다. 검을 약간만 더 빨리 뻗으면 죽일 수 있는 것이다.

그러나 우건은 안심하지 않았다.

아니, 안심할 수 없다는 표현이 더 맞았다.

우건은 고립무원이었지만 한현에게는 동료가 있었던 것이다.

구덩이 안을 조사하다가 밖에서 누군가가 싸우는 소리를 들은 열검자는 바로 구덩이를 뛰쳐나와 주위를 둘러보았다.

그때였다.

슬로프 정상 북쪽 능선 근처에서 뒤로 정신없이 밀려나는 한현과 그런 한현을 쥐 잡듯이 몰아붙이는 우건을 발견했다.

열검자는 친구를 구하기 위해 지체 없이 몸을 날렸다.

한편, 우건 역시 일로추운검법으로 한현을 몰아붙임과 동시에 분심공으로는 열검자를 계속 신경 쓰던 중이었기에 뒤에서 열검자가 무지막지한 기세로 달려든단 사실을 눈치 챘다.

이제는 선택을 해야 했다.

애초에 한현과 열검자를 따로 떨어트려 놓은 이유는 둘 중 한 명을 빠른 시간 내에 처리하기 위함이었다. 한현과 열검자 둘 다 상당한 수준의 고수였던 탓에 두 명을 상대로 승리하기 위해서는 막대한 내력과 시간이 필요했다.

우건은 한현, 열검자 두 명과 거의 한 덩어리로 뭉쳐 지 상으로 추락했다. 그때 한현과 열검자는 재빨리 구덩이 밖 으로 몸을 날려 거리를 벌렸지만 우건은 밖으로 나가지 않 았다.

밖으로 몸을 날리는 순간, 한현, 열검자 두 사람의 먹잇 감으로 전락할 게 틀림없었던 것이다. 우건은 그런 이유로 나가기를 포기했다. 그 대신 두더지처럼 땅속으로 파고들 어 갔다.

태을문에는 철지개산대법(徹地開山大法)이라는 뛰어난 절학이 전해져 내려왔다. 철지개산대법은 쉽게 말해 땅속 깊이 묻혀 있는 광맥을 찾아내 금, 은, 비취와 같은 보석을 캐내는 수법이었다. 도가문파보다는 광부에게 더 어울리는 수법이었지만 태을문 역시 다른 이유로 철지개산대법이 필요했다.

철지개산대법을 만든 이유는 크게 두 가지로 볼 수 있었다.

첫 번째는 문파를 꾸려 갈 운영자금을 벌기 위해서였다.

태을문이 아무리 속세와 척을 지며 살아간다고 해도 의복을 만드는 데 필요한 옷감과 소금, 쌀, 보리와 같은 기본적인 생필품은 시장이 있는 민가로 내려가 구할 수밖에 없었다.

이때 필요한 생필품을 사는 데 철지개산대법으로 파낸 금이나 은을 사용하는 것이다. 태을문은 선을 행하고 악을 응징하는 문파였기에 흑도처럼 백성의 소중한 재산을 강제로 빼앗지 않았다. 금과 은 같은 재물이 반드시 필요한 것이다.

두 번째 이유는 무기를 만드는 데 금과 은 같은 오금(五金)이 반드시 필요했기 때문이었다. 태을문이 보유한 무기는 모두 금, 은, 구리, 철, 주석 이 다섯 가지 금속에 문도의 내력을 집어넣어 연성했기 때문에 오금이 대량으로 필요했다.

이때 이 오금을 쉽게 채취하기 위해 철지개산대법이 필요했다.

우건은 이 철지개산대법으로 땅속 10여 미터까지 단숨에 파고들어 갔다. 잠시 후 구덩이에 우건이 있을 거라 예상한 한현과 열검자가 구덩이 속에 검강과 검기 다발을 날렸다.

그 위력이 엄청나 우건이 숨어 있는 땅속 10여 미터 지점까지 그 여파가 미쳤지만, 우건은 재빨리 왼쪽으로 이동해 피했다.

우건은 한현과 열검자가 미친 듯이 공격을 퍼붓는 지금이야말로 몸을 움직이기에 적당한 시기라는 생각이 들었다. 한현과 열검자 정도의 고수들은 땅속 수 미터 밑에서 들려오는 미세한 소리까지 감지할 수가 있었다. 그러나 지금은 그렇지가 못했다. 그들 스스로 발출한 검강과 검기 다발이 만들어 내는 굉음 때문에 우건의 이동을 전혀 감지하지 못했다.

우건을 쓰러트릴 목적으로 필사적으로 펼친 공격이 오히려 우건에게 도망칠 기회를 주는 아이러니한 상황인 것이다.

주변이 시끄러운 틈을 타 멀찍이 이동한 우건은 천천히 지상으로 올라왔다. 그리고 밖으로 나옴과 동시에 일월보를 펼쳐 신형을 감추었다. 일월보는 역시 뛰어나기 짝이 없었다.

한현과 같은 초절정고수의 오감까지 완벽히 속여 냈던 것이다.

그때 열검자가 구덩이 속으로 뛰어드는 모습이 보였다. 우건이 구덩이 안에서 죽었는지 살았는지를 알아보기 위해 서였다.

마침내 우건이 기다리던 순간이 다가온 것이다.

우건은 한현이 구덩이 내부의 상황에 촉각을 곤두세운 틈을 이용해 그의 뒤로 천천히 접근했다. 그때 구덩이 내부를 수색하던 열검자가 전음을 보낸 듯 한현의 표정이 급변했다.

우건은 지금이란 생각에 바로 신형을 드러내며 기습해 갔다.

이것이 바로 조금 전 벌어졌던 일의 전말(顚末)이었다.

우건은 눈앞의 한현을 일로추운검법으로 몰아붙이는 한 편, 등 뒤에서 접근해 오는 열검자의 동태를 분심공으로 계속 뒤쫓았다.

열검자가 등 뒤를 기습하게 방치하는 것은 개산철지대법까지 꺼내 가며 두 사람을 속인 노력이 물거품으로 돌아가는 것이나 다름없었다. 열검자가 당도하기 전에 결정해야 했다.

결정을 내린 우건은 일로추운검법으로 한현의 미간을 곧장 찔러 갔다. 검법의 틀은 여전히 일로추운검법이지만 검법을 펼치기 위해 쓴 검초는 천지검법의 생역광음과 비슷했다.

즉, 우건이 일로추운검법과 천지검법을 조화시킨 것이다.

한편 일로추운검법의 거머리처럼 끈질긴 수법에 당황해 연신 물러서던 한현은 뒤에서 열검자가 달려오는 모습을 보고는 살짝 긴장을 풀었다. 열검자가 우건의 등을 공격하면 자신에게 쏟아지던 우건의 공세가 약해질 것이 틀림없었다.

그때 갑자기 우건의 검초가 전보다 배 이상 빨라졌다.

미간으로 날아오는 검초를 피하기 위해 옆으로 황급히 이동했을 땐 이미 두 번째 검초가 한현의 심장을 찔러 들어왔다.

이를 부드득 간 한현은 결국 왼팔을 가슴 쪽으로 끌어당겼다.

심장 대신 왼팔을 희생하기로 마음먹은 것이다.

왼팔은 잘려 나가겠지만 그 틈에 피할 시간을 벌 수 있었다.

모든 물체는 움직일 때 어떤 식으로든 저항을 받기 마련이다.

당연히 그 저항의 크기는 물체가 어디를 이동하는지에 따라 달라지는데, 그게 공기로 가득 찬 대기라면 비교적 빠를 것이고 살과 근육, 뼈, 혈액으로 이뤄진 왼팔이라면 비교적 느릴 것이다. 한현은 그의 왼팔을 찌른 우건의 일로검이 속도가 느려지는 틈을 타서 옆으로 몸을 피할 생각이었다.

　이런 접근전에서 그가 쓰는 대검은 그다지 쓸모가 없었다. 오히려 방해나 하지 않으면 다행이었다. 한현 역시 이런 약점을 잘 알아 평소에는 상대와의 거리를 일정하게 유지하는 데 전력을 다했지만, 우건의 일로추운검법에 대응을 잘못하는 바람에 강제로 접근전을 펼칠 수밖에 없었던 것이다.

　급박한 상황이었다.

　말 그대로 촌각(寸刻) 사이에 모든 것이 결정지어지는 순간이었다. 등 뒤에서는 마침내 열검자가 양손에 쥔 쌍검으로 검기 다발을 쏟아 내는 중이었다. 그리고 앞에선 한현이 흔히 말하는 살을 내어준 다음, 뼈를 취하는 방식을 써 왔다.

　긴장으로 인해 원활한 사고를 펼치기 힘든 상황이었다.

　그러나 우건은 할 수 있었다.

　그에게는 부동심이란 천고의 절기가 있었던 것이다.

　우건은 부동심을 끌어올려 상황을 냉정하게 살폈다.

　그리고는 왼손에 쥔 일로검으로 한현의 왼팔을 계속 찔러 갔다.

　한현은 왼팔을 희생해 빠져나갈 준비를 이미 마친 상태였다.

　그때였다.

우건은 일로검을 손에서 아예 놓아 버렸다.

일로추운검법에서 천지검법 비검만리로 초식을 변환한 것이다.

푹!

갑작스레 날아간 일로검이 한현이 내민 왼팔 팔뚝을 관통했다.

한현의 얼굴에 고통스런 표정이 잠시 떠올랐다.

그러나 어찌 되었든 공격을 저지시켰단 점에서는 마음을 놓은 듯 상처 입은 왼팔로 요처를 가리며 옆으로 보법을 밟았다.

아니, 밟으려 했다.

막 걸음을 떼려는 순간.

퍼엉!

엄청난 굉음과 함께 일로검이 폭발하며 그 파편이 사방으로 날아갔다. 당연히 가장 가까이에 있던 한현에게 가장 많이 날아갔다. 한현은 눈앞에서 폭탄이 터지듯 폭발한 일로검에 놀라 급히 대검을 쥔 오른손을 당기며 호신강기를 펼쳤다.

그러나 앞서 말했듯 일로검은 땅속 깊은 곳에 묻힌 오검의 정화를 캐다가 수십 일 동안 본신 내력으로 정성스레 녹여 만든 신검이었다. 그 파편 역시 예사로울 리 없는 것이다. 유리 조각처럼 투명한 빛을 머금은 일로검의 파편이 한현이 펼친 호신강기를 관통해 한현의 주요 요처에 틀어박혔다.

한현은 순식간에 고슴도치처럼 온몸에 검의 파편이 박힌 상태로 변했다. 눈은 물론이거니와 목, 심장, 단전에까지 날카로운 파편이 박혀 걸음을 옮기던 상태 그대로 즉사했다.

그때였다.

열검자가 쏟아 낸 검기 다발이 우건의 등에 작렬했다.

퍼퍼펑!

엄청난 폭음과 함께 우건이 그대로 붕 떠올라 10여 미터 너머에 있던 아름드리 참나무 가운데를 통째로 부수며 쓰러졌다.

우건을 기습해 쓰러트리는 데 성공한 열검자는 선뜻 이해가 가지 않는다는 표정으로 즉사한 한현을 바라보았다. 그리고는 다시 고개를 돌려 우건이 부서트린 아름드리 참나무가 꿍음을 내며 옆으로 쓰러지는 광경을 바라보았다.

열검자는 우건이 그의 기습을 막아 내기 위해 한현에게 펼친 살수를 중간에 거두어들일 거라 짐작했다. 한데 그의 예상은 보기 좋게 빗나가 버렸다. 우건은 한현을 포기하지 않았다.

우건은 마치 열검자의 기습 따윈 두렵지 않은 듯했다. 우건은 마지막에 수중의 검을 터트려 그 파편으로 공격하는 생전 처음 보는 수법으로 광무대검 한현을 죽이는 데 성공했다.

숨이 끊어진 한현은 바닥에 엎드린 상태로 쓰러져 있었다. 곧 그의 몸에서 엄청난 양의 피가 한꺼번에 빠져나와 시체 주변에 피 웅덩이를 만들어 냈다. 열검자는 굳이 시체에 접근해 정말로 죽었는지 확인하지 않았다. 저런 양의 피를 한꺼번에 쏟아 낸 사람은 절대 살아날 수가 없는 법이었다.

열검자는 그대로 몸을 뽑아 올려 참나무가 쓰러진 지점으로 날아갔다. 하늘에는 여전히 아름드리 참나무가 부서질 때 쏟아 낸 나뭇잎과 나뭇가지가 부유물처럼 떠다니는 중이었다.

열검자는 쓰러진 나무 주변을 뒤지며 우건을 찾았다.

다행히 우건을 찾는 게 그리 어렵지는 않았다.

우건이 천지검법의 구명절초인 비검만리와 성구폭작을 사용할 때, 그 역시 피해를 입었다. 원래 비검만리와 성구폭작은 멀리 있는 적을 없앨 때 사용하는 수법이었다. 적이 가까이 있을 때 사용하면 자신 역시 피해를 입을 수밖에 없었던 것이다. 그러나 한현을 반드시 없애야 했던 우건은 피해 입는 것을 감수한 상태에서 성구폭작으로 일로검을 터트렸다.

우건의 몸에는 그의 호신강기를 관통한 일로검의 파편이 여기저기 박혀 있었다. 다행히 요처를 피해 중상까진 아니었지만 옷 위로 흘러내린 피로 인해 상의가 붉게 젖어 있었다.

더 큰 문제는 등이었다.

열검자의 성명절기인 폭풍십자검(暴風十字劍)에 당한 등은 피가 흐르진 않았지만 기혈이 뒤엉킬 정도로 내상이 심했다.

애초에 그가 연성한 폭풍십자검은 내가중수법(內家重手法)처럼 상대의 몸 안에 내상을 입히는 절기로 악명을 떨쳤다.

그가 등 뒤에 검을 열 자루나 메고 다니는 이유 역시 폭풍십자검이 쏟아 내는 위력을 검이 감당하지 못하기 때문이다.

그런 공격에 무방비로 얻어맞은 우건이 무사하긴 어려웠다.

호신강기와 천지조화인심공의 호심결(護心結)로 최대한 막아 보긴 했지만 조금 미치지 못했는지 상당한 내상을 입었다.

열검자는 부러진 나뭇가지 속에서 물에 하루 동안 불려 놓은 빨래처럼 널브러져 있는 우건을 찾아냈다. 더욱이 앞섶이 온통 피에 젖어 있었기 때문에 더 쉽게 찾아낼 수 있었다.

그러나 열검자는 천성적으로 조심성이 많은 사람이었다.

그는 우건에게 바로 접근하지 않았다.

그 대신 멀리서 폭풍십자검을 발출해 그 일대를 초토화 시켰다.

폭풍십자검이 만든 검기 다발이 폭풍이 치듯 일대를 휩쓸었다.

열검자는 한참이 지나서야 손을 멈추며 자신이 만든 작품을 바라보았다. 역시 폭풍십자검은 그를 실망시키지 않았다.

부러진 나뭇가지가 마치 분쇄기에 집어넣은 것처럼 잘게 잘려 있었다. 심지어 근처에 있던 커다란 바위까지 폭풍십자검의 검기에 휩쓸려 들어가 돌멩이처럼 작게 쪼개져 있었다.

열검자는 안력을 끌어올려 우건을 찾았다. 폭풍십자검에 당했다면 푸줏간의 붉은 고깃덩이처럼 변해 있을 게 틀림없었다.

한데 아무리 눈을 치켜떠도 고깃덩이는 보이지 않았다.

아니, 고깃덩이는커녕 사람의 피나 살점조차 보이지 않았다.

그 말이 의미하는 것은 하나였다.

우건이 폭풍십자검을 피했다는 뜻이었다.

눈치 빠른 열검자가 고개를 옆으로 돌리는 순간.

일월보를 해제한 우건의 신형이 드러나며 청성검이 날아
왔다.

파파파팟!

우건이 청성검을 찌를 때마다 벼락처럼 쏟아져 나온 검
광이 엉망진창으로 변한 숲 일대를 파란 광채로 물들였다.

2장. 대승(大勝)

　우건은 천지검법으로 열검자를 거세게 몰아붙였다.

　생역광음, 유성추월, 성하만상, 조옹조락, 선인지광을 차례차례 펼치는 순간, 검광이 주변 10여 미터 전체를 휘감았다.

　열검자는 이에 대항해 그가 평생 익힌 폭풍십자검을 전개했다.

　내력에 자신이 있는 듯 소나기처럼 쏟아지는 검기 다발을 무한정 쏟아 내며 말 그대로 폭풍과 같은 공세를 펼쳐 나갔다.

　우건은 이에 맞서 청성검에 내력을 더 집어넣었다.

곧 검광이 3, 4미터에 이르는 검기로 변해 열검자를 찔러 갔다.

열검자는 그가 펼친 검기 다발이 우건이 펼친 검기에 막혀 빛을 점점 잃어 가는 모습을 지켜보다가 비장한 표정을 지었다.

입술을 질끈 깨문 열검자가 모든 내력을 끌어올린 듯 얼굴이 붉게 달아올랐다. 열검자가 쏟아 내던 검기 다발이 점차 두꺼워지더니, 마침내 검강으로 변해 우건을 찔러 왔다.

한현과 열검자는 모두 초절정고수였다. 그러나 한현은 검강을 자유자재로 펼칠 수 있는 반면, 열검자는 아직까지 검강 초입을 벗어나지 못해 모든 내력을 검강에 주입해야 했다.

확실히 검강의 위력은 대단했다.

검강이 우건의 검기를 두부처럼 가르며 우건을 짓쳐 왔다. 상대가 검강으로 덤비는데 계속 검기로 상대할 순 없었다.

우건 역시 내력을 끌어올려 검강을 만들었다.

검강과 검강이 부딪칠 때마다 검강의 파편이 불똥처럼 튀었다.

그렇게 10여 합을 겨루었을 무렵.

열검자의 안색이 급격히 어두워졌다.

내력 소모가 엄청난 검강을 펼치다 보니 한계에 이른 듯했다.

이는 우건 역시 마찬가지였다.

아니, 우건이 오히려 열검자보다 심각했다.

한현을 제거할 때 무리하느라 내상과 외상을 같이 입었던 우건은 그 상태에서 내력을 한계까지 끌어올린 탓에 마치 단전을 바늘로 콕콕 찌르는 것 같은 통증을 느끼는 중이었다.

급기야 기혈까지 역류해 탁한 기운이 섞인 피가 목으로 올라왔다. 탁한 기운은 빨리 토해야 오장에 스며드는 불상사를 막을 수 있었다. 탁한 기운을 억지로 가두어 두다가는 주화입마에 빠지거나 치료가 불가능한 치명상을 입을 수 있었다.

그러나 우건은 입을 열어 탁기가 섞인 피를 토하지 않았다.

여기서 피를 토하는 행동은 패배를 인정하는 행동이나 다름없었다.

아니, 패배를 넘어 상대에게 죽여 달라 부탁하는 짓과 같았다.

곧 탁기가 오장육부를 침범한 듯 끔찍한 고통이 밀려들었다.

그러나 부동심을 익힌 덕에 표정에는 전혀 나타나지 않았다.

우건의 표정이 여느 때처럼 담담하기 그지없는 모습을

본 열검자는 초조해진 듯 금세 손발이 어지러워지기 시작했다. 우건의 실력이 그보다 훨씬 고강한 것으로 착각한 것이다.

이번 대결은 둘 중 누가 더 인내심이 강한지, 누가 더 침착한지, 그리고 누가 상대보다 더 냉정한지를 겨루는 승부였다.

우건은 부동심을 신뢰하는 만큼이나, 이번 대결의 승리 역시 확신했다. 그리고 그 확신은 어김없이 결과를 가져다주었다.

검강을 거둔 열검자가 몸을 돌려 슬로프 밑으로 도망쳤다. 부하들의 도움을 받아 이번 위기를 넘기려는 속셈인 것이다.

우건은 지체 없이 수중의 청성검을 비검만리 수법으로 던졌다.

우건의 손을 떠난 청성검이 그야말로 빗살처럼 허공을 갈랐다.

우건이 검을 던지는 비검만리와 그 던진 검을 터트리는 성구폭작 두 개의 초식으로 그보다 실력이 뛰어난 한현을 손쉽게 격살하는 장면을 목격했던 열검자는 소스라치게 놀랐다.

여기서 몸을 돌려 계속 도망치는 행동은 비검만리와 성구폭작의 먹잇감으로 전락하는 것과 같았다. 결국, 돌아선 열검자는 등 뒤에 멘 검 여섯 자루를 격공섭물로 모두 뽑았다.

들고 있던 검 두 자루와 새로 뽑은 검 여섯 자루를 합쳐 총 여덟 자루의 검을 손에 쥔 열검자는 우건이 던진 청성검을 향해 여덟 자루의 검을 차례로 던져 요격하기 시작했다.

여덟 자루의 검으로 단단한 방패를 만들어 성구폭작을 막아 낼 심산인 것이다. 이는 폭풍십자검에서 가장 강한 초식인 만검팔방(萬劍八防)이었다. 비검만리의 위력이 대단하긴 하지만 만검팔방이 만든 엄밀한 방어막을 뚫긴 무리였다.

그때였다.

비검만리를 펼쳤을 때처럼 일직선으로 날아가던 청성검이 갑자기 머리를 밑으로 내렸다. 마치 땅에 거의 붙어 날아가는 순항미사일과 같았는데, 그 바람에 요격을 위해 날아든 열검자의 검은 그 위를 스치듯이 지나가 땅속에 처박혔다.

그 모습을 본 열검자의 눈이 찢어질 듯 커졌다.

"이, 이기어검?"

중원 무림에서 20년, 현대무림에서 거의 40년 가까이 활동하는 동안, 검의 고수를 자처하는 자들을 숱하게 만나보았지만 그들 중에 이기어검을 펼치는 고수는 없었다. 열검자는 팔십 평생 처음 보는 이기어검에 놀라 입을 다물지 몰랐다.

이기어검을 본 처음엔 좀체 믿기지가 않아 당혜란의 절기인 구도탈명비(九刀奪命匕)처럼 끝에 실이나 낚싯줄과 같은 도구를 묶어 조종하는 거라 의심했다. 그러나 안력을 아무리 집중해 봐도 검을 묶은 실이나 낚싯줄을 발견하지 못했다.

그러나 놀란 건 놀란 거였다.

지금은 이기어검을 막는 게 중요했다.

저 이기어검을 막아 내지 못하면 죽는 것은 그 자신인 것이다.

열검자는 검을 하나 더 던져 순항미사일처럼 바닥에 붙어 날아드는 청성검을 요격했다. 그러나 청성검은 그럴 줄 알았다는 듯 천적 앞에서 독을 뿜기 위해 대가리를 드는 독사처럼 갑자기 위로 튀어 올라 요격을 허사로 만들어버렸다.

열검자가 차례대로 던진 여섯 자루의 검을 모두 피한 청성검은 마침내 열검자의 가슴을 향해 맹렬한 속도로 질주했다.

잇몸에서 피가 날 만큼 이를 악다문 열검자는 수중의 쌍검으로 십자(十字)를 만들어 우건의 이기어검에 맞서 갔다. 폭풍십자검의 최후초식인 십자흠결(十字歆結)을 펼치려는 것이다.

십자흠결이 펼쳐지는 순간, 엄청난 회오리를 동반한

강풍이 몰아치며 수십 개에 달하는 검기가 청성검을 요격해 갔다.

청성검은 열검자의 십자흡결을 피하기 위해 폭포를 거슬러 오르는 연어처럼 위로 펄쩍 뛰거나, 밑으로 곤두박질쳤다.

또 속도를 줄였다가 다시 높이거나, 줄어든 속도를 갑자기 폭발적으로 끌어올리는 방법으로 십자흡결의 요격을 피했다.

마침내 십자흡결이 만든 돌풍을 뚫은 청성검이 열검자의 심장에 박히려는 순간, 열검자가 갑자기 몸을 핑그르르 돌렸다.

그와 동시에 열검자를 중심으로 엄청난 소용돌이가 일어나 주변에 있는 것을 닥치는 대로 끌어당기기 시작했다. 주변에 널려 있는 흙, 돌멩이, 나뭇가지 할 거 없이 닥치는 대로 열검자를 향해 날아가 그의 몸을 에워쌌다. 마치 자연의 부산물로 만든 방패로 적에게서 몸을 지키는 듯한 형태였다.

이는 열검자가 석년에 사부 만검상인(萬劍上人)에게서 배운 호신법 중 하나로 만인철벽(萬人鐵壁)이라는 수법이었다.

만인철벽은 방금 본 바대로 주변에서 닥치는 대로 끌어당긴 물건으로 주위를 에워싸 적의 공격을 막아 내는 수법이었다.

그 위력만큼이나 엄청난 내력이 필요했기에, 만검상인이 열검자에게 이 수법을 가르칠 때 정말 목숨이 경각에 처한 위기가 아니면 사용하지 말라는 엄명을 내렸었다.

만인철벽을 펼치면 가지고 있는 내력을 거의 다 소진할 수밖에 없어 적의 공격에 무방비로 노출될 위험이 존재했다.

그러나 지금은 그런 걸 따질 계제가 아니었다.

지금은 살아남는 게 우선이었다.

청성검은 만인철벽에 막혀 더 이상 전진하지 못했다. 마치 이기어검술이 절대무적은 아니라고 항변하는 듯한 모습이었다.

결국 힘이 다한 청성검은 끈 떨어진 연처럼 바닥에 떨어져 더 이상 움직이지 않았다. 열검자는 우건의 이기어검술을 막기 위해서 가지고 있는 내력을 전부 써야 할지 모른다는 절망에 빠져 있다가 힘없이 나자빠지는 청성검을 보고 미칠 듯이 기뻤다. 내력은 아직 반 이상 남아 있었던 것이다.

이제 부하들이 있는 곳으로 내빼면 목숨을 건질 수가 있었다.

열검자는 기쁜 표정을 감추지 못했다. 평생 동안, 목 안의 가시처럼 그를 짓눌러 오던 한현이 죽어 버린 상황이었다. 오늘 일만 잘 수습하면 제천회는 오롯이 그의 손에 들어

오는 것이다. 만인철벽을 푼 열검자는 도망치기 위해 몸을 돌렸다.

한데 그때였다.

우건이 보이지 않았다.

"맙소사!"

소스라치게 놀란 열검자가 급히 돌아서는 순간.

우건의 흐릿한 잔영이 드러남과 동시에 붉은색 강기와 푸른색 강기가 용이 똬리를 틀 듯 서로를 감싸며 그를 찔러 왔다.

열검자는 급히 수중의 쌍검으로 강기를 저지하려 했지만 거리가 너무 가까웠다. 쌍검으로 십자흠결을 펼쳤을 때는 이미 강기가 그의 몸에 작렬한 후였다. 손에서 검을 떨어트린 열검자가 고개를 밑으로 내려 자기 가슴팍을 내려다보았다.

가슴에 붉은색 불꽃과 푸른색 얼음조각이 동시에 박혀 있었다.

마그마처럼 뜨거운 불꽃은 곧 커다란 화염으로 변해 그의 오른쪽 몸을 맹렬히 태워 갔다. 그리고 얼음은 북극 빙해(氷海)처럼 차갑기 짝이 없어 그의 왼쪽 몸을 단숨에 얼려 갔다.

고개를 든 열검자가 허탈한 목소리로 중얼거렸다.

"이, 이건 조 회주가 명성을 날릴 때 사용했던 태을음양수로군."

우건은 그의 추측이 맞다는 듯 말없이 고개를 끄덕였다.

태을문의 반도 조광은 우건이 방금 펼친 태을음양수를 이용해 중원 강북을 거의 장악하다시피 하였다. 그리고 나서는 제천회에 쳐들어가 제천회 회주를 무릎 꿇리는 데 성공했다.

열검자가 고개를 들어 하늘을 보았다.

"네, 네놈은 태, 태을문의 후예였구나⋯⋯."

중얼거린 열검자는 몸의 반이 불에 타서 재로 변했다. 그리고 남은 반은 얼음조각으로 변해 모래성처럼 허물어져 내렸다.

열검자를 쓰러트린 우건은 고개를 돌려 주위를 보았다.

스키장을 돋보이게 할 목적으로 정성을 들여 조성해 놓았던 숲이 그와 한현, 열검자의 대결로 인해 폐허로 변해 있었다.

우건은 귀혼청을 펼쳤다.

슬로프 밑에서 벌어지는 대결은 아직 팽팽한 양상인 듯했다.

우건은 달려가서 도와주고 싶었지만 몸이 말을 듣지 않았다.

정상적인 대결이었다면 한현을 죽이는 데 3백초, 열검자를 쓰러트리는 데 2백초는 필요했을 것이다. 더구나 그 두 사람이 합공을 해 온다면 5백초 안에 결판이 나지 않았을 것이다.

그만큼 제천회 두 회주는 무시할 수 없는 강자였다.

우건은 그런 두 사람을 쓰러트리기 위해 각개격파를 시도했다.

먼저 한현과 열검자를 떼어놓은 다음, 한현부터 공격해 갔다.

한현은 검강을 자유자재로 구사하는 강자였지만 태을문 검법 중에 살기가 가장 강하다 알려진 일로추운검법에 당황해 실력을 다 선보이지 못한 상태에서 비참한 최후를 맞았다.

물론 우건 역시 그 와중에 열검자의 폭풍십자검에 당해 부상을 크게 입었지만 당장 숨이 넘어갈 정도의 중상은 아니었다.

우건은 열검자와 대결하던 도중에 그가 도망치려는 낌새를 보이는 순간, 재빨리 숨겨두었던 이기어검술을 꺼내 들었다.

마지막으로 확인했을 때, 우건이 펼칠 수 있는 이기어검술의 한계는 1분이 채 넘지 않았다. 즉, 1분이 넘어가면 신체가 이기어검술을 지탱하지 못해 안에서부터 망가지는 것이다.

한데 부상을 당해 상태가 완전하지 못한 상태에서는

그보다 짧을 게 분명했다. 실제로 30초를 넘어가는 순간, 비릿한 피 냄새와 함께 핏덩이 하나가 울컥 하고 위로 올라왔다.

내상이 더 심해졌다는 증거였다.

그때, 열검자가 만인철벽을 구사했다.

우건은 지금이 기회라는 생각에 청성검에 주입하던 내력을 끊어 버렸다. 그리고는 일월보를 펼쳐 신형을 즉시 감추었다.

만인철벽은 거의 완벽한 방어술이었다.

주변 물건을 끌어당겨 만든 수십 겹의 갑옷으로 자신의 몸을 에워싸는 방어술이었기에 안으로 파고들 여지가 많지 않았다.

그러나 만인철벽에는 뚜렷한 약점이 존재했다.

바로 만인철벽을 펼치는 동안에는 볼 수 있는 범위가 현격히 줄어든다는 약점이었다. 이를 이용해 일월보로 신형을 감춘 우건은 멀찍이 우회한 다음, 열검자의 뒤로 접근했다.

예상대로 열검자는 우건이 이미 신형을 감췄단 사실을 몰랐다.

우건은 그 틈에 재빨리 신형을 드러내며 태을음양수를 펼쳤다.

내상을 입은 지금은 음양의 조화를 추구하는 태을음양수가 가장 좋은 선택이었다. 양기가 강한 태을진천뢰나, 전광석화를 썼다가는 그렇지 않아도 심한 내상을 더 심각하게 만들었을 가능성이 높았다. 우건의 선택은 적중했다. 열검자는 처참한 모습으로 죽어 시신조차 제대로 남기지 못했다.

이리하여 제천회 두 회주를 한 번에 없애는 데 성공한 우건은 다음 전투를 치르기 전에 몸을 추스를 생각으로 숲 안에 들어가 눈을 가리는 진법을 펼친 다음, 그 안으로 들어갔다.

✛ ❖ ✛

슬로프 밑에서는 여전히 치열한 접전이 펼쳐지는 중이었다.

먼저 중앙에 있는 가장 큰 공간에서는 양측의 절정고수가 1대1로 붙어 고하를 가리는 중이었다. 그리고 그 주위에선 실력이 떨어지는 고수들이 뒤엉켜 난전을 벌이고 있었다.

우건 일행이 내보낸 절정고수는 원공후, 최욱, 천혜옥, 김석, 진이연 다섯 명이었다. 그리고 제천회와 구정연합 측에서는 소우, 강익, 혼다 사토시 세 명과 함께 제천회의 호회당 당주 구절마도(九折魔刀) 윤제광(尹劑光), 전귀당 당주 무영신장(無影新掌) 정달규(鄭達揆) 다섯 명이 상대로 나섰다.

원공후는 자진해서 적 중 가장 강자인 검귀 소우를 상대했다.

"오랜만이구나, 검귀!"

소우 역시 원공후를 알아본 듯했다.

바로 코웃음을 치며 되받아쳤다.

"많이 컸구나, 원숭이! 중원에 있을 때는 감히 내 눈조차 마주치지 못하던 주제에 내 별호를 대놓고 부르다니 말이야!"

"하하, 못 본 사이에 내가 많이 크긴 컸지. 한데 네놈은 여전히 난쟁이 똥자루만 하구나. 여기서 옛 추억에 젖어 입에서 나오는 대로 씨부릴 게 아니라, 어미젖이라도 먹고 와야 하는 거 아니냐? 애랑 싸우는 것 같아서 영 찝찝하단 말이야."

"흥."

콧방귀를 뀐 소우는 곧장 원공후를 향해 몸을 날렸다.

원공후 역시 기세에서 밀리지 않겠다는 듯 앞으로 달려가 소우에 맞섰다. 그런 원공후의 손에는 묵애도가 들려 있었다.

곧 묵애도로 묵애도법을 펼치는 원공후와 백귀검법(百鬼劍法)을 펼치는 소우가 경천동지할 대결을 벌이기 시작했다.

원공후가 가장 강자인 검귀 소우를 맡아 준 덕분에 다른 고수들 역시 마음 놓고 자신의 상대를 골랐다. 무령신녀 천혜옥은 대정회 부회주인 혼다 사토시와 살수를 교환했다.

또, 최욱은 패천도 강익을 상대했으며 김석은 구절마도 윤제광, 진이연은 무영신장 정달규와 각각 맞붙어 접전을 벌였다.

얼마 안 있어 대결의 윤곽이 어느 정도 드러났는데, 원공후와 소우의 대결은 소우가 약간 우세를 점했다. 그리고 천혜옥과 혼다 사토시의 대결은 시종 팽팽한 상태를 유지했다.

또, 최욱과 강익의 대결은 최욱이 먼저 반 수 앞서 나가는 상황인 반면, 김석은 윤제광보다 반 수 뒤지는 상황이었다.

이 네 대결은 팽팽하거나, 한쪽이 약간 유리한 상황이었다. 결과가 나오려면 최소 수백여 합은 더 지켜봐야 할 듯했다.

그러나 마지막 다섯 번째 대결은 그렇지 않았다. 진이연과 정달규의 대결은 무영신장 정달규가 크게 앞서는 상황이었다.

대결 초반, 정달규의 기습적인 공격에 당해 내상을 입은 진이연은 쓰러지지 않는 게 용할 정도로 억지로 버티고 있었다.

진이연이 힘들어하는 모습을 본 정달규는 신이 나서 더 악랄하게 공격했다. 정달규가 익힌 무영신장은 음험하기 이를 데 없어 창졸간에 허초와 실초를 구분하기가 쉽지 않았다.

실초인 줄 알고 구도탈명비를 발출하면 어느새 허초로 바뀌어 있었다. 그리고 허초인 줄 알고 방심하면 어느새 실초로 변해 음유(陰柔)한 장력 한 가닥이 물이 종이를 적시듯 스며들어 왔다. 결국, 무영신장이 그녀의 왼 다리를 망가트렸다.

구도탈명비는 경신법의 도움을 받지 못하면 제 위력을 발휘하기 어려운 무공이었다. 진이연은 왼 다리를 쩔뚝거리며 연신 비도를 날렸지만 위력이 전만 못한 것이 사실이었다.

정달규는 그의 성명절기인 무영신유장법(無影陰風掌法)을 이용해 진이연이 날린 비도를 막거나 다시 되돌려 보냈다.

무영신장 정달규는 가학적인 성격을 지닌 자가 분명했다. 진이연이 괴로운 표정을 지으며 가쁜 숨을 내쉬는 모습을 볼 때마다 히죽히죽 댈 뿐, 결정적인 공격을 가하지 않았다.

남자들의 성적 취향을 잘 알지는 못하는 진이연이었지만, 그가 여자를 괴롭힐 때 흥분하거나 쾌락을 느끼는 사디

스트임은 분명히 알 수 있었다.

만일 진이연이 평범한 여인이었다면 분에 못 이겨 막무가내로 덤벼들었을 것이다. 그러나 진이연은 평범한 여인이 아니었다.

진이연은 우건의 얼굴을 떠올렸다.

우건이라면 표정 변화 없이 무심한 얼굴로 정달규의 조롱에 가까운 공격을 받아 내며 일격 필살하는 방법을 찾을 것이다.

비록 우건처럼 부동심을 익히지 못했지만, 진이연은 표정으로 상대를 속일 수는 있었다. 그녀 역시 소싯적에는 선배나 동료들에게 앙큼하단 말을 들을 만큼 여우 짓을 제법 했었다.

지금은 그 앙큼하다는 소리를 다시 한 번 들어야 할 때였다.

진이연은 다친 다리를 더 심하게 절뚝거렸다. 그리고 조금 전보다 숨을 더 가쁘게 몰아쉬었다. 그녀가 숨을 가쁘게 몰아쉴 때마다 타이트한 무복으로 가린 풍만한 가슴과 엉덩이가 크게 출렁거렸다. 눈이 아찔해지는 광경이 아닐 수 없었다.

그녀는 거기서 한 술 더 떴다. 요염한 몸짓으로 색기(色氣)를 은밀히 드러내 정달규가 미끼에 걸려들기만을 기다렸다.

다행히 오래 기다릴 필요가 없었다. 정달규는 발정 난 수캐처럼 잔뜩 벌게진 눈으로 진이연의 몸을 훑느라 정신없었다.

　진이연이 일부러 더 요염하게 행동하는 중이었기 때문에 사실 정달규가 아닌 다른 남자라도 충분히 눈이 돌아갔을 상황이었다.

　땀에 젖어 흩날리는 머리카락과 숨을 가쁘게 몰아쉴 때마다 출렁거리는 풍만한 가슴, 그리고 군살을 전혀 찾아볼 수 없는 매끈한 복부와 한 손에 잡힐 것 같은 가느다란 허리, 허리에서 엉덩이로 이어지는 탄력 넘치는 곡선은 득도한 고승조차 파계(破戒)를 고민하게 할 만큼 고혹적이었다.

　득도한 고승조차 그런 마음을 먹을진대 애초에 음욕이 번들거리는 눈빛으로 진이연의 몸매를 훑던 정달규야 두말할 나위가 없었다. 이곳이 전장이 아닌 다른 곳이었다면, 당장 덮쳤을 것 같은 이글이글거리는 눈빛으로 진이연을 보았다.

　진이연은 곁눈질로 정달규의 상태를 살펴보다가 기회가 왔음을 직감했다. 정달규는 더 이상 명성을 떨치던 무인이 아니었다. 지금은 그저 발정 난 수캐 중에 하나일 따름이었다.

　다친 다리를 과장스럽게 절뚝이던 진이연은 돌부리에 걸린 듯 앞으로 휘청거리며 중심을 잃었다. 정달규는 마침내 기회가 왔다는 듯 만면에 화색을 띠며 거리를 재빨리 좁혔다.

정달규는 진이연을 죽일 생각이 없었다.

기회가 왔을 때 재빨리 혈도를 제압한 다음, 이번 임무가 끝남과 동시에 자기 아지트에 데려가 마음껏 즐길 생각이었다.

그는 제천회에서 열 손가락 안에 드는 강자였다.

경찰 특무대 계집 하나 어떻게 한다고 뭐라 할 사람이 없었다.

그런 이유로 진이연이 휘청거리는 순간, 혈도를 제압하기 위해 재빨리 접근했다. 물론 정달규 역시 닳을 대로 닳은 사람인지라, 오른손으로 혈도를 짚으면서 왼손으론 요처를 방어해 진이연의 기습 공격을 막을 준비를 미리 해 두었다.

그때였다.

진이연은 마치 돌부리에 걸렸던 행동이 보법의 일부였다는 것처럼 자연스럽게 상체를 숙이며 앞으로 한 바퀴 굴렀다.

그 타이밍이 시기적절하기 짝이 없어 혈도를 짚으려던 정달규의 손은 허공을 갈랐다. 그사이, 앞으로 한 바퀴 구른 진이연은 재빨리 일어나서 아홉 개의 비도를 전부 쏘아 보냈다.

지금까지 정달규를 상대로 가장 많이 발출한 비도의 숫자가 다섯 개였다. 그러나 지금은 그 두 배에 달하는 아홉 개의 비도가 춤을 추듯 날아가며 정달규의 요혈을 맹렬히 찔렀다.

"요 앙큼한 년!"

욕을 한 정달규과 몸을 날려 후퇴하다가 무영신유장법을 펼쳤다. 그 즉시, 음유한 장력 몇 가닥이 일어나 보이지 않는 손처럼 비도를 붙잡아 갔다. 지금까지는 전과 같은 양상을 보였다. 진이연이 비도를 발출하면 정달규가 보법을 펼쳐 피하다가 무영신유장을 발출해 비도를 막아 내거나 되돌려 보냈다. 그러나 무영신유장이 만든 음유한 장력이 비도를 요격하려는 순간, 지금까지완 전혀 다른 양상을 보였다.

비도 아홉 자루가 동시에 날카로운 도기(刀氣)를 발출한 것이다. 비도가 쏟아 낸 도기 아홉 가닥은 무영신유장이 만든 음유한 장력을 두부처럼 슥슥 잘라내며 정달규를 찔러 갔다.

정달규는 급히 무영신유장법의 최강절초를 사용해 막으려 했다.

그러나 두 사람의 거리가 너무 가까웠다. 거리를 두며 싸웠던 지금까지와는 달리, 진이연의 고혹적인 몸짓에 넘어간 정달규가 손에 닿을 것 같은 거리까지 접근해 있었던 것이다.

도기 다섯 가닥은 장력에 막혀 빗나갔지만 나머지 네 가닥은 살아남아 정달규의 요처 네 군데를 사정없이 찢어발겼다.

"크아악!"

정달규가 쓰러지며 비명을 질렀다.

그러나 기책(奇策)으로 자신보다 강자인 정달규를 가까스로 쓰러트린 진이연 역시 상태가 좋지 못하긴 마찬가지였다.

젖 먹던 힘까지 다 쥐어짜내 이번 일격을 펼친 듯했다. 진이연은 바닥에 철퍼덕 주저앉아 연신 거친 숨을 몰아쉬었다.

지금까지는 정달규를 유혹하기 위해 거짓으로 숨을 가쁘게 몰아쉬었다면, 지금은 부족한 산소를 채우기 위한 본능적인 행동이었다. 가까스로 숨을 고른 진이연은 비틀거리며 일어나 옆을 돌아보았다. 자기가 흘린 피로 채워진 피웅덩이 속에 엎드려 있던 정달규가 조금씩 움직이는 중이었다.

생존을 위한 욕구만큼 강한 게 없다는 말을 증명하듯 정달규는 이미 살아남기 힘든 상태임에도 불구하고 어떻게든 목숨을 연명하기 위해 꿈틀거리며 천천히 기어가는 중이었다.

진이연은 부상을 입은 왼쪽 다리를 쩔뚝거리며 그쪽으로

걸어가 기어가던 정달규의 목 뒤를 오른발로 지그시 밟았다.

정달규는 자비를 보여 달라는 듯 부들부들 떨리는 오른손을 살짝 들어 보였지만 진이연은 지체 없이 다리에 힘을 주었다.

뚜둑!

목이 부러진 정달규는 그대로 숨을 거두었다.

진이연은 가장 먼저 패할 거라는 사람들의 예상을 뒤엎고 양측 절정고수 간의 대결에서 가장 먼저 승리하는 기염을 토했지만, 불행하게도 결과를 제대로 만끽할 시간을 갖지 못했다.

시간이 지날수록 나머지 네 개의 대결이 험악해져 갔던 것이다.

진이연은 부상을 당한 상태에서 전장 왼쪽으로 몸을 날렸다.

전장 왼쪽에서는 특무대 대장 창천신도 김석과 제천회 호회당 당주 구절마도 윤제광이 치열한 사투를 벌이는 중이었다.

지금까지는 구절마도 윤제광이 반 수 앞서 나가는 상태였지만, 김석 역시 특무대 대장직을 맡은 후에 수련을 게을리 하지 않은 듯 상대에게 쉽게 승기를 내어 주지 않고 있었다.

진이연은 초조한 속내를 드러내듯 엄지손가락 손톱을 깨물며 김석과 윤제광의 대결을 지켜보았다. 물론 김석에게 동료 이상의 감정이 있는 것은 아니었다. 그러나 김석이 맡고 있는 직책 때문에 담담한 표정으로 지켜보기가 무척 힘들었다.

김석은 특무대 대장이었다.

당혜란이 실장으로 있는 경호실과 함께 정부를 대표하는 무인집단의 수장인 것이다. 그런 김석이 패할 경우, 향후에 있을 무림 개편에서 특무대가 자기 목소리를 내기 어려웠다.

진이연은 처음에 김석의 입장에서 대결을 지켜보았다. 그러나 시간이 지날수록 구절마도 윤제광 쪽에 더 관심이 갔다.

윤제광은 엄청난 고수였다.

김석이 어떤 식으로 공격해 오든 여유 있게 막아 냈다. 윤제광은 전혀 예상치 못한 시점에서, 그리고 전혀 예측하지 못한 방향으로 날카로운 반격을 가해 김석을 움찔하게 만들었다.

그녀가 상대한 무영신장 정달규 역시 손에 꼽히는 고수였지만, 구절마도 윤제광은 그보다 한 단계 위의 고수로 보였다.

윤제광은 또한 침착하기 이를 데 없었다.

진이연이 나타났다는 말은 그녀를 상대하던 동료 정달규가 죽었다는 말과 같았다. 한데 윤제광은 전혀 동요하지 않았다.

더욱이 진이연이 언제든 김석을 도와 협공할 수 있는 상황이었지만 개의치 않는다는 듯 흔들리는 모습을 보이지 않았다.

진이연은 그제야 윤제광이 그녀의 예상보다 훨씬 더 강한 고수란 사실을 깨달았다. 겉으로 보기엔 김석보다 반 수 앞서는 실력이었지만 실제론 넉넉히 앞서는 실력이었던 것이다.

즉, 김석은 윤제광과 1천 합을 겨뤄도 이기기 힘들단 뜻이었다.

진이연이 이를 어떻게 풀어 가야 할지 몰라 답답해할 때였다.

갑자기 생각지 못한 방향에서 돌파구가 찾아왔다.

퍽!

진이연은 등 뒤에서 들려온 묵직한 타격음에 놀라 급히 뒤를 돌아보았다. 그 순간, 패천도 강익이 낭패한 표정으로 정신없이 물러서는 모습이 그녀의 시야에 들어왔다. 그리고 그런 강익 앞에는 최욱이 냉정한 표정을 지은 채 서 있었다.

강익은 믿을 수 없다는 듯 눈을 부릅뜨며 물었다.

"이, 이게 뭐냐? 이, 이게 정녕 철무조화련의 위력이란 말이냐?"

강익의 왼팔은 부러진 듯 축 늘어져 있었다.

최욱은 평소처럼 입을 열어 대답하지 않았다.

그 대신, 고개를 저어 철무조화련이냐 묻는 질문에 대답했다.

강익은 최욱의 대답이 의미하는 바를 바로 알아냈다.

"처, 철무조화련처럼 보이지만 철무조화련이 아니란 것이냐?"

최욱은 얼굴에 감정을 전혀 드러내지 않으며 고개를 끄덕였다.

강익의 눈이 찢어질 듯 커졌다.

"그, 그 말은 서, 설마 태, 태을문의?"

강익은 소우, 천혜옥과 함께 태을문 제자의 후손으로 보이는 송대길이 지니고 있던 태을문 비급을 연구한 적이 있었다.

그런고로 태을문 관계자를 빼면 태을문 무공에 가장 해박한 사람 중에 한 명이 그였다. 구룡문에서 최강 절기 중 하나로 꼽히는 철무조화련은 원래 태을문 비급에 있던 무공을 강익, 소우 등이 수정을 가해 재창조한 무공이었다.

강익이 보기에 최욱이 펼친 무공은 분명 구룡문의 철무조화련과 닮아 있었다. 그러나 최욱은 철무조화련이 아니라 대답했다. 최욱은 심지가 굳은 사람이라 거짓말을 할 리 없었다.

즉, 최욱이 철무조화련의 원조라 할 수 있는 태을문 무공을 누군가에게 배웠다는 뜻이었다. 그리고 그 말은 현대무림 어딘가에 태을문의 정식 후인이 존재한다는 뜻이었다.

강익으로서는 놀랄 수밖에 없는 것이다.

애초에 강익이 소우, 천혜옥과 구룡문을 세운 이유가 태을문 후예가 이곳에 도착하길 기다렸다가 무공을 빼앗을 심산이었기 때문이었다. 한데 그가 모르는 사이에 이미 태을문 후예가 이곳에 도착해 최욱에게 무공을 가르쳐 준 것이다.

한편, 최욱은 강익이 계속 떠벌리게 놔둘 생각이 전혀 없었다.

강익이 태을문을 언급하면 할수록 우건이나 수연의 정체가 드러날 위험이 있었다. 최욱은 곧장 강익에게 달려들었다.

최욱은 강익이 오른팔로 힘겹게 펼치는 도법을 가볍게 막아 낸 다음, 가까이 접근해 철산벽의 절초를 연거푸 쏟아 냈다.

원공후에게 배운 백사보로 강익이 날린 도기를 가볍게 피한 최욱은 거리가 좁혀지기 무섭게 어깨를 세워 뛰어들었다.

강익은 누가 잡아당긴 것처럼 뒤로 쭉 물러섰지만 이를 놓칠 최욱이 아니었다. 최욱은 거머리처럼 달라붙어 팔꿈치를 번갈아 휘둘렀다. 강익은 도로 최욱의 팔꿈치를 베어 갔다.

그때, 갑자기 팔꿈치를 회수한 최욱이 무릎으로 강익의 단전을 찍어 갔다. 당황한 강익은 급히 옆으로 몸을 날려 피했다.

그러나 이 역시 허초였다.

최욱은 찍어 가던 무릎을 당김과 동시에 반대쪽 다리의 정강이로 강익의 허리를 걷어찼다. 얼굴을 일그러트린 강익은 급히 호신강기를 펼쳐 막았다. 그러나 철산벽은 애초에 고수의 호신강기를 전문적으로 부수기 위해 만든 신공이었다.

퍽!

둔탁한 타격음이 들리는 순간.

"으악!"

비명을 지른 강익의 몸이 옆으로 접힐 것처럼 크게 휘어졌다.

최욱은 재빨리 따라붙어 강익의 부러진 왼팔을 잡아 갔다. 강익은 고통을 참아 가며 어떻게든 왼팔을 움직이려 해 봤지만 뼈가 부러진 팔이 자기 마음대로 움직여 줄 리 만무했다.

최욱은 제멋대로 흔들거리는 강익의 왼팔을 잡아 끌어당겼다.

강익은 속절없이 최욱 쪽으로 끌려들어 갔다.

최욱은 그렇게 끌어당긴 강익의 단전 위로 무릎을 찍어 갔다.

이번에는 허초가 아니었다.

퍼억!

단단한 무릎이 강익의 단전을 찍는 순간, 강익의 상체가 앞으로 젖혀졌다. 최욱은 강익의 정수리가 시야에 들어오기 무섭게 몸을 살짝 띄웠다가 이마로 정수리 중앙을 내려찍었다.

콰직!

뼈와 뼈가 강하게 부딪쳤을 때 날 법한 소리가 크게 울렸다.

"크악!"

강익은 강골이었지만 이번 공격을 참아 내지는 못했다.

그럴 수밖에 없는 게 최욱의 이마와 강익의 정수리가 충돌할 때, 강익의 뇌를 보호해 주던 두개골이 박살나 버린 것이다.

부서진 뼛조각이 뇌를 찌르는데 멀쩡할 리 만무했다.

인간의 뇌는 아주 정교해서 조그마한 상처를 입어도 제 기능을 하지 못했다. 한데 부러진 뼛조각이 두부 가르듯 뇌를 헤집었으니 그 충격이야 이루 말할 수가 없을 지경이었다.

이미 혼수상태에 빠진 강익은 술에 취한 사람처럼 비틀 거리다가 손에 피가 날 정도로 쥐고 있던 칼자루를 떨어트 렸다.

강익의 팔을 놓은 최욱은 한발 물러나서 상태를 지켜보 았다.

강익의 눈은 완전히 풀려 있었다. 그리고 입에서는 피가 섞인 거품이 흘러나왔다. 몇 분 버티기 어려운 상태로 보였 다.

최욱은 한때 상관으로 모시던 강익이 비참한 모습으로 죽어 가는 게 싫었던 듯 수도를 휘둘러 강익의 목을 부러트 렸다.

강익은 그제야 편안한 표정으로 천천히 넘어갔다.

최욱은 복잡한 시선으로 절명한 강익의 시신을 내려다보 았다.

한때 강익은 그가 우러러보던 사람이었다.

한데 그런 강익이 혀를 빼문 모습으로 죽어 있었다. 그리 고 최욱 본인은 그런 강익을 복잡한 시선으로 내려다보고 있었다.

사람의 일이란 정말 한 치 앞을 예상하기 힘들단 생각이 들었다.

진이연이 달려와 최욱에게 말했다.

"고생하셨어요."

고개를 끄덕인 최욱이 진이연의 상태를 살피며 물었다.

-내상을 입었소?

진이연이 얼굴을 붉히며 대답했다.

-조금요.

-내상이 심해지면 좋지 않으니, 진 팀장은 조용한 곳을 찾아 운기요상을 하도록 하시오. 나머지는 내가 알아서 하겠소.

-괜찮아요. 아직 버틸 수 있어요.

최욱은 진이연의 고집스런 성격을 익히 아는 듯 더 이상 권하지 않았다. 최욱이 진이연의 입장이었어도 그렇게 했을 것이다.

이런 싸움은 평생 한 번 있을까 말까 했다.

무인이라면 이런 싸움을 놓고 절대 먼저 떠날 수 없는 것이다.

두 사람은 전음으로 계획을 세운 다음, 김석이 상대하고 있는 구절마도 윤제광 쪽으로 몸을 날렸다. 대결 장소에 도착해서는 마치 윤제광을 좌우에서 압박하듯 살기를 발출했다.

여차하면 동시에 출수해 윤세광을 때려눕히겠다는 경고였다.

윤세광은 패천도 강익까지 당했다는 사실을 눈치 채고는

긴 한숨을 내쉬었다. 갑자기 난폭한 공격을 가해 김석을 물러서게 한 윤세광이 도를 바닥에 던지며 손을 들어 보였다.

명백한 항복 표시였다.

3장. 급변(急變)

　최욱은 역시 경험이 많았다.

　윤세광의 혈도를 짚기 위해 다가가던 진이연을 손짓으로 저지한 최욱은 격공섭물로 윤세광이 버린 도부터 회수했다.

　그 모습을 본 윤세광이 피식 웃었지만 올린 손을 내리지는 않았다. 도를 회수한 최욱은 3, 4미터 떨어진 거리에서 지풍(指風)으로 윤세광의 혈도를 점혈해 내력을 금제하였다.

　모든 안전장치를 가동한 후에야 최욱은 윤세광에게 접근했다.

-항복한 이유가 무엇이오?

윤세광은 고개를 절레절레 저었다.

"패장(敗將)에게 무슨 할 말이 있겠소."

최욱은 윤세광의 의기가 정연한 모습을 보고 호감이 생겼다.

내력을 금제한 것으로 충분하단 판단을 내린 최욱은 제자인 남영준을 불러 끝날 때까지 그를 감시하란 지시를 내렸다.

조치를 마친 최욱은 김석, 진이연과 함께 무령신녀 천혜옥과 대정회 부회주 혼다 사토시가 대결하는 장소로 몸을 날렸다.

그러나 그들은 천혜옥을 도와줄 필요가 없었다.

천혜옥은 혼다 사토시의 쾌도를 거의 다 파악했다는 듯 수중의 채대(彩帶)로 신기막측(神技莫測)한 수법을 펼쳐 혼다 사토시를 정신없게 만들었다. 그리곤 그녀의 성명절기 중 하나인 구련불화지(九蓮佛華指)로 사혈을 짚어 쓰러트렸다.

이제 절정고수 간의 대결은 쾌영문 문주인 쾌수 원공후와 구룡문 문주인 검귀 소우의 대결만이 남아 있었다. 둘다 일대종사의 풍모를 갖춘 터라 다른 대결처럼 피와 살점이 흩날리지는 않았지만, 그 흉험함은 다른 대결에 비할 바 아니었다.

거의 300여 합을 겨룬 그들은 그들이 연성한 검법과 도법으론 승부가 나지 않는다는 듯 내력을 동원해 겨루기 시작했다.

물론 내력으로 대결하도록 유도한 것은 검귀 소우 쪽이었다.

검귀 소우는 원공후와 처음 대결할 때 어느 정도 깔보는 마음이 있었다. 그가 아는 원공후는 도둑질로 먹고 사는 한심한 인생이었다. 그런 그가 자신의 상대가 될 리 없었다.

한데 대결을 시작하는 순간, 뭔가 심상치 않은 느낌을 받았다.

원공후가 펼친 도법이 그가 아는 도법이었던 것이다.

바로 중원 삼대산장(山莊) 중에 하나로 꼽히는 추운산장의 절세도법인 묵애도법이었다. 그뿐만이 아니었다. 사실, 묵애도법 자체는 어려울 게 없었다. 그러나 강호십대병기에 들어가는 묵애도로 펼치는 묵애도법은 까다롭기 짝이 없었다.

소우는 원공후가 묵애도법을 알고 있는 게 별로 이상하지 않았다. 원공후는 이름난 도둑이었다. 추운산장에 몰래 잠입해 도법이 적힌 비급을 훔쳐 나오는 건 별로 어렵지 않았다.

그러나 원공후가 묵애도를 소지하고 있는 건 이상하기 짝이 없었다. 물론 도법과 함께 묵애도를 같이 훔쳐 나오지 말란 법은 없었지만, 이곳은 중원 무림이 아니라 현대였다.

원공후 역시 그와 같은 방법으로 현대무림에 발을 들여놓았을 것이다. 즉 아무것도 소지하지 못한 상태로, 심지어는 옷까지 어디론가 날아가 버린 나체로 이 세상에 떨어졌을 것이다.

한데 수백 년 전에 훔친 묵애도를 어떻게 소유하고 있단 말인가.

물론 이는 소우가 그 사정을 모르기 때문에 가진 의문이었다.

원공후는 중원에서 훔친 귀중품을 몇 군데 나눠 보관했는데, 현대무림으로 넘어온 후에 그곳 중 하나를 발굴해 묵애도를 찾아낸 것이다. 어쨌든 묵애도로 묵애도법을 펼치는 원공후는 아무리 검에 미친 소우라 해도 상대하기 쉽지 않았다.

묵애도는 절세신병이었다. 검과 도가 부딪치는 순간, 자신의 검이 먼저 잘려 나갈 게 뻔했다. 소우로선 애검이 묵애도와 부딪치지 않게 조심하며 싸울 수밖에 없는 형국인 것이다.

실력 자체로만 따지면 소우가 한 수, 아니 두 수 이상 앞서는 상황이었지만, 묵애도란 존재로 인해 승기를 완벽히 잡지 못했다. 무인들이 절세신병에 괜히 목을 매는 게 아니었다.

소우는 머리가 좋은 자였다.

애초에 머리가 좋지 않았으면 그런 경지에 오를 수 없었을 것이다. 그리고 문파 내의 경쟁자를 처리하기 위해 일본에 거점을 둔 대정회를 끌어들이는 짓을 하지 못했을 것이다.

소우는 이번 싸움의 승패가 자신이 원공후를 얼마나 빨리 쓰러트릴 수 있는가에 달려 있다고 생각했다. 그리고 우건을 처리하고 내려올 제천회 두 회주에게 깊은 인상을 남기기 위해서라도 원공후를 쉽게 쓰러트려야 했다.

사실, 오늘 전투는 시작에 불과했다.

더 큰일은 오늘 전투가 끝난 후에 있을 제천회와의 협상에 있었다. 그 협상에서 좋은 결과를 이끌어 내기 위해서는 먼저 원공후와의 대결에서 압도적인 모습으로 승리를 거둘 수 있어야 했다.

다행히 소우는 원공후의 약점이 뭔지 잘 알았다.

원공후는 중원 무림에 있을 때 빠른 손과 빠른 눈치, 그리고 빠른 발로 인해 삼절신쾌(三絶神快)라 불린 적이 있었다.

그러나 삼절신쾌라 불린 원공후의 진짜 실력은 일류를 갓 넘긴 수준에 불과했다. 그가 익힌 내력이 형편없었던 것이다.

반면, 엄마 배 속에 있을 때부터 각종 영약을 흡수하며 성장한 소우는 무려 2갑자가 넘는 내력을 소유한 내가고수였다.

내력으로 승부하면 그가 질 리 없었다.

노련한 소우는 원공후가 내력으로 승부할 수밖에 없는 상황을 만들었다. 그리고 상황을 만든 후에는 매섭게 공격했다.

검과 도를 서로 맞댄 소우와 원공후는 동시에 내력을 밀어 넣었다. 곧 검과 도를 중심으로 투명한 막이 부풀어 올랐다.

투명한 막은 곧 풍선처럼 점점 커지기 시작했다.

두 사람이 내력을 쏟아 부은 만큼, 막 역시 같이 늘어난 것이다.

그러나 어느 정도 커진 후에는 더 이상 늘어나지 않았다. 대신, 투명하던 막이 점점 짙어지더니 곧 불투명하게 변했다.

이는 두 사람 모두 모든 내력을 동원했단 증거나 다름없었다.

한편, 자신의 승리를 믿어 의심치 않던 소우는 뒤늦게 뭔가 이상하단 것을 깨달았다. 내력을 7할 가까이 밀어 넣었는데, 원공후가 물러서기는커녕 오히려 더 강하게 부딪쳐 왔던 것이다. 소우는 그제야 원공후가 절세신공을 연마해 전과는 비교할 수 없을 정도로 내력이 늘어났단 사실을 알았다.

내력의 양을 따지면, 원공후에 비해 거의 두 배에 달하는 내력을 보유한 소우였다. 그러나 내력의 순수함에 있어서는 원공후를 전혀 따라가지 못했다. 소우의 내력은 불순물이 섞인 반면, 원공후가 발출한 내력은 불문의 절세신공처럼 장중했고 따뜻했다.

이는 원공후가 익힌 일목구엽심법의 신묘한 공능 덕분이었다.

우건과 원공후는 시간이 날 때마다 구결이 불완전하던 일목구엽심법을 연구했고, 지금은 완벽하게 복원을 마친 상태였다.

처음에는 일목구엽심법을 믿지 못해 다소 소극적으로 행동했지만, 자신의 내력이 소우의 내력을 압도함을 알아챈 원공후는 본격적으로 단전을 개방해 내력을 밀어 넣기 시작했다.

그사이, 불투명하게 바뀐 막이 갑자기 황금빛 서기(瑞氣)를 뿜어내며 줄어들기 시작했다. 그로부터 얼마 지나지 않아 줄어들던 막이 아예 작은 공처럼 작아지며 구체를 형성했다.

구체는 여전히 황금빛 서기를 은은하게 뿜어내는 중이었다.

원공후는 고개를 들어 반대편을 보았다.

소우가 숨이 곧 넘어갈 사람처럼 식은땀을 뻘뻘 흘리며

원공후를 노려보고 있었다. 소우의 정수리 위에선 굴뚝에서 연기가 올라오는 것처럼 흰 수증기가 쉴 새 없이 올라오는 중이었다.

급기야 검을 쥔 소우의 두 팔이 부들부들 떨리기 시작했다.

한계에 다다랐다는 뜻이었다.

원공후는 마지막 남은 내력을 끌어 모아 묵애도에 밀어넣었다.

그 순간, 도와 검 중간에 맺혀 있던 황금빛 구체가 소우 쪽으로 밀려가기 시작했다. 소우는 마치 죽음을 앞둔 병자처럼 얼굴이 시커멓게 죽어 있었다. 소우는 아직 희망을 버리지 못한 듯 고개를 힐끔 돌려 슬로프 정상 쪽을 바라보았다.

제천회 두 회주가 나타나면 아직 승산이 있었다. 한데 아무리 기다려도 한현과 열검자는 나타날 기미를 보이지 않았다.

우건 하나를 처리하는 데 시간이 너무 오래 걸리고 있는 것이다.

소우는 혹시 한현과 열검자가 어디에 숨어 있다가 그가 당한 후에 나타나려는 것은 아닌지 하는 의심이 들기 시작했다.

소우가 죽으면 제천회는 구룡문을 쉽게 집어삼킬 수 있었다.

이는 한현과 열검자가 이미 우건에게 당해 이 세상 사람이 아니란 사실을 모르기에 할 수 있는 의심이나 마찬가지였다.

결국, 포기한 소우는 팔을 밑으로 내리며 소리를 질렀다.

"빌어먹을!"

그 순간, 황금빛 구체가 날아가 소우의 머리를 박살냈다.

한편, 강적과의 대결에서 승리한 원공후는 내력 소진이 워낙 컸던 탓에 비틀거리다가 묵애도로 땅을 짚어 균형을 잡았다.

최욱과 진이연이 달려가 탈진한 원공후를 양쪽에서 부축했다.

진이연이 급히 물었다.

"괜찮아요?"

원공후가 히죽 웃었다.

"하하, 이런 미녀가 부축해 주는데 괜찮을 수밖에."

진이연이 눈을 흘기며 부축했던 팔을 슬며시 놓았다.

"농담이 나오는 것을 보니까 아직 살 만하신가 보군요."

말은 그렇게 했지만, 사실 진이연은 원공후가 고맙기 짝이 없었다. 이번 대결은 원공후가 제일 까다로운 소우를 자진해서 맡아 준 덕분에 이길 수 있었다고 해도 과언이 아니었다.

원공후과 진이연이 서로를 도와가며 운기요상하는 사이,

최욱, 김석, 천혜옥 세 명은 부하들을 도와 적을 요리해 나갔다.

우건 일행에게는 방금 전투를 마친 원공후, 최욱 외에도 쾌영문 김 씨 삼형제를 비롯해 천중추권 서균, 흑수선 노선영, 삼절도 하선웅, 벽력권(霹靂拳) 장대영, 채월랑(彩月朗) 명주희, 중암거산 장대철과 같은 고수들이 여전히 건재하여 제천회, 구정연합의 공격을 수월하게 막아 내고 있었다.

한데 그런 상황에서 최욱, 김석, 천혜옥과 같은 절정고수까지 가세했으니 결과야 불 보듯 뻔했다. 수십 명이 죽고 수십 명이 항복했다. 그야말로 완벽한 승리가 아닐 수 없었다.

우건이 없는 탓에 운기요상을 대충한 원공후가 지휘에 나섰다.

"싸우는 소리를 들은 근처 주민이나 경찰이 스키장으로 몰려올 가능성이 있소! 화골산을 소지하고 있는 사람들은 시체부터 먼저 태워 없애 주시오! 그리고 나머지 사람들은 포로의 내력을 금제하여 서울로 이송할 준비를 미리 해 주시오!"

사람들은 원공후의 지휘에 따라 일사불란하게 움직였다.

시급한 조치를 모두 취한 원공후는 최욱, 김석, 천혜옥과 같은 고수들과 함께 우건을 찾기 위해 슬로프 정상으로 향했다.

우건은 대결 초반에 적의 고수 중에서 가장 강적이라 할수 있는 제천회 두 회주 광무대검 한현과 열검자 두 명을 유인해 그들이 대승리를 거둘 수 있는 발판을 마련해 주었다.

원공후는 우건을 믿었다.

우건이라면 상대가 아무리 강해도 최소한 지지는 않을것이라 생각했다. 그게 설령 제천회의 두 회주라 해도 말이다.

한데 믿었던 우건이 좀처럼 모습을 드러내지 않는 탓에입안이 바짝바짝 타들어가기 시작했다. 슬로프 정상에서싸우는 소리가 들리지 않는 것을 보면 이미 승부가 났단 뜻이었다.

그리고 승부가 났다면 누군가는 밑으로 내려왔어야 했다. 원공후는 당연히 그게 우건일 거라 믿었지만 최악의 경우에는 제천회 두 회주가 밑으로 내려올 가능성 역시 존재했다.

한데 둘 중 어느 쪽도 모습을 드러내지 않았다.

이는 뭔가 잘못되었다는 것을 뜻했다.

원공후 등이 초조한 표정으로 몸을 날릴 때였다.

일행 중 시력이 가장 뛰어난 무령신녀 천혜옥이 걸음을멈췄다.

천혜옥의 뒤를 따라가던 진이연이 깜짝 놀라 물었다.

"왜 그래요?"

다른 사람들 역시 진이연의 말을 들은 듯했다.

하나둘 걸음을 멈추며 뒤를 돌아보았다.

그때였다.

천혜옥이 손가락으로 슬로프 북서쪽을 가리키며 말했다.

"저기 누군가 있는 것 같군요."

사람들은 천혜옥이 가리킨 북서쪽으로 일제히 고개를 돌렸다.

손으로 해 가리개를 만들어 살펴보던 김석이 미간을 찌푸렸다.

"천 여협 말대로 북서쪽 능선에 누가 있는 것 같소."

슬로프 북서쪽에는 작은 언덕이 하나 있었는데 천혜옥과 김석의 말처럼 언덕 정상에 사람으로 보이는 형체가 있었다.

그 순간, 진이연이 비명을 질렀다.

"앗!"

형체의 숫자가 갑자기 늘어나기 시작했던 것이다.

슬로프 정상에 나타난 신형의 숫자는 곧 10여 명을 돌파했다.

그때, 원공후가 침음(沈吟)을 흘리며 말했다.

"북서쪽만이 아닌 듯하오."

원공후의 말을 들은 사람들은 급히 주위를 둘러보았다.

남쪽, 동쪽, 그리고 서쪽에도 처음 보는 자들이 나타나 있었다.

모두 원색으로 염색한 일체형 무복을 걸친 자들이었는데 북쪽은 검은색, 남쪽은 붉은색, 서쪽은 흰색, 동쪽은 푸른색 무복이었다. 이것은 그들이 특정한 문파 소속이란 뜻이었다.

적의 숫자를 헤아리던 진이연이 한숨을 내쉬며 중간에 그만뒀다.

"천여 명이군요."

진이연 말대로 그들을 포위한 적의 숫자는 천여 명에 달했다.

원공후가 부하들이 있는 밑으로 달려가며 소리쳤다.

"일단 부하들과 합류하는 게 좋겠소!"

진이연이 원공후를 따라가며 급히 물었다.

"우 소협은요?"

"주공은 강한 분이오. 한현, 열검자 같은 놈들에게 당할 리 없소. 곧 나타나실 테니까 적을 막을 방책부터 논의합시다!"

부하들 역시 또 다른 적의 출현을 알아챈 듯했다. 그들은 누가 시키기 전에 삼삼오오 모여 방어진을 형성한 상태였다.

김석이 다른 사람들에게 물었다.

"이번에 나타난 자들의 정체를 아는 사람 있소?"

천혜옥이 가장 먼저 고개를 저었다.

"내가 아는 조직 중에 천여 명을 동원할 정도로 규모가 큰 조직은 없어요. 그리고 저런 식으로 복장을 통일해 입는 조직에 관한 소문 역시 들어 본 적이 없는 건 마찬가지고요."

원공후가 천혜옥에게 물었다.

"혹시 대정회 쪽 아니오?"

천혜옥이 다시 고개를 저었다.

"대정회는 많아 봐야 5백 명이에요. 저들은 그 두 배가 넘어요."

그때, 최욱이 원공후에게 전음을 보냈다.

-의심 가는 조직이 하나 있습니다.

원공후가 급히 물었다.

-어떤 조직이오?

-녹수도에서 있었던 독령단의 일을 기억하십니까?

원공후가 고개를 끄덕였다.

-제자들에게 들었소. 독령단을 치러 녹수도에 갔을 때는 이미 제천회와 정체불명의 조직이 서로 상잔했다는…….설마 저들이 그 정체불명의 조직에서 나온 자들이라는 것이오?

최욱이 고개를 끄덕였다.

-확신할 순 없지만 그럴 가능성은 있습니다.

원공후는 최욱과 나눈 대화의 내용을 사람들에게 알려 주었다.

그때, 포위한 채 좀처럼 움직이지 않던 정체불명의 적들이 그들이 모여 있는 슬로프 주위로 서서히 움직이기 시작했다.

진이연이 긴장한 표정으로 원공후에게 물었다.

"어떻게 하실 거예요?"

원공후가 비장한 표정으로 대답했다.

"저들은 우리의 열 배에 달하오. 저들 중에 고수가 얼마나 있는지는 모르겠지만, 방금 격전을 치른 우리 역시 전력이 예전 같지 않아 정면으로 부딪치는 것은 자살행위일 따름이오."

대답을 마친 원공후가 북쪽을 가리켰다.

"우선 주공과 합류하는 것이 좋겠소. 북쪽으로 뚫고 갑시다."

결정을 내린 그들은 슬로프 북쪽을 향해 몸을 날렸다.

제천회와 구정연합 포로들은 당연히 남겨 둘 수밖에 없었다.

물론 개죽음당하는 일이 없도록 떠나기 전에 내력을 금제한 그들의 혈도를 풀어 주는 일을 잊지 않았다. 내력을 회복한 제천회와 구정연합 잔당들 역시 정체를 알 수 없는

적들이 새로 나타났단 사실을 안 듯 잠시 어찌할 바 몰라
했다.

그들 중 몇 명은 포위망을 좁혀 오는 정체불명의 적들이
그들을 도와주기 위해 온 사람들이라 생각한 듯 먼저 접근
했다.

제천회 소속 무인 하나가 붉은색 옷을 입은 무인에게 물
었다.

"저희들을 구해 주러 오신 겁니까?"

질문을 받은 적색 무복의 사내는 고개를 한 차례 갸웃거
렸다. 마치 무슨 말을 하는지 전혀 모르겠단 표정처럼 보였
다.

그리고는 귀찮다는 표정으로 수중의 칼을 옆으로 슥 휘
둘렀다.

질문을 던졌던 무인은 선 자세 그대로 머리가 잘려 날아
갔다.

그제야 포위망을 좁혀 오는 정체불명의 이들이 그들을
도와주기 위해 온 제천회나 구정연합의 지원군이 아님을
깨달은 포로들은 소스라치게 놀라 개미떼처럼 사방으로 흩
어졌다.

그러나 정체불명의 적들은 그들을 보내 줄 생각이 없는
듯했다.

마치 어부가 그물을 당기듯 포위망을 좁혀 차례차례

숨통을 끊었다. 제천회와 구정연합 잔당들은 적의 상대가 아니었다.

일단, 숫자에서부터 엄청난 차이가 났다.

그리고 개개인의 실력 역시 그들보다 뛰어났다. 제천회와 구정연합 잔당들에게는 희망을 걸어 볼 만한 구석이 전혀 없었다.

"으아악!"

"사, 살려 줘!"

"피, 피해!"

제천회와 구정연합 잔당들이 최후의 순간에 지르는 단말마(斷末摩)의 비명을 들으며 북쪽으로 미친 듯이 도망치던 원공후 일행 역시 포위망에 막혀 걸음을 늦출 수밖에 없었다.

선두에서 일행을 이끌던 원공후가 동료들에게 소리쳤다.

"여기선 고수들이 길을 열어 줘야 일이 편해지오!"

그 말에 고개를 끄덕인 김석, 천혜옥, 최욱 등이 앞으로 달려갔다. 그리고 그 뒤를 진이연, 장대영, 하선웅, 노선영, 서균 등이 따랐다. 원공후 등의 실력은 역시 허명이 아니었다.

앞을 막아선 적 수십여 명을 때려눕히며 길을 열기 시작했다.

천중추권 서균은 이참에 자신의 실력을 보여 주려는 듯

돌처럼 무거운 권경(拳勁)을 발출해 적 둘을 동시에 주저앉혔다.

서균이 권경으로 때려눕힌 적 두 명이 포위망을 형성하던 제일 중요한 그물이었는지 막혀 있던 진로가 갑자기 뻥 뚫렸다.

"이쪽으로 오시오! 이쪽에 길이 열렸소!"

서균의 목소리는 우렁차기 짝이 없어 모두 들을 수 있었다. 곧 사람들은 서균이 뚫은 포위망 쪽으로 우르르 몰려갔다.

그때였다.

등 뒤에서 누가 피식 웃는 소리를 들은 서균이 급히 돌아섰다.

그 앞에는 어느새 복면을 쓴 좌수 검객 하나가 나타나 있었다.

좌수 검객은 서균 따위는 안중에 없다는 듯 허리춤에 끼워둔 검집에서 검을 뽑지도 않은 채 팔짱을 낀 자세로 서 있었다.

서균이 이를 부드득 갈았다.

"감히 내 앞에서 건방을 떨다니!"

서균은 천중추권이란 별호에 걸맞게 상대가 누구든 일격에 짓이겨 버릴 것 같은 묵직한 권경을 좌수 검객에게 발출했다.

한데 좌수 검객은 서균의 무공을 잘 아는 듯했다. 여전히 여유가 넘치는 표정으로 자신에게 날아오는 권경을 바라보았다.

그러다가 최후의 순간에 공중으로 몸을 솟구쳤다.

서균 역시 공중으로 솟구치며 권경을 계속 발출했다.

권경이 좌수 검객의 가랑이 사이에 틀어박히려는 순간, 순식간에 검을 뽑아든 좌수 검객이 그대로 검을 앞으로 찔러 갔다.

한데 좌수 검객의 검법이 심상치가 않았다.

검을 찌르는 순간, 검화 몇 줄기가 섬광처럼 피어올랐던 것이다.

검화는 서균이 발출한 권경을 잘라 내는 데서 그치지 않았다.

마치 꽃잎이 바람을 타고 나풀거리며 떨어지듯 불규칙한 움직임을 보이며 서균의 요혈을 찔러 갔다. 어쩔 수 없이 지상으로 다시 내려온 서균은 까다롭기 그지없는 검화를 막아 내느라 덩치에 맞지 않게 굵은 땀방울을 뚝뚝 흘려야 했다.

그때였다.

옆에서 경악에 찬 원공후의 목소리가 들려왔다.

"네놈이구나!"

원공후는 복면을 쓴 좌수 검객의 정체를 잘 아는 듯했다.

공중에서 학이 날듯 우아한 경신법을 펼치며 지상으로 사뿐히 내려선 원공후는 손가락으로 삿대질하며 좌수 검객을 향해 소리쳤다.

"청와대에서 꽁지를 말고 도망친 교오랑 황도진이 네놈이렷다!"

좌수 검객은 화가 난 듯 수중의 검을 살짝 흔들었다.

그 순간, 위잉 하는 검명(劍鳴)이 진동하듯 울려 퍼졌다.

이는 절정에 이른 검객이 아니면 펼칠 수 없는 기예였다. 상대하던 서균과 소리친 원공후 둘 다 긴장할 수밖에 없었다.

서균이 놀라 원공후에게 물었다.

"저 검객이 정말 특무대 제로팀에 있던 황도진이란 말입니까?"

원공후는 틀림없다는 듯 확신에 찬 표정으로 고개를 끄덕였다.

"흥."

두 사람의 대화를 들으며 콧방귀를 뀐 좌수 검객이 신경질적으로 복면을 잡아챘다. 그 순간, 잘생겼지만 어딘지 모르게 퇴폐적인 느낌을 풍기는 사내의 얼굴이 모습을 드러냈다.

원공후의 확신처럼 그는 정말 교오랑 황도진이었다.

특무대가 청와대를 기습했을 때, 특무대 제로팀 일원이었던 황도진 역시 기습에 참여해 우건과 공방을 벌인 적이 있었다.

황도진은 처음에 전뢰십삼도법이라는 도법을 펼치는 도객이라 생각했는데 우건에게 도를 쥔 오른팔을 찔리는 순간, 갑자기 왼손으로 검법을 펼치는 놀라운 모습을 보여 주었다.

한데 더 놀라운 것은 그가 펼친 검법이 화산파 독문검법이란 사실이었다. 나중에 우건은 원공후에게 당시 이야기를 하며 황도진의 정체를 알아내려 했지만 별 소득이 없었다.

우건에게 황도진의 신상을 들은 적 있는 원공후는 좌수 검객의 검법이 화산파 독문검법인 매화검법임을 간파하는 순간, 좌수 검객의 정체를 어렵지 않게 파악할 수 있었던 것이다.

매화검법을 익힌 고수는 꽤 많을지 모르지만 왼손으로 펼치는 매화검법을 익힌 사람은 무림에서 그리 흔하지가 않았다.

황도진이 하얀 이를 드러내며 히죽 웃었다.

"오랜만이군."

서균은 여전히 믿지 못하겠단 표정을 지으며 물었다.

"자네가 정말 몇 년 전에 나와 함께 싸웠던 황도진이란 말인가?"

"그사이 눈이라도 먼 건가? 자기 눈앞에 있는 사람까지 알아보지 못하다니 말이야. 한데 자네의 그 무식하리만치 느린 권법에는 별 진전이 없었던 모양이군. 세월이 꽤 지나서 이젠 좀 재미가 있을 줄 알고 기대했다가 실망만 했네."

서균이 솥뚜껑만 한 자기 주먹을 부서져라 움켜쥐었다.

"싸가지 없는 말투를 보니 황도진이 맞는 것 같군."

말을 마친 서균은 곧장 황도진을 향해 달려가며 주먹을 휘둘렀다. 좀 전보다 훨씬 강한 권경이 포탄처럼 쏘아져 갔다.

원공후는 서균이 황도진을 상대하는 동안, 그 옆으로 이동했다.

서균이 뚫었던 포위망을 황도진이 다시 틀어막는 바람에 이젠 다른 곳의 포위망을 노려야 했다. 그러나 원공후 역시 열 걸음을 채 다 떼기 전에 엄청난 고수와 맞닥뜨려야 했다.

그 앞을 막아선 고수의 얼굴을 보는 순간, 원공후는 마치 벼락을 맞은 사람처럼 몸을 부르르 떨며 헛바람을 집어삼켰다.

고수는 60대 노인이었는데, 귀 옆으로 머리가 약간 남아 있는 반대머리였다. 또, 미간 사이에 커다란 사마귀가 혹처럼 나 있어 한 번 보면 절대 잊어버릴 수 없는 외모의 소유자였다.

노인이 신기하다는 듯 원공후를 훑어보며 중국말로 물었다.

"나를 아는가?"

"다, 당신은 불사귀조 오온이 아니오?"

오온으로 추정되는 노인이 기특하다는 듯 고개를 끄덕였다.

"허허, 제법 견문이 있는 놈이로구나. 이 조선 땅에 노부(老父)의 대명을 아는 놈이 있을 거란 말을 듣지 못했는데 말이야."

노인의 정체는 원공후의 예측대로 불사귀조 오온이 맞았다.

원공후는 쓴웃음을 삼키며 얼마 전에 있었던 일을 떠올렸다.

원공후와 정미경이 결혼 준비로 한창 정신없을 때, 우건과 최욱, 김 씨 삼형제 등은 제천회의 하부조직 중 하나인 독령단을 추적했다. 그때, 독령단 자양문이 서해에 있는 녹수도에 있다는 사실을 김동이 알아내 바로 조사에 들어갔다.

그러나 그들이 도착했을 때는 이미 정체를 알 수 없는 조직에 의해 독령단 전체가 전멸한 상황이었다. 그때, 유일하게 살아남은 제천회 전귀당 부당주 일장진천 당조형을 통해 그들을 습격한 자들에 대한 단서를 몇 가지 얻을 수 있었다.

당조형이 죽기 전에 한 고백에 따르면 독령단을 습격한 고수 중에 손가락 세 개로 펼치는 절세신공을 익힌 자가 있었다.

우건 일행은 그런 신공을 알지 못해 서울에 돌아가는 즉시, 원공후를 찾아 손가락 세 개로 펼치는 신공을 아는지 물었다.

강호 견문이 넓은 원공후는 바로 답을 알려 주었다.

손가락 세 개로 장인(掌印)과 비슷한 흔적을 남기는 무공은 불사귀조 오온이 연성한 삼첨인(三尖印)밖에 없었던 것이다.

그러나 오온이나 오온의 후인이 태을양의미진진에 없었던 관계로, 원공후는 삼첨인과 비슷한 무공일 거라 추리했었다.

태을양의미진진에 갇혀 있지 않은 고수가 현대무림에 넘어왔을 가능성은 없었던 것이다. 즉, 오온이 아니라는 뜻이었다.

한데 가능성이 없을 거라 내다보았던 불사귀조 오온이 원공후 앞에 직접 모습을 드러냈다. 이는 언젠가 우건이 예상했던 것처럼 태을양의미진진이 아닌 다른 방법으로 현대무림으로 넘어온 중원 무림의 고수들이 존재한다는 증거였다.

또한, 녹수도의 참사를 일으킨 장본인 역시 불사귀조 오온이란 뜻이었다. 강남에서 열 손가락에 들어가는 고수인 불사귀조 오온이라면 녹수도에서 있었던 참사를 이해할 수 있었다.

원공후가 믿어지지 않는 광경에 놀라 멍하니 서 있을 때였다.

짝 하는 박수 소리와 함께 오온이 소리를 질렀다.

"이제 보니 네놈은 중원 삼대 도둑 중에 하나라던 원공후로구나!"

오온은 원공후의 특이한 생김새를 보고 알아낸 듯했다.

원숭이 같은 얼굴과 성성이처럼 긴 팔을 지닌 원공후 역시 오온처럼 한 번 보거나 들으면 잊기 힘든 외모를 지녔다.

원공후는 그를 속이기 힘들 거란 생각에 굳이 부정하지 않았다.

대신, 궁금한 점부터 서둘러 물었다.

"이곳으로 어떻게 넘어온 것이오?"

오온이 고개를 갸웃거리며 물었다.

"어떻게 넘어 왔냐니? 그게 대체 무슨 뜻이냐?"

원공후는 자신의 중국어 실력이 퇴보한 거라 생각해 다시 물었다.

"나는 지금 중원에서 어떻게 이곳으로 넘어왔냐고 묻는 거요?"

오온은 다시 고개를 갸웃거리며 대답했다.

"당연히 네놈과 같은 방법이지. 그럼 다른 방법도 있단 말이냐?"

원공후는 오온이 그를 놀리기 위해 일부러 딴청을 피우는 건지, 아니면 진짜 몰라 그러는 건지 답답해 미칠 지경이었다.

그러나 급한 사람은 원공후였지, 오온이 아니었다.

"나와 같다는 그 방법이 대체 뭐란 거요?"

"네놈은 이상한 걸 자꾸 캐묻는구나. 당연히 태을양의미진진이지. 그럼 태을양의미진진 외에 다른 방법이 있단 말이냐?"

원공후는 오온이 나타났을 때보다 더 크게 놀랐다.

오온은 성정이 거친 사람이었다.

그리고 자신의 실력에 자부심이 대단한 사람이었다.

머리 좋은 모사(謀士)처럼 섬세한 계책을 쓸 사람이 아니었다.

원공후는 지금까지 태을양의미진진에 의해 현대로 넘어온 고수들을 다 안다 생각했는데 그게 착각이었던 모양이었다.

태을양의미진진이 그가 모르는 어떤 작용을 하여 중원에

있는 고수들을 현대로 보냈다는 점은 확실했다. 이는 원공후는 물론이거니와 우건 역시 같은 생각이었기에 틀림없었다.

즉, 태을양의미진진에 그런 묘용이 숨어 있다면 이를 알아낸 누군가가 똑같은 방법을 시도하지 말란 법이 없는 것이다.

오온은 이를 테면 두 번째 태을양의미진진에 의해 넘어왔을 공산이 컸다. 그리고 황도진 역시 같은 방법을 썼을 것이다.

우건에 따르면 태을양의미진진을 만들 수 있는 사람은 천선자, 조광, 한엽, 그리고 우건 네 명이었다. 설린이나 송아는 진법에 관한 지식이 얕아 복잡한 진법을 설치하지 못했다.

천선자, 조광, 한엽, 우건 네 명 중 조광과 우건은 아니었다.

조광은 우건의 손에 목이 잘려 죽었다.

조광이 잘린 목을 다시 붙이는 신공을 갖고 있지 않는 이상, 그는 일단 후보에서 제외해야 했다. 그리고 당연히 우건 역시 아니었다. 우건은 그와 함께 현대로 넘어온 것이 분명했다. 그렇다면 천선자와 한엽으로 좁혀질 수밖에 없었다.

원공후가 떨리는 목소리로 물었다.

"그럼 대체 누가 두 번째 태을양의미진진을 만들었다는 거요?"

오온은 원공후의 떨리는 목소리를 듣고 나서야 자신이 너무 많이 떠들었단 사실을 눈치 챈 듯했다. 바로 표정을 굳혔다.

"난 네놈의 궁금증을 풀어 주러 온 사람이 아니다."

오온은 당장이라도 공격할 것처럼 기세를 끌어올렸다.

곧 오온이 입은 무복 자락이 강풍에 휘날리듯 펄럭거렸다. 이는 오온이 기세를 유형화시킬 수 있는 고수란 뜻이었다.

원공후는 손에 쥔 묵애도에 힘을 주며 물었다.

"마지막으로 하나만 묻겠소. 그 질문에 대답해 주면 열과 성을 다해 선배와 놀아드리리다. 선배도 풀이 죽은 후배보단 팔딱팔딱 튀어 오르는 후배와 싸워야 싸우는 맛이 나지 않겠소?"

무공과 싸움에 미친 사람답게 오온은 즉시 호기심을 드러냈다.

"무엇이냐? 그 질문이란 게?"

"대체 선배는 어떤 조직에 들어간 거요?"

잠시 고민한 오온이 주변을 슬쩍 둘러보았다. 오온과 같은 공간에 있는 상황을 다들 꺼리는 듯 주변이 텅텅 비어 있었다.

오온이 어깨를 으쓱거렸다.

"어차피 곧 죽을 놈이니 알려 줘도 상관없겠지."

원공후는 눈을 부릅뜬 자세로 오온의 다음 대답을 기다렸다.

"난 참선당 소속이다."

원공후는 재빨리 기억을 더듬었다.

다행히 오래 더듬을 필요가 없었다.

참선당은 요새 중국에서 가장 잘나가는 무림문파 중 하나였다.

원공후는 중국에서 활동하는 무인이나 문파를 비교적 상세히 꿰고 있었다. 한때는 고향에 귀향해 정착할 생각까지 했던 터라, 돌아가는 사정을 미리 알아 둘 심산이었던 것이다.

그러나 참선당은 요 몇 년 사이에 급격히 성장한 문파라 이미 한국에 정착한 원공후의 레이더에는 포착되지 않았다.

들리는 소문에 따르면 중국에서 활동하던 기존 문파 몇 개를 무력으로 접수해 중국 무림을 5할 가까이 장악했다고 하였다.

한데 그 참선당이 갑자기 한국에 나타난 것이다.

아니, 한국에 나타난 수준을 넘어 한국 무림을 재편하기 위한 최후의 대결에 개입하려는 중이었다. 컴퓨터 천재인 김동이 제천회와 구정연합의 회합이 강원도 스키장에서 열린단 정보를 알아내기 위해 꽤 고생했다는 점에서 볼 때, 참선당이 이 장소에 나타났다는 말은 그들 역시 제천회나 구정연합, 어쩌면 우건 일행을 감시 중이었단 뜻일 수 있었다.

그리고 그 감시는 상당히 오래전부터 이뤄지고 있었을 가능성이 아주 높았다. 참선당은 좌수 검객인 황도진을 오른손을 쓰는 도의 고수로 둔갑시켜 특무대 제로팀에 잠입시켰다.

그들이 알아낸 첩자는 현재 황도진 하나였지만, 참선당은 어쩌면 제천회와 구룡문에도 첩자를 심어 놓았을 수 있었다.

그리고 그런 첩자를 이용해 무인도나 다름없는 녹수도에 제천회 핵심조직인 독령단이 있단 사실을 알아냈을 것이다.

원공후는 오온을 통해 이해가 가지 않던 사안들을 대부분 해결하는 데 성공했지만 그에게 닥친 현실은 녹록하지 않았다.

오온은 양손의 손가락 세 개를 새의 발톱처럼 잔뜩 구부린 다음, 먹잇감을 찢으려는 매처럼 원공후를 향해 덮쳐 왔다.

원공후는 그런 오온을 보며 북쪽으로 시선을 돌렸다.

우건이 제시간에 나타나 주지 않으면 오늘 줄초상이 날 듯했다.

원공후는 정미경과 혼인한 일을 처음으로 후회했다.

그가 오온과의 이번 대결에서 패해 죽으면 정미경은 신혼 재미를 제대로 느껴보기도 전에 청상과부로 전락할 것이다.

오온은 원공후에게 상념에 빠질 시간을 주지 않으려는 듯 정신이 번쩍 드는 일격으로 원공후의 왼팔을 긴 상흔을 남겼다.

4장. 신위(神威)

참선당(斬仙黨)은 당주(黨主) 밑에 네 개의 하부조직이
있었다.

하부조직은 도교 사신(四神)을 차용한 듯 나룡조(拏龍
組), 발호조(跋虎組), 자작조(炙雀組), 탄무조(呑武組)라 불
렸다.

한데 당부터 하부조직까지 이름이 모두 심상치 않았다.

참선당이란 문자를 해석하면 신선을 죽이는 무리란 뜻이
었다.

그리고 나룡조는 용을 포획하고 발호조는 호랑이를 짓밟
는다는 뜻이었다. 또 자작조는 주작(朱雀)을 구워먹는다는 뜻이었으며 탄무조는 현무(玄武)를 삼켜 버린다는 뜻이었다.

이는 모두 도교를 부정하거나 모욕하는 이름이었다. 당을 만든 배후나 수뇌부가 도교를 몹시 증오하는 것이 분명했다.

원공후가 상대하는 불사귀조 오온은 사신조(四神組) 중에서 북쪽을 맡은 탄무조의 조장이었다. 그리고 천중추권 서균이 상대하는 교오랑 황도진은 탄무조에 속한 세 명의 부조장 중에 한 명이었다. 그 말은 참선당에 오온급의 고수가 최소 네 명, 황도진급 고수가 최소 열두 명 있단 뜻이었다.

숫자에서 크게 밀리는 원공후 일행이 유일하게 비벼 볼 언덕은 양측이 보유한 절정고수의 숫자였다. 그러나 그런 절정고수 숫자 역시 참선당이 앞서는 것으로 밝혀진 상황이었다.

그리고 그 결과는 바로 나타났다.

좀 전까지 제천회, 구정연합 세력을 기세 좋게 몰아붙이던 역전의 용사들이 하나둘 힘없이 나가떨어지기 시작했다.

서균과 원공후 등이 북쪽을 막는 동안, 천혜옥, 명주희, 장대철 등 구룡문에서 갈라져 나온 천혜옥 일파는 남쪽에서 올라오는 참선당 자작조를 저지했다. 한데 자작조 조장이 결코 만만치 않은 상대여서 천혜옥 혼자 막아 내기에는 무리였다.

결국, 명주희가 사부 천혜옥을 돕기 위해 자작조 조장을 협공하기 시작했다. 자작조 조장은 두 사제의 협공을 받으면서도 아직 여유가 있는 듯 얼굴에 긴장한 기색이 보이지 않았다.

천혜옥은 분하기 짝이 없었지만, 사실 그녀가 상대하는 참선당 자작조 조장은 충분히 그럴 만한 실력을 보유한 자였다.

참선당 자작조 조장은 절옥서생(折玉書生) 백무성(白武成)이었다. 절옥이란 별호에서 알 수 있듯 옥을 깎아 놓은 것처럼 잘생긴 미남자였는데, 그는 기문병기 중 하나인 백룡선(白龍扇)으로 백룡십팔선(白龍十八扇)이란 신공을 펼쳤다.

천혜옥은 백무성을 이번에 처음 보았지만 그의 명성은 익히 들어 왔다. 백무성은 그녀가 강호에서 한창 활약할 때, 다음 대 후기지수 중에서 세 손가락에 들어가는 절정고수였다.

그는 여인의 마음을 홀리는 빼어난 외모와 손색없는 실력, 그리고 뛰어난 언변으로 숱한 미녀와 염문을 뿌린 걸로 유명했다.

백무성은 하얀 구름 위에서 검은색 용 한 마리가 뛰어노는 그림이 그려진 부채를 접었다가 펴기를 반복하며 천혜옥, 명주희 두 사제의 채대(彩帶) 공격을 여유 있게 받아넘겼다.

그렇다고 천혜옥, 명주희 두 사람의 실력이 떨어진단 뜻은 아니었다. 천혜옥과 명주희 두 사람이 손에 쥔 두 개의 채대는 때로는 느리게, 때로는 부드럽게 허공을 가르며 채찍처럼 몸을 감아가거나, 창극처럼 혈도를 날카롭게 찔러 갔다.

그러나 그런 뛰어난 실력을 가지고 있음에도 백무성이 펼친 엄밀한 방어막을 돌파하는 데는 좀처럼 성과를 내지 못했다.

가장 강자인 천혜옥, 명주희 두 명이 백무성 하나를 감당하지 못하는 상황에서, 중암거산 장대철이 지휘하는 부하들이 활약하기를 기대하는 행동은 언감생심이나 마찬가지였다.

천혜옥과 명주희는 제자와 동료들의 비명 소리가 들려올 때마다 얼굴이 점점 흙빛으로 변해 갔다. 당장 뛰어가 도와주고 싶은 마음이 간절했지만 백무성이 그녀들을 놓아주지 않았다.

상황이 좋지 않기는 서쪽을 맡은 최욱, 김 씨 삼형제 역시 마찬가지였다. 최욱 등이 맡은 서쪽으로는 참선당 사신조 중에서 나룡조(拏龍組)가 밀어닥쳤는데, 최욱은 그 나룡조 조장인 팔지흉살(八指凶殺) 타가생(柁嘉生)에게 고전을 면치 못하는 중이었다. 최욱은 중원무림에 대해 잘 몰라 팔지흉살 타가생의 이름을 들어보지 못했지만 사실 타가생은 원공후가 상대하는 불사귀조 오온보다 더 강한 고수였다.

손가락이 여덟 개밖에 없는 외형과 악독한 손속 덕분에 팔지흉살이란 무시무시한 별호를 얻은 타가생은 살인, 강도, 강간을 밥 먹듯이 하는 무자비한 자로 그의 손에 한번 걸리면 살아서 도망친 자가 없다는 말이 전해져 올 지경이었다.

타가생은 여덟 개의 손가락으로 무시무시한 지법을 펼쳤다.

손가락 끝에서 지력(指力)이 쏟아질 때마다 최욱은 당황해 몸을 날려야 했다. 타가생의 지옥마광지(地獄魔光指)는 최욱의 천적이나 다름없어 철산벽을 펼칠 틈을 주지 않았다.

제자인 남영준과 쾌영문 김 씨 삼형제, 임재민 역시 고전을 면치 못해 위기에 처한 최욱을 도와줄 여력이 전혀 없었다.

그때였다.

타가생이 중국말로 뭐라 소리치는 순간.

파파팟!

지력 여섯 가닥이 기관총 탄환처럼 날아들었다. 최욱은 급히 원공후에게 배운 백사보를 이용해 비스듬히 보법을 펼쳤다.

타가생이 발출한 지력 다섯 가닥은 가까스로 피했지만 마지막 한 가닥은 윗도리에 구멍을 내며 살갗을 스치듯이 지나갔다. 그야말로 등골이 서늘해지는 순간이 아닐 수 없었다.

그때, 최욱은 타가생의 손가락이 여덟 개란 사실이 떠올랐다.

타가생이 지력을 한꺼번에 발출했다면 그가 감지하지 못한 두 가닥이 더 있을 수 있다는 뜻이었다. 최욱은 본능이 시키는 대로 급히 머리를 앞으로 홱 숙였다. 그 순간, 음유한 지력 한 가닥이 최욱의 머리카락을 자르며 옆으로 빗나갔다. 두피가 찢어진 듯 피가 철철 흘러내려 시야를 가렸다.

최욱은 뒤로 물러서며 왼팔 소매로 눈을 가린 피를 닦아 냈다.

그때였다.

사각에서 세찬 기운 하나가 날아드는 것을 느꼈다.

예상대로 타가생은 지력 여덟 가닥을 동시에 발출한 것이다.

여섯 가닥은 눈에 보이게 만들어 시선을 그쪽에 붙잡아 방심을 유도한 다음, 숨겨 놓은 두 가닥으로 적을 암습하는 고명한 수법이었다. 이는 내력을 자유자재로 조절할 수 있는 내가고수가 아니면 시도조차 해 볼 수 없는 뛰어난 수법이었다.

최욱의 얼굴이 잔뜩 일그러졌다.

이번 지력은 피할 방법이 없었다.

이것이 최후임을 직감한 최욱이 회한의 한숨을 내쉴 때였다.

옆에서 벼락같은 도기 한 가닥이 날아왔다.

카아앙!

도기와 부딪친 지력이 옆으로 튕겨나가 흙바닥에 처박혔다.

그 틈에 재빨리 물러선 최욱은 그를 도와준 사람을 찾았다.

한데 그를 위기의 순간에서 구해 준 사람은 전혀 예상치 못한 인물이었다. 바로 제천회 호회당 당주 구절마도 윤세광이었던 것이다. 방금 전, 원공후 일행과 제천회, 구정연합이 조직의 존폐를 놓고 겨루었을 때였다. 구절마도 윤세광은 그의 상대였던 창천신도 김석을 여유롭게 상대하던 중이었지만 다른 동료들이 하나둘 쓰러지는 모습을 보곤 항복했다.

최욱은 윤세광의 인품이 마음에 들어 제자 남영준에게 내력만 금제할 뿐, 다른 위해는 가하지 말라는 엄명을 내렸다.

윤세광이 비록 제천회 수뇌부에 속해 있기는 하지만 별

다른 저항 없이 항복한 점을 보면 개과천선할 마음이 있는 듯해, 일단 서울로 데려간 다음 전향하도록 설득할 계획이었다.

그러나 그 계획은 갑자기 나타난 참선당으로 인해 물거품으로 돌아갔다. 최욱은 북쪽으로 도망치기 전에 윤세광이 개죽음당하는 일이 없도록 내력을 금제한 혈도를 풀어주었다.

그리고는 살아서 보자는 말을 전음으로 남긴 다음 풀어주었는데, 도망친 줄 알았던 윤세광이 돌아와 그를 구해 준 것이다.

최욱은 바로 윤세광에 도와주어 고맙다는 뜻을 전했다.

윤세광은 별것 아니라는 듯 어깨를 으쓱해 보인 다음, 먼저 타가생을 향해 도를 휘두르며 달려들었다. 최욱 역시 질 수 없다는 듯 윤세광을 지원해 타가생을 협공하기 시작했다.

윤세광의 가세는 큰 도움이 아닐 수 없었다.

타가생이 윤세광의 구절마도를 신경 쓰는 사이, 최욱은 그의 장기인 접근전을 펼칠 수 있는 거리까지 들어가는 데 성공했다.

한편, 포위망 동쪽은 특무대 인원이 막고 있었다.

특무대는 천중추권 서균이 북쪽으로 잠시 빠지긴 했지만 일행 중 가장 강한 전력을 보유해 쉽사리 밀리지 않고 있었다.

특무대장 창천신도 김석을 필두로 제로팀장 진이연, 삼절도 하선웅, 흑수선 노선영, 벽력권 장대영 모두 한가락 하는 고수들이었다. 그리고 그 밑에 있는 특무대 대원들 역시 가려 선발한 정예라 유일하게 적과 팽팽한 대치를 이루었다.

한편, 특무대 인원을 상대하는 참선당 사신조는 발호조였다.

그리고 발호조 조장은 홍발두타(紅髮頭陀)란 파계승이었다.

홍발두타는 원래 진영(眞英)이란 법명을 지닌 소림사의 십팔나한(十八羅漢) 중 하나였는데 불문의 제자답지 않게 남색(男色)하는 악취미가 있어 향화객을 강간하는 죄를 저질렀다.

홍발두타는 악행을 거듭하다가 결국 현장을 발각당해 소림사 비처에 있는 뇌옥에 영원히 수감되는 중징계를 받았다.

한데 그에게는 운이 따르려 그랬는지 서장마교(西藏魔敎)가 소림사 장경각에 불을 지를 목적으로 숭산(嵩山)을 급습했을 때, 마교도의 도움을 받아 뇌옥을 빠져나올 수 있었다.

그는 그를 풀어 준 서장마교와 함께 서장으로 향했다. 그리고 그곳에서 몇 가지 마공을 배워 마교도로 활동했다.

홍발두타란 별호에서 알 수 있듯 그의 머리카락은 짙은 붉은색을 띠었는데 이는 그가 연성한 마공의 부작용 때문이었다.

소림사를 비롯한 정파에서는 사문을 배신한 데다 마교에 가입해 마공까지 배운 홍발두타를 주적으로 규정한 다음, 척살대를 보내 척살하려 들었다. 그러나 젊은 나이에 십팔나한에 오를 만큼 재능이 뛰어났던 데다가 서장마교의 마공까지 연성한 상태였기에 척살대가 오히려 척살당하기 이르렀다.

한데 그 홍발두타가 참선당 발호조 조장으로 나타난 것이다.

특무대는 홍발두타가 어떤 자인지 알지 못했지만 그가 풍기는 살벌한 마기로 인해 심상치 않은 자임을 느낄 수 있었다.

특무대는 김석과 흑수선 노선영이 한 팀을 이루어 홍발두타를 상대했다. 김석은 거칠고 노선영은 침착했기에 의외로 조화를 이루어 강적인 홍발두타를 잠시 묶어 둘 수 있었다.

문제는 의외로 진이연 쪽에서 발생했다.

진이연의 상대는 발호조 부조장 중에 하나인 어안귀(魚眼鬼) 소삼(蘇三)이란 자였다. 어안귀 소삼은 장강십팔채(長江十八寨) 중의 하나인 구로채(九路寨)의 채주였는데 한

쌍의 아미자(峨帽刺)를 귀신같이 부려 명성을 얻은 고수였다.

본신 실력은 진이연이나 소삼이나 엇비슷했다.

경험 면에서는 소삼이, 무공의 고강함에 있어서는 진이연이 약간 앞서는 상황이었는데, 문제는 진이연이 제천회 전귀당 당주 무영신장 정달규와 겨룰 때 내상을 입었던 데 있었다.

잠시 운기요상할 시간이 있었지만 정달규의 무영신장은 음독하기 이를 데 없어 후유증이 이미 심맥에 미친 상황이었다.

그런 상황에서 또 다른 강적인 어안귀 소삼을 상대하려니 당연히 힘이 달릴 수밖에 없었다. 진이연은 소삼의 폭풍처럼 몰아치는 아미자 공격 앞에서 거의 맥을 추지 못하였다.

결국 30여 합이 막 지났을 때, 소삼이 찌른 아미자 하나가 진이연의 발등에 박혔다. 진이연은 고통으로 인해 얼굴이 일그러졌다. 그러나 더 큰 문제는 발등의 고통이 아니었다.

진이연의 발등을 관통한 아미자 끝이 땅에 박히는 바람에 발이 그대로 묶여 버렸다는 점이었다. 그녀가 연성한 구도탈명비는 신법의 지원이 없으면 위력이 크게 줄어드는 무공이었다.

노련한 소삼은 기회를 놓치지 않겠다는 듯 다른 아미자로 맹렬한 공격을 가했다. 진이연은 비도를 날려 방어했지만 소삼의 아미자는 마치 기름을 칠해 놓은 것처럼 미끄러져 들어왔다. 결국, 진이연은 절체절명의 위기에 처하고 말았다.

　소삼이 찌른 아미자가 그녀의 가슴팍에 날아든 것이다.

　진이연은 막을 틈이 없어 입술을 잘근 깨물었다.

　그녀는 그동안 나름대로 열심히 살아왔다고 생각했는데 예상하지 못한 장소에서, 그리고 예상하지 못한 시점에서 이름도 모르는 사내에게 죽임을 당하는 신세로 전락한 것이다.

　진이연은 자신의 가슴팍으로 날아드는 아미자의 날카로운 끝을 멍한 얼굴로 쳐다보았다. 극독을 바른 듯 햇빛을 받은 아미자의 끝에서 남빛 광채가 물결치듯 흔들리고 있었다.

　그때였다.

　마치 갑자기 바다에 뛰어든 것처럼 온 세상이 파랗게 물들었다. 뒤이어 소름이 돋을 만큼 서늘한 기운이 눈앞에서 섬전처럼 지나갔다. 진이연이 서늘한 기운이 날아온 방향으로 고개를 돌렸을 때, 기적처럼 우건이 그 자리에 서 있었다.

　우건은 위기에 처한 진이연을 돕기 위해 비검만리를

날렸다. 그리고 비검만리는 제 역할을 훌륭하게 소화해 내 진이연을 찔러 가던 소삼의 아미자를 10여 미터 뒤로 날려 보냈다.

우건은 섬영보로 거리를 좁힘과 동시에 용음검을 뽑아 생역광음을 펼쳐 갔다. 우건은 이번에 청성검과 함께 용음검, 일로검을 갖고 왔는데 그중 일로검은 제천회 회주 광무대검 한현을 죽일 때 사용해 지금은 청성검, 용음검 두 자루만이 남아 있었다. 우건은 그중 용음검으로 검초를 펼쳤다.

황금빛 검광이 허공을 가르는 순간.

"크아아악!"

소삼은 용음검에 목이 찔려 뒤로 날아갔다.

소삼은 생역광음 한 초식에 목숨을 잃을 만큼 약하지 않았지만 우건이 나타난 방식이 워낙 극적이었던 탓에 잠시 당황하다가 제대로 피해 보지도 못하고 허무하게 목숨을 잃었다.

우건은 비검만리를 펼치는 바람에 10여 미터 떨어진 지점에 박혀 있던 청성검을 격공섭물로 회수하며 진이연에게 말했다.

"상처를 치료한 다음, 다른 사람들을 도와주시오."

진이연이 뭐라 말을 하려 했지만 이미 우건은 그 자리에 없었다.

입술을 잘근 깨문 진이연은 발등에 박힌 아미자를 뽑아낸 다음, 상처에 약을 바르고 붕대로 감았다. 그리고는 다리를 절뚝거리며 위기에 처한 동료들을 돕기 위해 비도를 던졌다.

한편, 진이연을 구한 우건은 두 번째로 발호조 조장 홍발두타를 향해 몸을 날렸다. 홍발두타를 없애야 그가 상대하고 있는 김석, 노선영 두 명이 다른 적들을 상대할 수 있었다.

우건은 휘파람을 불어 김석, 노선영 두 사람에게 신호를 보냈다.

휘파람 소리를 들은 김석, 노선영은 즉시 뒤로 물러섰다.

홍발두타는 놓치지 않겠다는 듯 그중 노선영 쪽을 쫓아가며 마공을 펼쳤지만, 이미 당도한 우건에 의해 막히고 말았다.

추적을 멈춘 홍발두타가 우건을 훑어보며 중국말로 물었다.

"넌 뭐하는 잡종 새끼인데 감히 본좌의 앞을 가로막는 것이냐?"

우건은 홍발두타의 중국말을 알아들었다.

중원을 행도할 때 관어와 광동어 둘 다 익혀 두었던 것이다.

그러나 우건은 그와 입씨름할 생각이 없었다.

아니, 그럴 시간이 없다고 하는 표현이 더 정확해 보였다.

우건은 오른손에 청성검, 왼손에 용음검을 쥔 채 검초를 펼쳤다.

그러나 이번에는 각기 다른 검법을 펼쳤다. 청성검으로는 천지검법을, 용음검으로는 일로추운검법을 각각 펼쳤다. 우건이 분심공을 대성한 덕분에 보일 수 있는 놀라운 기예였다.

용음검으로 일로추운검법을 펼쳐 홍발두타가 방어에 집중하게 만든 우건은 청성검으로 천지검법의 절초를 연이어 펼쳤다.

그야말로 전력을 다한 공격이었기에 이름만 들어도 우는 애가 울음을 그친다는 홍발두타가 금세 피투성이로 변했다.

우건은 용음검을 앞으로 던졌다.

비검만리였다.

우건의 공세에 지친 듯 붉은색을 띤 장발이 땀에 젖어 어지럽게 흩날리던 홍발두타는 깜짝 놀라 상체를 뒤로 젖혔다.

과연 홍발두타란 생각이 들만큼 시기적절한 대처여서, 비검만리로 던진 용음검이 홍발두타의 머리 위로 살짝 빗나갔다.

그때였다.

우건이 청성검을 앞세운 신검합일(身劍合一)로 홍발두타를 향해 쏘아져 갔다. 천지검법의 최후초식인 천지합일이었다.

비검만리를 피하느라 자세가 불안정한 상태였던 홍발두타는 신검합일해 날아든 청성검에 그대로 목이 잘려 날아갔다.

우건은 홍발두타의 머리가 몸통에서 떨어져 나오는 모습에는 관심이 없었다. 그 대신 비검만리를 펼치기 위해 던진 용음검을 격공섭물로 회수한 다음, 특무대 대원들을 포위해 공격하던 참선당 발호조 일반 조원들에게 몸을 날렸다.

청성검과 용음검을 등 뒤에 멘 검집에 집어넣은 우건은 바닥에 떨어져 있던 누군가의 검과 도를 두 개씩 집어 들었다.

"길을 여시오!"

우건의 외침을 들은 특무대 대원들은 즉시 뒤로 물러났다. 그들은 우건이 소삼과 홍발두타를 연이어 격살하는 엄청난 광경을 보았던 터라, 기대하는 눈빛으로 우건을 쳐다보았다.

그때, 공중으로 훌쩍 솟구친 우건이 방금 집어든 검과 도 총 네 자루를 비검만리의 수법을 써서 지상을 향해 투척했다.

검과 도는 곧 발호조 조원들의 머리 위에서 수류탄이 터지듯 폭발했다. 검과 도의 파편 수천수만 개가 산탄처럼 사방으로 퍼져 지상에 있던 발호조 조원들의 살에 틀어박혔다.

수류탄이라면 차라리 나았다.

수류탄이라면 호신강기로 차단하거나 아니면 외공을 이용하여 중요한 장기에 파편이 박히는 상황만은 피할 수 있었다.

그러나 우건이 성구폭작으로 터트린 검과 도의 파편에는 내가고수의 경력이 실려 있어 그런 방식으로는 막지 못했다.

"크아악!"

"으아아!"

여기저기서 발호조 조원들이 비명을 지르며 바닥에 쓰러졌다. 세어 보진 않았지만 최소 3, 40명이 폭발에 말려든 듯했다.

지상으로 내려온 우건은 김석, 진이연 등에게 소리쳤다.

"후위를 맡아주시오!"

우건의 활약을 지켜본 특무대는 그의 말을 따르지 않을 도리가 없었다. 여기서 끝장이란 생각을 했을 때, 우건이 기적처럼 나타나 홍발두타와 소삼, 그리고 수십 명이 넘는 발호조 조원을 쓰러트렸다. 보면서도 믿기지가 않는 상황이었다.

김석 등은 급히 우건의 뒤에 따라붙어 상관과 동료의 복수를 하기 위해 벌떼처럼 달려드는 발호조의 추격을 저지했다.

그사이, 우건은 남쪽으로 내달려 자작조를 상대하는 천혜옥 일파를 지원하기 시작했다. 우선 거의 전멸 지경에 처한 일반 문도들을 지원하기 위해 검 두 개를 동시에 내리쳤다.

부아아앙!

검봉에서 튀어나온 푸른색, 황금색 두 강기가 빛기둥처럼 지상에 작렬했다. 천혜옥 일파를 거의 전멸 직전까지 몰아붙이며 기세를 올리던 자작조 조원들은 그제야 상대에게 엄청난 고수가 지원군으로 합류했단 사실을 깨닫고는 황급히 피했다.

그러나 우건의 두 검이 그들보다 더 빨랐다.

빛기둥이 지면에 작렬하는 순간.

퍼퍼퍼펑!

마치 거대한 아름드리나무가 쓰러진 것처럼 고랑이 파이며 흙과 돌, 그리고 사람을 가리지 않고 모든 것을 짓이겼다.

검강으로 적의 진로를 차단한 우건이 소리쳤다.

"모두 물러나시오!"

우건을 알아본 중암거산 장대철이 부하들을 향해 소리쳤다.

"모두 뒤로 물러서라!"

부하들은 곧 명령대로 장대철과 함께 멀찍이 후퇴했다.

그때, 자작조 부조장이 앞으로 나와 중국말로 뭐라 소리쳤다.

그 순간, 우건의 엄청난 검강 공격에 당황해 뒤로 물러섰던 자작조 조원들이 다시 천혜옥 일파의 뒤를 쫓기 시작했다.

그러나 이를 지켜보고 있을 우건이 아니었다.

우건은 섬영보로 이동해 적의 선두를 막아섰다.

방금 전 우건이 펼치는 검강을 보았던 자작조 조원들은 우왕좌왕했다. 뒤에서 계속 쫓으라 지시하는 간부도 무섭지만, 눈앞에 있는 우건 역시 무섭기는 마찬가지였다.

그때였다.

우건이 하늘을 가리키며 번쩍 들어 올린 청성검과 용음검의 검봉에 광채가 맺히기 시작했는데 청성검의 검봉에는 푸른색 광채가, 용음검의 검봉에는 황금색 서기가 각각 맺혔다.

우건은 하늘을 가리키던 두 검을 재빨리 밑으로 그어 내렸다.

그 순간, 두 검의 검봉에 맺혀 있던 광채가 파편처럼

찢어져 사방으로 비산했다. 우건을 중심으로 2, 30미터에 이르는 공간에 푸른색 검광과 황금색 검광 수천 개가 빛 무리를 이루며 가을 밤하늘을 밝히는 반딧불처럼 둥둥 떠다녔다.

엄청난 광경에 이를 지켜보던 아군은 물론이거니와 우건 주위를 에워싼 자작조 조원들 역시 벌어진 입을 다물지 못했다.

그러나 더 놀라운 일은 그 다음에 벌어졌다.

청성검과 용음검의 검봉이 마침내 땅을 가리키는 순간.

파파파파팟!

공중을 떠다니던 검광 수천 개가 지상으로 낙하하기 시작했다.

마치 하늘에서 검광으로 만들어진 소나기가 쏟아지는 듯했다.

갑작스레 쏟아지는 소나기를 피하려면 큰 나무 밑으로 가야 했다. 그게 아니라면 비를 막아 줄 튼튼한 우산이 필요했다.

그러나 둘 다 불가능하다면 소나기를 맞을 수밖에 없는 것이다. 더구나 이번 소나기는 사람의 살을 파고들 만큼 예리했다.

"으아악!"

"크으윽!"

"마, 맙소사!"

여기저기서 절망에 찬 비명과 신음 소리가 연달아 터져 나왔다.

성하만상은 다변의 극에 해당하는 초식이었다.

한데 그 성하만상을 두 개의 검으로 동시에 펼친 상황이었다.

온 하늘과 온 땅이 푸른빛과 황금색 빛으로 물드는 순간, 수십 명의 적이 피를 뿌리며 거의 동시에 바닥을 나뒹굴었다.

우건이 검강을 펼쳤을 때만 해도 아직 여유가 넘치던 자작조 조장 절옥서생 백무성은 경악에 찬 시선으로 주변을 훑었다.

그의 부하 수십 명이 죽거나 중상을 입은 채 쓰러져 있었다.

믿을 수 없는 일이었다.

우건은 그가 만들어 낸 지옥도(地獄道)에는 관심이 없다는 듯 바로 몸을 돌려 아직 정신을 추스르지 못한 백무성에게 날아갔다. 백무성을 상대하던 천혜옥과 명주희 는 이미 멀찌감치 물러선 상태에서 사태를 주시하는 중이었다.

우건이 태을양의미진진 안에서 중원의 내로라하는 고수 백여 명과 단독으로 겨루는 모습을 보았던 천혜옥마저 방금 펼쳐진 광경은 믿을 수가 없다는 듯 눈을 부릅뜬 상태였다.

천혜옥이 그럴진대 우건의 진짜 모습을 본 적이 없는 명주희야 두말할 나위가 없었다. 그녀는 거의 실신 직전이었다.

"사, 사부님, 이, 이게 대체?"

천혜옥이 탄식했다.

"사람이 한 일이라고는 믿을 수가 없구나."

천혜옥, 명주희와 함께 똑같은 광경을 목격한 백무성이었지만, 그가 느끼는 감상은 그녀들과 차원이 다를 수밖에 없었다.

방금 전 무시무시한 신위를 드러낸 우건이 그의 목숨을 노리며 달려들고 있었던 것이다. 백무성은 우직한 사내가 아니었다. 우직하기보다는 오히려 교활한 쪽에 가까웠다.

자신이 감당할 사내가 아니란 생각이 들기 무섭게 몸을 돌려 도망쳤다. 그러나 우건은 오늘 이 자리에서 아무도 도망치지 못하게 만들겠다는 듯 곧장 청성검을 앞으로 던졌다.

백무성은 세찬 파공음에 놀라 뒤를 돌아봤다가 마치 살아 있는 생물처럼 자신의 뒤를 쫓아오는 청성검을 까무러칠 정도로 놀랐다. 전설상의 경지라던 이기어검술이 그를 죽이기 위해 펼쳐진 것이다. 백무성은 절옥서생이란 별호에 어울리지 않게 허둥대다가 목이 잘려 쓰러졌다.

백무성을 죽인 우건이 천혜옥에게 소리쳤다.

"천 여협은 지금부터 좌익을 맡아 후위를 맡은 특무대와 보조를 맞추며 내 뒤를 따라오시오! 시간이 없소! 서둘러 주시오!"

소리친 우건은 서쪽으로 달려갔다.

서쪽에선 쾌영문과 규정문 문도 소수가 참선당 사신조 나룡조의 조원들에게 완전히 에워싸여 곤욕을 치루는 상태였다.

일행 중 쾌영문과 규정문의 숫자가 가장 적었기에 가장 위험한 상태였다. 최욱과 윤제광이 나룡조 조장 팔지흉살 타가생을 어찌어찌 막아 내고는 있었지만 김 씨 삼형제, 남영준, 임재민 등은 적의 숫자가 너무 많아 중과부적인 상태였다.

더욱이 김철과 임재민은 이미 적지 않은 부상을 입은 듯 그들을 보호하기 위해 남은 사람들이 더 고군분투 중이었다.

우건은 지체 없이 검강을 발출해 문도들을 에워싼 적을 주살했다. 그리고는 포위망 안으로 들어가 사방에 검광을 뿌렸다.

푸른빛과 황금빛 검광이 허공을 가를 때마다 선혈이 튀었다.

갑작스러운 후위 기습에 놀란 적들은 분분히 물러섰다.

그들 뒤에는 사신조 중 발호조와 자작조가 있었다. 한데 적이 그런 뒤쪽에서 덤벼 온 것이다. 우건은 당황한 적이 물러서는 틈을 이용해 부상당한 김철, 임재민 두 사람을 안전한 곳으로 옮겼다. 그리고 곧장 타가생 쪽으로 몸을 날렸다.

우건은 전음으로 최욱과 윤제광에게 물러나란 지시를 내렸다.

최욱은 즉시 뒤로 물러섰지만 윤제광은 우건의 지시를 따르기가 싫었던지 어물쩍거리며 물러설 기미를 보이지 않았다.

팔지흉살 타가생에게 온 신경을 집중하느라 우건이 뒤에서 어떤 활약을 펼쳤는지 모르기 때문에 일어난 촌극이었다.

최욱은 즉시 전음을 보내 윤제광을 재촉했다.

그제야 윤제광은 신법을 펼쳐 뒤로 물러났다.

우건이야 슬로프 정상에서 잠깐 스쳐 지나간 게 다였지만 최욱은 그에게 은인이나 다름없는 사람이었다. 우건의 지시는 따를 수 없지만 최욱의 지시는 거부하기가 쉽지 않았다.

최욱과 윤제광에게 문도들을 도와주란 지시를 재차 내린 우건은 어리벙벙한 표정을 짓고 있는 타가생에게 접근했다.

타가생이 신기하다는 표정으로 우건을 바라보았다.

"대단한 놈인가 보군. 네 지시에 따라 재깍 물러서다니 말이야."

우건은 중국말로 대꾸했다.

"얼마나 대단한지는 직접 알아보도록 하시오."

대답을 마친 우건은 곧장 타가생에게 돌진했다.

우건은 마치 내일이 없는 사람처럼 무공을 펼쳤다.

일로추운검법과 천지검법을 동시에 펼치다가 용음검으로 비검만리를 펼쳤다. 용음검은 용음(龍吟)이란 이름이 허명이 아니라는 듯 마치 용이 우는 듯한 괴성을 내며 날아갔다.

타가생은 지력을 발출해 그에게 날아드는 용음검을 요격했다.

탕탕탕탕!

마치 거문고 줄을 뜯을 때처럼 지력이 용음검에 부딪칠 때마다 청명한 소리가 났다. 역시 타가생의 지력은 위력이 대단했다. 소리가 대여섯 번 울린 다음엔 검의 속도가 현저히 줄어 타가생 앞에 이르렀을 땐 이미 힘을 소진한 후였다.

우건은 청성검을 마저 쏘아 보냈다.

타가생은 같은 방법을 시도하는 우건에게 냉소를 보내며 다시 지력을 발출했다. 그리고 이번엔 전보다 준 네 번의 시도 만에 청성검이 바닥에 처박히게 하는 데 성공을 거두었다.

타가생은 의기양양한 표정으로 우건을 찾았다.

그러나 우건은 그 자리에 없었다.

눈치 빠른 타가생은 바로 돌아섰다.

그 순간, 일월보를 푼 우건이 태을진천뢰를 날렸다.

은은한 뇌성과 함께 날아간 장력이 타가생의 옆구리를 노려 갔다. 타가생 역시 재빨리 지력을 발출해 장력을 요격했다.

퍼엉!

양강한 장력과 양강한 지력이 부딪치는 순간, 귀를 찢을 것 같은 폭음과 함께 엄청난 기의 폭풍이 사방으로 퍼져 나갔다.

타가생은 보법을 밟아 움직이며 다시 지력을 발출하려했다.

한데 그때였다.

우건이 손가락을 가볍게 튕기는 모습이 시야에 잡혔다.

타가생은 헛웃음을 터트렸다. 그와 같은 지법의 대가를 상대로 감히 같은 지법을 써서 반격하는 우건이 우스웠던 것이다.

이는 공자 앞에서 문자를 쓰는 행동이나 다름없었다.

그러나 가끔은 공자 역시 다른 사람에게 배울 필요가

있었다.

지금 역시 그러했다.

우건이 발출한 지력은 평범한 지력이 아니었다. 천하십대지법(天下十大指法)에서 수위를 다투는 전광석화였던 것이다.

전광석화는 말 그대로 전광석화처럼 날아가 타가생이 발출한 지력을 그대로 태워 버렸다. 그리고 그 기세를 몰아 타가생의 심장으로 쏘아져 갔다. 타가생은 뒤늦게 자신이 실수했던 사실을 깨달았지만, 후회하기에는 이미 늦은 상태였다.

타가생은 어찌해 볼 틈도 없이 전광석화에 맞아 불타올랐다.

한때 팔지흉살이라 불리며 중원 무림 전체를 공포의 도가니로 만들었던 악인의 죽음치고는 처참했다. 그리고 허무했다.

타가생까지 없앤 우건은 손으로 급히 코와 입을 동시에 가렸다.

가리지 않았다면 입안에 머금은 토혈(吐血)이 밖으로 뿜어져 나왔을 것이다. 그만큼 우건의 상태는 좋지 않았다. 선천지기까지 뽑아 쓴 탓에 급속도로 상태가 나빠지고 있었다.

이를 악문 우건은 입안에 머금은 피를 다시 삼켰다.

비릿한 피 내음이 머리를 어질어질하게 했지만 여기서 멈출 수는 없었다. 적은 아직 수백 명에 달했다. 그를 믿고 도와주러 온 동료를 위해서라도, 그는 여기서 쓰러질 수 없었다.

우건은 최욱 등에게 자신의 뒤를 따라오란 지시를 내렸다. 최욱 등이 합류한 우건 일행은 비로소 진형을 갖출 수 있었다.

최선두는 우건이 맡았다. 그리고 후위는 전력이 가장 강한 특무대가 책임졌다. 또, 좌우 양익은 천혜옥 일파와 최욱 등이 맡았다. 우건 일행은 사방에서 모여드는 적을 차례차례 분쇄해 가며 원공후, 서균 등이 있는 북쪽으로 몸을 날렸다.

그들은 적의 피로 목욕을 하고 옷이 땀으로 흠뻑 젖은 후에야 마침내 원공후, 서균 등이 있는 북쪽에 도달할 수 있었다.

원공후, 서균 등은 불사귀조 오온과 교오랑 황도진이 이끄는 탄무조와 격렬한 싸움을 벌이는 중이었다. 서균은 그나마 공세를 주고받았지만 검귀 소우와 내력대결까지 펼쳤던 원공후는 피칠갑을 한 채 간신히 방어만 하는 수준이었다.

그때, 원공후가 피를 토하며 크게 휘청거렸다.

이미 눈이 반쯤 풀려 있어 오온의 다음 공격을 막긴 무리였다.

뒤에서 적의 지원군이 나타난 것을 눈치 챈 오온은 눈앞에 있는 원공후부터 빨리 처리하려는 듯 손속이 더 매서워졌다.

"사부님!"

가장 먼저 김은, 김동이 사부를 구하기 위해 달려들었다.

그러나 그들보다 한발 앞선 사람이 있었다.

바로 우건이었다.

우건은 비응보로 급히 날아가 원공후의 숨통을 끊으려는 오온의 삼첨인을 가까스로 방어해 냈다. 그리고는 쓰러지려는 원공후를 덥석 안아 달려오던 김은, 김동 형제에게 던졌다.

김은, 김동은 사부를 받아들기 무섭게 내, 외상 모두에 약효가 뛰어난 영단부터 복용시켰다. 그사이, 우건은 원공후를 빈사 상태로 만들어 버린 오온과 정면 대결을 벌이기 시작했다.

서균 역시 지친 탓에 도와주러 온 최욱과 교대하였다. 곧 최욱과 황도진, 두 사람의 물러설 수 없는 대결의 서막이 올랐다.

최욱과 황도진 두 사람은 기묘하게 닮아 있었다.

최욱은 구룡문의 명을 받아 특무대 제로팀에 첩자로 잠입했었다. 황도진 역시 참선당의 밀명을 받아 특무대 제로

팀에 잠입했었다. 그런 두 사람이 돌고 돌아 적으로 만난 것이다.

한편, 우건과 오온의 대결은 벌써 살벌한 상태에 접어들고 있었다. 살짝 실수만 해도 되돌릴 수 없는 그런 상태였다.

우건은 선천지기를 더 끌어내 오온을 몰아붙였다.

일로추운검법과 천지검법, 태을진천뢰, 태을음양수, 전광석화가 차례대로 오온의 전신에 퍼부어졌다. 그리고 마지막엔 이기어검까지 펼쳐 오온의 심장에 구멍을 뚫는 데 성공했다.

우건이 오온을 죽였을 때, 최욱은 황도진을 쓰러트리는 데 성공했다. 실력이 급상승한 최욱은 이미 참선당으로 치면 사신조의 조장급 실력을 갖추고 있었다. 더욱이 황도진은 우건에게 입은 손부상이 장애로 남아 온전한 상태가 아니었다.

결국, 최욱의 수도가 황도진의 목을 가르며 지나갔다.

황도진은 무슨 말인가를 하려다가 이내 앞으로 고꾸라졌다.

우건 일행은 사신조의 고수급 인사 대부분을 격살하는 엄청난 성과를 올렸다. 이쯤이면 적이 겁을 먹고 물러설 법한 상황이었다. 한데 적들은 그들을 포위한 채 꿈쩍하지 않았다.

오히려 전보다 더 사나운 살기를 드러내며 으르렁거렸다. 무언가 믿는 게 있다는 뜻이었다. 우건은 저들이 믿는 게 무엇인지 알아볼 목적으로 선령안을 펼쳐 주위를 둘러보았다.

그때였다.

한 사람이 적 사이를 홍해처럼 가르며 모습을 드러냈다.

5장. 대면(對面)

　홍해처럼 갈라진 인파 사이에서 흑의장포(黑衣長袍)를
걸친 40대 중년 사내가 천천히 걸어 나왔다. 이마에는 흰
색 금실로 용과 봉이 싸우는 모습을 수놓은 영웅건(英雄巾)
을 착용했으며, 길게 기른 장발은 머리 부분을 마귀의 얼굴
을 조각한 금비녀로 한 차례 묶은 다음 등 뒤로 길게 늘어
트렸다.

　얼굴은 군계일학이란 말이 어울릴 만큼 준수하기 짝이
없었다. 오히려 나이든 게 멋지다는 말을 들을 만큼 눈가의
얇은 주름과 짧게 기른 수염이 사내다운 느낌을 물씬 풍겼
다.

중년 사내의 얼굴을 보는 순간, 우건이 흠칫해 한발 물러섰다.

원공후, 김 씨 삼형제처럼 우건과 보낸 시간이 많은 사람들은 깜짝 놀라 그런 우건을 다시 쳐다보았다. 우건은 부동심을 익혀 하늘이 무너져도, 땅이 솟아나도 꿈쩍하지 않을 사람이었다. 그들이 알기로 천하에 우건의 부동심을 깨트릴 수 있는 인물은 그의 사매인 수연밖에 없을 거라 믿었다.

한데 수연 외에도 우건의 부동심을 깨트리는 사람이 있었다.

정말 놀라운 일이 아닐 수 없었다.

그리고 그 놀라움은 중년 사내에 대한 궁금증으로 이어졌다.

김은이 원공후에게 물었다.

"사부님이 아는 사람입니까?"

원공후가 즉시 고개를 저었다.

"나도 처음 보는 자다."

두 사람의 대화를 들은 김동이 속삭였다.

"주공은 잘 아는 듯한데 사부님께서는 모르시는 자라면 혹시?"

원공후가 급히 물었다.

"짐작 가는 사람이 있느냐?"

"지금은 그저 제 짐작이 틀리기만 바랄 뿐입니다."

한숨을 내쉰 김동은 대답할 수 없다는 듯 이내 입을 다물었다.

한편, 부동심을 억지로 끌어올려 평정심을 다시 회복한 우건은 원공후, 최욱, 김석, 천혜옥 등에게 은밀히 전음을 보냈다.

전음을 받은 사람들은 깜짝 놀랐지만 우건이 전음을 보낼 때 한 당부에 따라 놀란 표정이 드러나지 않도록 노력했다.

우건은 일행을 떠나 그에게 걸어오고 있는 중년 사내에 향했다.

결국, 두 사람의 대면은 전장 한복판에서 이루어졌다.

걸음을 멈춘 중년 사내가 얼음처럼 차가운 눈빛으로 물었다.

"넌 나이를 얼마 먹지 않은 것 같군. 예전 모습 거의 그대로야."

우건은 중년 사내의 눈빛을 피하지 않았다.

오히려 도전하듯 중년 사내의 얼굴을 직시하며 대답했다.

"사형은 나이를 꽤 먹은 것 같군요."

중년 사내가 손으로 짧게 다듬은 턱수염을 살짝 쓸어내렸다.

"약간 오차가 있었던 모양이야. 계산에."

"태을양의미진진을 이용해 넘어온 겁니까?"

"네가 했는데 나라고 못하리란 법은 없지 않겠느냐."

중년 사내의 대답을 들은 우건은 수십 가지 상념이 한꺼번에 떠올랐다가 사라지는 바람에 괴로웠지만 지금은 드러낼 때가 아니었다. 우선은 어떤 상황인지 알아내는 게 중요했다.

우건이 중년 사내 뒤에 늘어선 참선당 무인들을 보며 물었다.

"참선당의 당주가 사형입니까?"

"맞다."

"참선당이 오늘 일에 끼어든 이유는 무엇입니까?"

"당연히 강호일통을 위해서지. 아니, 현대인답게 꿈을 크게 가져야겠지. 지금은 글로벌한 시대니까 말이야. 내 목표는 세계 정복이다. 한국을 정리하는 것은 그 과정에 지나지 않아. 그리고 너를 없애는 것은 그 과정의 과정에 지나지 않고."

"사형은 세계 정복이 가능할 거라 보십니까?"

"이곳 사람들은 약해 빠졌다. 너도 이젠 알지 않느냐? 무인 수천 명을 동원하면 정복하지 못할 나라가 없다. 물론 미사일을 쏘는 전쟁이라면 다르겠지만, 우린 그럴 필요가 없지. 방해하는 놈들은 족족 다 암살해 버리면 그만이니까 말이야.”

우건은 중년 사내의 말대로 될 것 같아 잠시 두려움을 느꼈다.

“내가 여기 있단 것은 어떻게 알았습니까?”

“참선당은 이미 구룡문, 제천회, 특무대를 몇 년 전부터 계속 감시 중이었다. 그들과 여러 차례 얽히는 바람에 스스로 모습을 드러낸 너를 알아보는 것이 그리 어렵지는 않더군.”

두 사람의 목소리는 그리 크지 않았지만 근처에 있는 고수들은 모두 10미터 밖에서 떨어지는 솔잎이 내는 소리를 들을 정도로 귀가 밝았기에 대화의 내용을 다 들을 수 있었다.

원공후가 자기가 들은 게 믿기지 않는다는 듯 김동에게 물었다.

“방금 주공께서 저자를 사형이라 부른 것이냐?”

긴장한 듯 침을 꿀꺽 삼킨 김동이 고개를 끄덕였다.

“잘못 들으신 게 아닙니다. 주공이 저자를 사형이라 불렀습니다.”

“주공의 사형이라면 혹시 그 한 씨 성을 쓰는?”

김동이 다시 고개를 끄덕였다.

“태을문 둘째 제자인 독심마선(毒心魔仙) 한엽이 틀림없습니다.”

원공후와 김동의 대화처럼 참선당과 함께 나타난 정체불명의 중년 사내는 바로 우건의 둘째 사형인 한엽이었다. 우건이 둘째 사형 한엽을 마지막으로 본 것은 그가 본문을 배신한 조광을 제거하기 위해 중원으로 떠나던 날 아침이었다.

물론 그 당시보다 나이가 최소 스무 살은 더 들은 듯 보였다.

아마 두 가지 중 하나일 듯했다.

첫 번째는 지금처럼 나이가 어느 정도 든 상태에서 태을양의미진진을 이용해 이곳으로 넘어왔을 경우였다. 그리고 두 번째는 우건이 넘어오고 나서 얼마 지나지 않아 넘어왔지만 우건보다 몇 십 년 빠르게 이곳에 도착했을 경우였다.

한엽은 계산 실수라 했으니까 두 번째 경우인 듯했다.

우건은 몇 년 전의 일이지만 마치 몇 십 년 전의 일처럼 아득하게 느껴지는 예전 기억을 천천히 회상하기 시작했다.

곧 그가 사부 천선자의 명령을 받아 중원으로 떠났던 일과 중원 개봉에 있는 제천회 본단에 쳐들어가 여러 고수들과 겨뤘던 광경이 주마등처럼 차례차례 떠올랐다. 마지막에는 조광이 그를 제거하기 위해 태을조사의 유진인 태을양의미진진을 제천회 대청에 설치했던 일이 선명하게 떠올랐다.

당시 조광은 그가 제천회 대청에 설치한 태을양의미진진에 뭔가 문제가 있단 사실을 뒤늦게 깨달은 듯한 행동을 했었다.

우건은 이곳에 온 후에 이유가 뭐였을까 곰곰이 생각해 보았지만 떠오르는 해답이 없었다. 그러나 생각지 못한 장소에서 한엽을 보는 순간, 그 해답을 마침내 알아낼 수 있었다.

우건은 한엽의 눈을 직시하며 물었다.

"조광에게 태을양의미진진의 도해(圖解)를 건네줬던 겁니까?"

한엽은 못마땅한 표정으로 대꾸했다.

"조 사형이 태을문을 배신한 반도이긴 하지만, 그래도 한때는 너의 대사형이었던 사람 아니냐? 너무 매몰찬 게 아니냐?"

우건은 고개를 저었다.

"조광은 기사멸조를 행한 반도입니다. 난 오히려 사형이 그를 두둔하는 것 같아 마음이 불편합니다. 이는 혹시 사부님이 갖고 있던 태을양의미진진의 도해를 넘겨줬기 때문입니까?"

한엽이 어깨를 으쓱거렸다.

"주긴 줬지. 물론 완전한 도해는 아니었어. 사부가 비동을 비웠을 때 태을양의미진진의 도해를 베껴 적기는 했지만 내가 약간 첨삭을 한 다음에 중원에 있던 조광에게 건네줬지."

우건은 고개를 끄덕였다.

"조광은 마지막 순간까지 완벽한 도해였다고 믿었을 겁니다."

한엽은 하얀 이를 드러내며 히죽 웃었다.

"조광 그 자식이 멍청한 게 내 탓은 아니지. 강호란 곳은 원래 귀계가 난무하기 마련인데 잠깐 한솥밥을 먹었단 이유로 남이 주는 걸 다 믿는 놈이 멍청한 거야. 그렇지 않나?"

"조광에게 도해를 넘긴 이유는 무엇입니까? 조광을 골탕 먹이기 위해서였습니까? 아니면, 다른 이유가 더 있었던 겁니까?"

한엽은 잠깐 고개를 들어 하늘을 보았다. 노을이 짙게 깔린 하늘 위에서 불길해 보이는 먹구름이 다가오는 중이었다.

한엽이 고개를 다시 내려 우건을 보았다.

차가워 보이던 눈빛은 어느새 사라지고 없었다.

대신, 그 자리에 불길처럼 타오르는 분노가 자리해 있었다.

"사제는 역시 핵심을 잘 찔러 오는군. 후후, 맞아. 조광에게 태을양의미진진의 도해를 넘긴 데에는 다른 이유가 있었지."

대담한 한엽이 손을 슬쩍 휘둘렀다.

그 순간, 한엽과 우건을 중심으로 뿌연 강기막이 만들어졌다.

우건은 한엽이 이렇게 쉽게 체내의 기를 유형화해 강기막으로 변환시킬 수 있을 거라는 생각을 못했기에 당황했지만 표정으로 드러내진 않았다. 역시 부동심을 익힌 덕분이었다.

한엽은 강기막을 쳐서 다른 사람이 두 사람의 대화를 듣지 못하게 했다. 이는 앞으로 할 얘기가 중요하단 의미였다.

"난 사부가 그를 배신한 조광을 죽이러 직접 중원으로 갈 줄 알았다. 그리고 갈 때, 믿음직한 너를 데려갈 줄 알았다."

우건은 미간을 살짝 찌푸렸다.

"그 말은 조광에게 도해를 넘긴 이유가 불완전한 태을양의미진진으로 사부님과 저를 한 번에 없애기 위함이었다는 겁니까?"

"맞다."

수긍한 한엽이 말을 이어갔다.

"아마 사부에게는 태을양의미진진을 해제할 능력이 있었겠지. 하지만 불완전한 태을양의미진진은 사부의 능력 밖이었을 것이다. 진이 폭발하면 너와 사부, 그리고 조광을 함께 없앨 수 있단 뜻이지. 물론 사부가 가지 않아 실패했다만. 사부는 자기가 비동을 지키지 않으면 내가 그사이 무언가 일을 저지를 거라 생각한 모양이야. 뭐, 틀린 건 아니지."

우건은 분노를 억지로 참으며 물었다.

"이유가…… 이유가 대체 뭡니까? 대체 사부님과 내가 사형에게 무슨 짓을 했기에 그런 악독한 마음을 먹었던 겁니까?"

한엽이 갑자기 진득한 살기를 피워 올리며 물었다.

"정말 몰랐던 거냐? 내가 그런 짓을 한, 아니 해야만 했던 이유를 정말 몰랐단 말이냐? 이거 정말 실망이군. 실망이야."

"모르니까 묻는 게 아닙니까?"

한엽이 이죽거리며 대답했다.

"그 질문에 대한 대답은 네가 직접 알아내도록 해라."

우건은 한엽이 어떤 성격인지 잘 알았다.

그가 대답하지 않기로 결정했다면 끝까지 하지 않을 것이다.

그 문제로 계속 물고 늘어지는 것은 시간 낭비였다.

우건은 갑자기 사부 천선자의 안위가 걱정되었다.

물론 몇 백 년이 지난 탓에 이미 돌아가신 지 오래일 테지만, 편안히 눈을 감지 못했을 것 같단 불길한 예감이 든 것이다.

우건이 이곳에 와 사부의 비동을 다시 찾았을 때, 비동에는 누군가와 싸운 흔적이 가득했다. 그 광경이 계속 떠올랐다.

우건이 급히 물었다.

"내가 실종된 후에 사부님은 어떻게 하셨습니까?"

"예상대로였다."

"예상대로라면?"

한엽이 콧방귀를 뀌며 대답했다.

"사부가 어떤 사람이냐? 천리 밖의 일도 아는 사람 아니더냐? 네가 어떻게 사라졌는지 사람들에게 듣고는 바로 태을양의미진진에 의해 벌어진 일임을 간파했다. 그리고 너를 다시 돌아오게 하기 위해 태을양의미진진을 계속 연구했다."

"사형이 이곳에 온 것을 보면 성공한 듯한데, 정말 그런 겁니까?"

"성공했다. 하지만 가는 방법만 알아냈을 뿐이다. 아무리 사부라도 그 속에서 돌아오는 방법은 끝내 찾지 못했던 것이다."

우건은 급히 물었다.

"그 다음은 어떻게 되었습니까?"

"그 일이 일어났지."

"그 일이 뭡니까?"

한엽이 미간을 잔뜩 찌푸렸다.

"그 일은…… 네가 알 필요 없는 일이다."

한엽은 그들을 둘러쌌던 강기막을 해제했다.

"오랜만에 만난 사형제끼리 회포를 풀다 보니까 얘기가 조금 길어졌군. 구경하던 사람들이 화를 내기 전에 어떻게 든 결말을 지어야 하지 않겠느냐? 지금 네 몸으로는 무리 겠지만."

우건은 한엽이 중요한 일을 건너뛰었단 사실을 알았다.

그러나 그로서는 방법이 없었다.

우건은 청성검을 뽑아 손에 쥐며 머리를 숙였다.

"사형에게 비무를 청합니다."

한엽이 히죽 웃었다.

"비무는 아니다. 이건 너와 나의 모든 것을 건 승부다. 네가 원하든, 원하지 않든 그건 절대 변하지 않을 것이다. 전에 있던 곳에서 못 다한 승부를 이곳에서 마침내 끝내는 거다."

그러나 우건의 생각은 달랐다.

그는 여기서 승부를 볼 생각이 없었다.

더욱이 이런 상황과 상태에서는 더더욱 아니었다.

우건과 한엽은 태을문에서 10여 년을 함께했다.

더욱이 사부가 보는 앞에서 비무를 한 경험이 있어 상 대의 특기가 무엇인지 잘 알았다. 한엽은 천뢰조(天雷爪),

무영팔수(無影八手), 태을진천뢰 세 가지 무공을 극한까지 익혔다.

우건 역시 위에 열거한 세 무공을 다 익혔지만, 한엽에 비하면 조족지혈 수준이었다. 반면 우건은 천지검법, 태을십사수, 전광석화를 극한까지 익혀 한엽과 거의 평수를 이루었다.

정상적인 몸 상태였다면 좋은 승부였을 테지만, 지금은 무게추가 한쪽으로 너무 기울어져 있어 해보나 마나 한 승부였다.

우건은 호승심이 강하지 않았다.

그리고 물러서는 것을 창피하게 여기지 않았다.

우건은 한엽이 자세를 잡기 전에 청성검을 앞으로 쏘아보냈다.

"하하, 다짜고짜 비검만리냐?"

껄껄 웃은 한엽이 극한에 이른 섬영보로 비검만리를 피했다.

그러나 비검만리는 성구폭작과 이어져 있는 초식이었다.

청성검이 폭발하며 그 파편이 한엽에게 날아갔다.

한엽은 성구폭작 역시 잘 아는 듯 바로 왼손을 앞으로 뻗었다.

쿠르릉!

뇌성과 함께 예리한 강기가 물결처럼 일어나 파편을 막아 냈다.

한엽의 성명절기인 천뢰조였다.

우건은 용음검을 뽑아 다시 앞으로 던졌다.

이번에는 이기어검이었다.

여유가 넘치던 한엽의 얼굴이 처음으로 굳어졌다.

우건이 이기어검까지 펼칠 줄 몰랐던 것이다.

자세를 바로 한 한엽은 천뢰조와 무영팔수, 태을진천뢰를 모두 동원해 거머리처럼 달라붙는 이기어검을 저지하려 했다.

태을진천뢰에 밀린 용음검이 옆으로 빗나가려 할 때였다.

퍼어엉!

귀를 찢는 폭음과 함께 용음검이 황금빛 광채를 사방으로 뿌리며 폭발했다. 두 번째 성구폭작이었다. 한엽은 우건이 남은 검 하나마저 성구폭작으로 터트릴 거라 예상하지 못한 듯 섬영보와 비응보, 일보능천을 연이어 펼쳐 피했다.

마치 한엽의 신형이 여러 개로 나뉜 것처럼 보일 만큼 쾌속한 움직임이었다. 용음검의 파편 몇 개가 한엽의 살에 틀어박혔지만 호신강기를 완전히 뚫지 못해 피육의 상처로 그쳤다.

한엽은 핏방울이 뚝뚝 떨어지는 왼팔을 바라보며 중얼거렸다.

"잔머리가 늘었군."

그때였다.

한엽은 우건의 기척이 사라진 것을 느끼고 급히 고개를 돌렸다.

이기어검을 조종하던 우건이 그새 사라지고 없었다.

"어린애처럼 지금 나와 숨바꼭질이라도 하자는 거냐?"

한엽은 선령안을 펼쳐 주변을 둘러보았다.

왼쪽으로 움직이는 우건의 신형이 모습을 드러냈다.

한엽은 지체 없이 그쪽으로 몸을 날려 손을 휘둘렀다.

쿠르릉!

뇌성과 함께 날카로운 강기가 폭포수처럼 허공을 찢어발겼다.

급히 일월보를 푼 우건은 태을십사수로 천뢰조를 막았다. 그러나 천뢰조는 태을십사수의 방어를 가볍게 관통해 버렸다.

푹!

천뢰조의 강기가 우건의 가슴에 박혔다. 우건은 피를 토하며 뒤로 날아갔지만 이내 비룡번신으로 다시 자세를 잡았다.

그때였다.

한엽이 미간을 찌푸리며 고개를 뒤로 돌렸다.

우건이 한엽에게 통할 리 없는 일월보를 써서 일부러 그를 유인한 이유는 원공후 등이 도망칠 시간을 벌기 위해서였다.

전음으로 지시한 대로 우건이 한엽을 유인하는 순간, 원공후 등은 포위망을 돌파해 서쪽 숲으로 도망을 치기 시작했다.

한엽이 부하들에게 중국말로 소리쳤다.

"놈들을 한 놈도 놓치지 마라! 한 놈이라도 살아서 도망쳤다는 소리가 들리면 네놈들의 사지를 전부 뽑아 버릴 것이다!"

한엽은 자기가 한 말을 실제로 지키는 듯했다.

사색이 된 사신조 조원들이 얼른 도망치는 원공후 등을 쫓았다.

원공후 등은 대부분 부상을 입은 상태였다.

그리고 연이은 격전에 피로까지 겹쳐 속도가 빠르지 못했다.

얼마 지나지 않아 사신조 조원들에게 거의 따라잡혔다.

우건은 남은 선천지기까지 전부 쥐어짜내 섬영보를 펼쳤다.

우건의 신형이 빨랫줄처럼 늘어지다가 원공후 등을 추격하는 사신조 앞에서 멈추었다. 사신조 조원들은 우건이 오온, 백무성 등을 어떻게 죽이는지 보았기에 잠시 머뭇거렸다.

그러나 우건과 싸우다 죽는 것이 한엽에게 죽는 것보다 낫다는 생각이 든 듯 곧 사신조 조원들이 우건에게 달려들었다.

우건은 태을십사수와 태을진천뢰, 그리고 파금장 등을 펼쳐 그에게 달려드는 적을 쓰러트렸다. 우건이 부상당하기는 했지만 사신조 조원에게 당할 만큼 약한 상태는 아니었다.

곧 우건 앞에 시체의 산이 만들어졌다.

100여 명이 넘는 사신조 조원들이 비명을 지르거나, 피를 쏟으며 먼저 쓰러진 동료의 몸 위로 쓰러졌다. 그렇게 사람의 시체로 쌓은 작은 봉분(封墳) 하나가 만들어졌을 때였다.

봉분 꼭대기에 흑의를 걸친 한엽이 나타났다.

붉은 노을과 회색빛 먹구름을 등 뒤에 배경처럼 두른 한엽은 팔짱을 낀 채 오연한 표정을 지으며 우건을 내려다보았다.

"제법 애를 먹이는구나."

말이 끝나는 순간, 한엽이 어느새 우건의 눈앞에 다가와 있었다.

우건은 한엽이 움직이는 모습을 전혀 보지 못했다.

선령안으로도 한엽의 신형을 제대로 쫓아가지 못한 것이다.

우건은 이를 악물었다.

몸이 정상적인 상태였어도 한엽을 이기기 어려웠을 것이다.

한엽이 고개를 돌려 숲 속으로 도망치는 원공후 일행을 보았다.

"저들이 네게 아주 중요한 사람들인가 보구나."

우건은 시간을 끌어야 한다는 생각밖에 없었기에 바로 물었다.

"그렇게 생각하는 이유가 무엇입니까?"

"선천지기까지 써 가며 저들의 활로를 열 이유가 그것밖에 없지 않겠느냐? 대체 저들이 무엇이기에 네가 목숨까지 버려 가며 구하려는 것이냐? 저들이 그만큼이나 중요한 것이냐?"

우건은 필사적으로 부동심을 끌어올리며 대답했다.

"저들은 내 말에 설득돼 이번 전투에 참여했습니다. 나에게는 저들이 안전하게 돌아갈 수 있게 해 줄 책임이 있습니다."

한엽이 다시 우건을 쳐다보며 물었다.

"정말 그 이유뿐이더냐?"

"사형에게는 별것 아닐지 모르지만 내겐 동료와의 신의를 지키는 게 가장 중요한 사안 중 하나입니다. 소홀할 수 없지요."

"사형과의 신의는 버린 것이냐?"

우건은 얼굴색 하나 바뀌지 않고 대답했다.

"사형은 이미 태을문의 가르침을 저버린 것 같더군요. 그런 사람에게까지 신의를 지킬 이유는 굳이 없을 것 같습니다."

한엽이 이를 드러내며 히죽 웃었다.

"대체 태을문의 가르침이란 게 무엇이냐?"

"그야 당연히 밖에서는 외공을 쌓고 안으로는 내공을 쌓는 게 아니겠습니까? 사형은 참선당을 만든 이유가 외공을 쌓기 위해서가 아니라, 세계 정복을 위해서라고 말씀하셨습니다."

태을문에서 말하는 외공은 외가공부가 아니었다.

외공(外功), 즉 선행을 베풀어 덕을 쌓는 행위를 의미했다. 이는 태을문을 세운 태을조사의 유훈이었다. 태을조사는 우화등선하기 전에 제자들을 모아놓고 태을문 제자는 모름지기 밖에선 선행을 행하여 외공을 쌓아야 한다고 설파했다.

그리고 안에서는 부단히 심신을 단련하여 무결한 인간이 돼야 한다고 설파했다. 그리하여 외공과 내공이 조화를 이룰 때야만 궁극적인 목표인 우화등선을 할 수 있다고 강조했다.

한엽은 고개를 저었다.

"태을조사의 유훈을 해석하는 방식에 있어 너와 난 차이가 좀 있는 것 같군. 결론부터 말하자면 인간은 선행을 베풀 대상이 절대 아니다. 수천 년 동안 서로 죽고 죽이고 빼앗고 빼앗기고 속이고 속는 존재가 인간이다. 그런 인간을 구제하려 한다는 것은 밑 빠진 독에 물을 붓는 행동과 마찬가지다. 즉, 영원히 끝나지 않는단 뜻이지. 그러나 방법이 전혀 없는 건 아니다. 인간은 어차피 더 강한 인간에게 복종하게 되어 있다. 내가 세계를 정복하면 지금까지 태을문이 구제해 온 숫자보다 수천수만 배에 이르는 인간을 구제할 수 있다. 내가 지배하는 세계에선 그런 일이 없을 테니까."

"인간은 본능적으로 자유를 갈망하기 마련입니다. 그런 세계는 얼마 동안은 평온할지 모르지만 결국 더 큰 혼란을 부를 겁니다. 그리고 그 혼란 속에서 사형이 구한 숫자보다 더 많은 사람들이 죽어 갈 겁니다. 사형의 생각은 틀렸습니다."

한엽이 앞으로 한 걸음 걸어와 진지한 어조로 물었다.

"생각을 바꿀 순 없나? 네가 생각을 바꾼다면 난 너를 받아 줄 용의가 있다. 사형제의 의리를 생각해 하는 제안이다. 네가 내 제안을 받아들인다면 네가 잃어버린 선천지기를 회복시켜주마. 여기서 선천지기를 더 소모하면 결국 죽고 말

것이다. 더 늦기 전에 내 제안을 받아들이는 게 좋을 것이다."

우건은 고개를 저었다.

"난 생각을 바꿀 용의가 없습니다."

"잘 생각해라. 이게 마지막 제안이니까. 어차피 너와 난 이곳에 넘어오는 시간에 차이가 나서 내가 먼저 죽을 수밖에 없는 운명이다. 그 다음엔 내 자리를 네가 이어라. 이미 그때 나는 이 세상에 없을 테니까 네가 이 세상을 예전 모습으로 돌려놓든, 아니면 그대로 이어가든 상관하지 못할 것이다."

"다시 말하지만 난 생각을 바꿀 용의가 없습니다."

대답한 우건은 다시 자세를 잡았다.

안타깝다는 듯 한숨을 내쉰 한엽이 말했다.

"그럼 할 수 없지. 한때 사제였던 너를 위해서 전력으로 상대해 주마. 죽기 전까지 그동안 네가 익힌 모든 것을 다 펼쳐 보아라. 그래야 죽어서도 후회가 남지 않을 테니까 말이다."

고개를 끄덕인 우건은 태을음양수로 먼저 선공했다.

그러나 태을음양수로 만든 강기 두 개가 허공을 갈랐을 때는 이미 한엽이 극한에 이른 이형환위로 피해 버린 다음이었다.

우건은 급히 뒤로 돌아섰다.

그때, 어느새 뒤로 돌아온 한엽이 천뢰조를 펼쳐 왔다.

쿠르릉!

뇌성과 함께 강렬한 강기가 우건의 옆구리를 갈랐다.

파앗!

옆구리가 그대로 터지며 피 묻은 살점이 뭉텅이로 떨어졌다.

"우웩!"

시커먼 피를 한사발이나 토한 우건은 피를 닦을 새도 없이 분심공을 이용해 양손으로 파금장과 표풍장을 동시에 펼쳤다.

하나는 양강한 장력이었고 다른 하나는 표홀한 장력이었다.

한엽이 히죽 웃었다.

"분심공은 너만 익힌 게 아니야."

한엽은 천뢰조와 무영십팔수를 양손으로 펼쳤다.

천뢰조는 양강한 무공이었고 무영십팔수는 음유한 무공이었다.

한엽 역시 분심공으로 상반된 두 가지 무공을 같이 펼쳤다.

펑펑!

폭음과 함께 우건이 끈 떨어진 연처럼 날아갔다.

우건이 쏟아 낸 표풍장의 장력은 천뢰조의 강렬한 강기에 찢겨 그야말로 바람처럼 흩어져 버렸다. 그리고 파금장의 장력은 무영십팔수가 지닌 음유한 기운에 에워싸여 마치 바다에 빠트린 바위덩어리처럼 전혀 타격을 입히지 못했다.

한엽은 살짝 발을 굴렀다.

그 순간, 지상에 있던 한엽이 날아가던 우건의 몸 위에 갑자기 나타났다. 그사이 정신을 차린 우건은 몸을 뒤집으며 선풍무류각의 연환각으로 한엽을 공격했다. 그러나 한엽은 이미 우건의 수법을 다 안다는 듯 가볍게 막은 다음, 똑같이 선풍무류각의 철혈각으로 우건의 가슴을 걷어찼다.

퍼엉!

한엽에게 걷어차인 우건은 바닥으로 곧장 떨어졌다가 마치 공처럼 몇 차례 튕겨나간 후에야 간신히 멈춰 설 수 있었다.

우건은 비틀거리며 일어서다가 다시 피를 토했다.

이번에는 검은 피에 내장조각이 섞여 있었다.

이미 돌이킬 수 없는 상태라는 뜻이었다.

그러나 우건은 여전히 무표정을 유지하며 한엽에게 달려들었다. 한엽은 냉소를 지으며 지켜보다가 가볍게 피해 냈다.

우건은 선천지기가 거의 고갈되었다는 것을 느꼈다.

앞으로 공격 몇 번이면 완전히 고갈되어 버릴 것이다.

우건은 한엽에게 달려들어 태을음양수, 전광석화, 파금장, 태을진천뢰 등 그가 쓸 수 있는 모든 수법을 다 쏟아부었다.

한엽 역시 이것이 우건이 죽기 전에 하는 최후의 발악임을 느낀 듯했다. 지금까지완 달리 자리를 지키며 공격을 막았다.

천뢰조와 무영실팔수가 펼쳐질 때마다 우건이 펼친 공격이 차례차례 물거품으로 돌아갔다. 한엽은 심지어 우건이 마지막에 펼친 태을진천뢰를 같은 태을진천뢰로 맞받아쳐왔다.

우건이 펼친 태을진천뢰는 은은한 뇌성이 어렴풋이 들렸지만 한엽이 펼친 태을진천뢰는 소리가 전혀 들리지 않았다.

이는 한엽의 태을진천뢰가 이미 대성을 이루었다는 뜻이었다.

결과는 처음부터 정해져 있었던 것이다.

퍼엉!

다시 한 번 폭음과 함께 우건이 뒤로 날아갔다.

이번에는 전처럼 쉽게 일어서지 못했다.

선천지기를 다 쓴 데다 내상과 외상이 모두 심해 더 이상 일어날 기력이 없었다. 한엽이 우건을 향해 천천히 걸어갔다.

한엽은 벌레처럼 꿈틀거리며 일어서려는 우건을 지그시 밟았다.

"너다운 훌륭한 발악이었다."

우건은 입에서 피를 쏟아 내며 물었다.

"마지막인 것 같은데 아까 한 질문에 대답해 주지 않겠습니까?"

"무슨 질문 말이냐?"

"대체 사부님과 내가 사형에게 무슨 짓을 했기에 조작한 태을양의미진진의 도해를 조광에게 넘겨 우릴 죽이려 했던 겁니까?"

질문을 들은 한엽은 우건을 밟던 발을 치웠다.

그리고는 우건의 멱살을 잡아 번쩍 일으켜 세웠다.

한엽의 냉정하던 눈이 다시 한 번 분노로 이글거리고 있었다.

"정말 몰라서 묻는 거냐?"

"정말 모르니까 묻는 게 아닙니까?"

우건의 대답을 들은 한엽이 하늘을 쳐다보며 대소를 터트렸다.

웃기를 멈춘 한엽이 우건의 멱살을 끌어당겨 얼굴을 맞댔다.

"난 네가 이성에 눈뜨기도 전에 이미 사매를 좋아하고 있었다."

우건은 부동심이 깨지는 것을 느꼈다.

"사, 사매를 말입니까?"

한엽은 분노로 인해 몸을 사시나무처럼 떨며 대답했다.

"그렇다. 그걸 안 사부는 나를 중원에 보내 강제로 수행을 시켰다. 너와 사매가 가까워질 수 있는 시간을 벌기 위해서 말이다. 하루는 도저히 참을 수 없어 몰래 돌아가 사부를 만났다. 그리고 물어보았다. 넌 되고 난 안 되는 이유가 무엇인지 말이다. 한데 사부가 뭐라 한 줄 아느냐? 난 선근(仙根)이 좋지 않아 사매를 행복하게 해 줄 수 없을 거라더군. 사부 앞이라 수긍하는 척하며 동부를 나왔지만 생각할수록 무슨 개 같은 소린지 모르겠더구나. 남녀가 서로 좋아하면 그만이지, 거기에 무슨 선근 같은 게 끼어든단 말이냐."

우건은 그제야 한엽의 눈에 가끔씩 떠오르던 분노가 뭔지 깨달았다. 그건 질투였다. 사매를 향한 욕망이 우건에 대한 질투로 바뀐 것이다. 한엽은 질투에 사로잡혀 자신을 거두어 준 사부와 십년 넘게 동고동락하던 사제를 죽이려 하였다.

우건은 허탈한 목소리로 물었다.

"고작 그런 이유로 인해 이 엄청난 사건을 저질렀단 말입니까?"

"고작 그런 이유? 네겐 고작 그 이유일지 모르겠지만 내겐 전부였다. 너와 사부는 내게서 전부를 빼앗아 간 거나 같았다. 최소한 사매가 너와 나 둘 중 한 명을 선택하게 했다면 난 인정했을 것이다. 그러나 사부는 아예 처음부터 나를 배제시켰어. 출발선에는 아예 서 보지도 못했단 말이다."

한엽의 울분 섞인 고백을 듣는 동안, 우건은 소름이 끼쳤다.

자신이 사라진 후, 혼자 산에 남았을 사매가 떠올랐던 것이다.

"내가 사라진 후에 사매는 어떻게 했습니까?"

한엽이 재미있다는 듯 껄껄 웃었다.

"하하, 내가 그 후에 사매를 어떻게 했을지 궁금한 모양이구나."

"어, 어차피 난 곧 죽습니다. 그 정도 자비는 베풀어 주십시오."

한엽은 히죽 웃으며 고개를 저었다.

"아니, 넌 죽는 마지막 순간까지도 내가 사매를 어떻게 했을지 궁금해하며 괴로워해야 한다. 그래야 수지가 맞지 않겠어?"

"나에게 끝까지 고통을 안겨 주겠다는 겁니까?"

"이제 저승에 가서 영원히 괴로워하며 내가 도착하길

기다려라."

한엽은 우건의 목을 서서히 조여 가기 시작했다.

피를 너무 많이 흘려 하얗게 질려 있던 우건의 얼굴이 금세 푸르뎅뎅해졌다. 기도가 막혀 숨을 쉬지 못한단 증거였다.

한엽은 우건이 죽어가는 모습을 한순간도 놓치지 않겠다는 듯 그의 얼굴에서 시선을 떼지 않았다. 우건은 시야가 흐릿해지며 말로만 듣던 주마등(走馬燈)이 떠오르기 시작했다.

사부 천선자, 막내 사제 송아, 원공후, 최욱, 김 씨 삼형제 등의 얼굴이 차례로 떠올랐다. 그리고 마지막엔 사매 설린의 얼굴이 떠올랐다. 그러나 사매의 삼단 같은 긴 머리카락과 즐겨 입던 비취색 무복은 떠올랐지만 얼굴 부분은 텅 비어 있었다. 심지어 사매가 즐겨 쓰던 향낭(香囊)의 향기마저 선명히 떠올랐지만 사매의 얼굴은 좀처럼 떠오르지 않았다.

우건은 애를 써 보았지만 끝내 기억이 나지 않았다.

그때였다.

텅 비어 있던 공간에 여인의 아름다운 얼굴이 나타났다. 처음에는 사매 설린인가 싶었지만 곧 아니라는 것을 깨달았다.

마지막에 떠오른 얼굴은 의외로 설린이 아니라, 수연이었다.

사매와 수연은 외형이 마치 일란성 쌍둥이처럼 닮았지만, 두 사람이 짓는 표정이나 가끔씩 보여 주는 눈빛은 각기 달랐다.

설린은 우수에 찬 듯하면서도 따뜻한 눈빛을 보여 주었다. 반면, 수연은 활달하지만 아픔이 섞여 있는 눈빛을 자주 드러냈다.

우건은 그제야 그가 마지막으로 사랑한 사람이 설린이 아니라 수연이라는 사실을 깨달았다. 처음에는 설린과 닮은 수연에게 마음이 갔지만 지금은 수연 그 자체를 사랑하게 된 것이다.

우건이 둔하기는 하지만 수연이 그를 좋아한단 사실은 알았다.

그러나 그녀의 마음을 받아주지 못했다.

마음이 흔들릴 때마다 설린이 떠올랐던 것이다.

그녀에 대한 감정과 그녀가 우건에게 보여 준 헌신을 생각하면 몇 백 년이 지난 후일지라도 변해선 안 된다고 생각했다.

그러나 죽기 직전에야 수연을 정말로 사랑했음을 깨달았다.

이런 최후를 예상했더라면 진작 고백했을 것이다.

그러나 한 치 앞을 모르는 게 사람일이란 말처럼, 그 역시 최후가 가까워진 후에야 후회하는 평범한 남자일 뿐이었다.

'사매, 미안해…… 난 아무래도 돌아가지 못할 것아.'

모든 것을 내려놓은 우건은 그렇게 최후를 맞이하려 하였다.

그때였다.

흐려지던 의식 속에서 누군가가 부르는 소리가 얼핏 들렸다.

우건은 환청이라 생각해 신경 쓰지 않았다.

한데 처음에는 개미 소리처럼 작던 음성이 점점 커지더니 어느새 천둥이 내려치는 것처럼 귀청을 찢을 듯이 들려왔다.

이는 환청이 아니었다.

누군가가 우건에게 전음을 보내고 있었던 것이다.

우건은 흐려지던 의식을 붙잡으며 목소리를 들으려 노력했다.

그때, 전음이 좀 더 선명하게 들려왔다.

-저 송지운입니다. 기억나십니까?

전음을 듣는 순간, 우건은 변화가 생길 것 같단 직감이 들었다.

6장. 비사(秘事)

　우건은 송지운을 한 번 만났었다.

　우건이 제천회 망인단을 공격할 때였다. 망인단 하부 조
직을 차례차례 궤멸시킨 우건은 마지막으로 망인단 단주
장린과 그 제자들을 없애기 위해 숲속에서 유인작전을 전
개했다.

　유인작전은 대성공을 거둬 장린의 주력을 거의 다 궤멸
시켰으며 종내에는 수장 장린을 쓰러트릴 절호의 기회까지
얻는 데 성공했다. 그러나 장린은 우건의 예상보다 훨씬 강
했다.

　물론 현대무림에 넘어와 내력을 다시 연성하기 시작한지

얼마 안 된 때라 더 그랬지만 어쨌든 장린은 버거운 상대였다.

장린과 건곤일척의 승부를 벌이던 우건은 결국 힘이 다해 목숨이 경각에 이르러 있었다. 그때, 나타난 사람이 송지운이었다.

장린이 거둔 막내 제자였던 송지운은 장린이 우건의 숨통을 끊으려는 순간, 갑자기 등장해 사부의 등을 암습했다. 우건과의 혈투에서 상당한 중상을 입은 상태였던 터라, 장린은 제자의 암습을 막아 내지 못했다. 장린은 결국 그렇게 쓰러져 갔다.

우건을 살려 준 송지운은 제천회의 중요한 정보를 우건에게 준 다음 모습을 감췄는데, 그런 그가 전음을 보낸 것이다.

우건은 쓴웃음이 배어 나왔다.

정말 마지막이라 직감한 순간에 또 한 번 송지운이 개입한 것이다. 이게 운명인지 숙명인지 갈피를 잡기가 힘들었다.

송지운의 전음이 다시 들려왔다.

-제가 곧 구해드리겠습니다. 조금만 더 견디십시오.

우건은 송지운이 한엽의 상대가 아님을 알았다. 그러나 희망이 전혀 없진 않았다. 한엽은 지금 정상이 아니었다. 한엽과 같은 고수가 주변 경계를 소홀히 하는 경우는 극히 드물지만, 지금은 다행히 그 극히 드문 경우에 속하는 상황이었다.

한엽은 우건을 사제로 여기지 않았다. 그저 그의 모든 것을 앗아간 숙적(宿敵)이며 연적(戀敵)이라 생각할 뿐이었다. 그런 우건의 목숨을 마음대로 할 수 있는 지금이야말로 평생 꿈꿔 온 일이 현실로 이뤄지기 일보직전인 상황이었다.

한엽은 우건이 죽어 가는 장면을 기억해 둔 다음 죽을 때까지 계속 떠올리며 즐기려는 속셈인지, 시선을 전혀 떼지 않았다.

한편, 우건은 송지운을 돕기 위해 그가 지금 할 수 있는 유일한 일을 할 생각이었다. 우건은 즉시 다친 오장육부에서 식도를 타고 끊임없이 올라오는 피를 입안에 모으기 시작했다.

피를 더 이상 머금을 수 없을 때, 사지백해에 남은 내력을 모두 끌어와 피와 함께 뭉쳤다. 혈토비공술(血吐秘功術)이란 수법이었다. 우건이 중원을 행도할 때, 목숨이 경각에 처한 사마외도(邪魔外道) 하나가 죽음을 모면할 목적으로 펼치던 혈토비공술이 인상에 남아 잠시 연구한 적이 있었다.

우건은 실전적인 사람이라, 목표를 달성할 수만 있다면 어떤 수법이든 개의치 않는 사람이었다. 지금 역시 마찬가지였다.

우건은 의식이 끊어지기 직전, 남은 힘을 쥐어짜내 혈토
비공술을 펼쳤다. 우건이 입을 벌리는 순간, 내력이 더해진
핏덩이가 마치 야구공처럼 튀어나와 한엽의 얼굴로 쏘아져
갔다.

마지막 몸부림이었던 탓에 우건은 그 즉시 의식을 잃었
다. 그에겐 맞았는지 피했는지를 확인할 시간조차 없었던
것이다.

한편, 독 없는 뱀이 똬리를 틀어 먹잇감을 질식시켜 죽이
듯 한 손으로 우건의 목을 틀어쥔 채 서서히 기도를 조여
가던 한엽은 갑자기 날아든 핏덩이에 미간을 살짝 찌푸렸
다.

그러나 한엽은 이미 초절정을 초월한 무인이었다.

거리가 가깝다거나 다른 일에 정신이 팔렸다는 이유로
눈에 보이는 기습에 당할 만큼 어수룩하지 않았다. 바로 고
개를 틀어 핏덩이를 피했다. 마치 우건이 핏덩이를 뱉는 순
간, 이미 한엽의 고개가 옆으로 돌아간 것처럼 보일 지경이
었다.

그러나 우건이 사마외도가 죽기 전에 펼친 토혈비공술에
관심을 가진 이유는 단순히 핏덩이에 내력을 실어 토해 낸
다는 점 때문만은 아니었다. 무림엔 그런 종류의 무공이 많
았다.

심지어 입으로 침이나 바늘, 술 등을 뱉어 적을 공격하는 수법까지 있었다. 토혈비공술이 단순히 무언가를 뱉어 적을 기습하는 수법이었다면 절대 관심을 갖지 않았을 것이다.

우건이 토혈비공술에 관심을 가진 진짜 이유는 조금이지만 태을문 무공과 닮은 점이 있었기 때문이었다. 좀 더 정확히 말하면 천지검법의 구명절초 한 초식과 아주 닮아 있었다.

한엽은 핏덩이가 얼굴 옆으로 빗나가는 순간, 미소를 지었다.

태을문의 후예란 체면조차 잊은 우건이 살기 위해 버러지처럼 발버둥 치는 모습에 절로 조소(嘲笑)가 나왔던 것이다.

그 순간, 피한 줄 알았던 핏덩이가 갑자기 폭발했다. 그리고 폭발한 핏덩이는 다시 수천 개의 작은 핏덩이로 쪼개져 사방으로 날아갔다. 그러나 이 역시 한엽에겐 통하지 않았다.

핏덩이가 폭발하는 순간, 동물적인 감각으로 호신강기부터 끌어올린 한엽은 목을 조여 가던 우건을 멀찍이 던져 버렸다.

파파파팟!

한엽이 펼친 호신강기는 불투명한 막으로 보일 만큼 두

꺼워서, 우건이 의식을 잃기 전에 펼친 비장의 한 수를 물거품으로 만들었다. 한엽은 옷자락의 소매를 크게 휘둘러 만든 바람으로 허공을 떠다니던 핏방울을 한쪽으로 치워 버렸다.

한엽이 빙긋 웃었다.

"성구폭작을 입으로 펼친 건가?"

한엽의 말대로 토혈비공술은 우건의 장기인 천지검법의 한 초식인 성구폭작과 비슷한 점이 많았다. 우건은 성구폭작을 더 잘 이해하기 위해 토혈비공술이 적힌 비급을 구해 연구했지만, 구결의 수준이 낮은 탓에 곧 그의 관심에서 멀어졌다.

토형비공술을 물거품으로 만든 한엽은 바닥에 누운 자세로 미동조차 하지 않는 우건을 향해 걸음을 옮기기 시작했다.

잠시 후, 우건 앞에 우뚝 선 한엽은 다리를 천천히 들어올렸다.

마치 벌레를 밟아 죽이려는 것 같은 행동이었다.

그때였다.

한엽은 발을 약간 들어 올린 상태로 갑자기 동작을 멈췄다.

멈춘 다음에는 천천히 고개를 들어 하늘을 보았다.

전혀 예상하지 못한 소리가 하늘에서 들려온 탓이었다.

그건 헬리콥터의 로터가 돌아가는 소리였다.

처음엔 이곳이 국경과 가까워 우연히 들린 소리라 생각했다. 그러나 그게 아님을 깨닫는 데는 많은 시간이 필요 없었다.

한두 대가 아니었다. 무려 10여 대에 달하는 헬리콥터 편대가 굉음을 내며 그들이 있는 슬로프 정상으로 곧장 날아왔다.

한엽은 한발 물러서며 뒤를 돌아보았다.

처음에는 헬리콥터 로터 소리에 집중하느라 눈치 채지 못했는데, 귀혼청을 펼치는 순간 사람이 내는 인기척이 들렸다.

스키장으로 오는 게 헬리콥터 편대만이 아니라는 뜻이었다.

상대는 하늘과 땅에서 동시에 접근해 오는 중이었다.

부하들 역시 크게 당황한 듯 사방을 연신 두리번거렸다.

그때였다.

완전무장한 군인 몇 명이 멀리 떨어진 숲에서 그들에게 총구를 겨눈 자세로 걸어 나왔다. 한데 불과 10여 초가 채 지나기 전에 군인의 숫자가 수백, 수천으로 늘어나기 시작했다.

마치 사단 하나를 전부 동원한 것 같은 엄청난 병력 규모였다.

한데 군인들은 3, 4백 미터 떨어진 지점에 멈춰 움직이지 않았다. 그저 슬로프 주위를 포위한 채 명령이 떨어지면 바로 사격하겠다는 듯 그들에게 소총 총구를 겨눌 뿐이었다.

그들이 다가오지 않은 이유가 곧 밝혀졌다.

두두두!

지축이 흔들리는 진동과 함께 전차와 장갑차, 지휘차 등 30여 대가 넘는 차량으로 이루어진 기갑부대가 나타나 슬로프 정상으로 진격해 오기 시작했다. 일반 보병으로 차단선을 설치한 다음, 기갑부대로 포위망을 구축하는 작전인 듯했다.

동시에 헬리콥터 편대가 슬로프 상공에 도착했다.

헬리콥터 편대에는 아파치와 같은 공격용 헬리콥터와 블랙호크와 같은 다목적 헬리콥터가 섞여 있어 위용이 대단했다.

헬기 편대가 일제히 공격하면 헬파이어와 같은 대전차 미사일부터 M60과 같은 기관총의 탄환이 빗발치듯 떨어질 터였다.

한엽은 미간을 찌푸리며 그들을 포위한 군인들을 둘러보았다.

그때, 지휘관으로 보이는 소장 하나가 확성기에 대고 외쳤다.

"너희들은 대한민국 육군에 완전히 포위당했다! 더 이상의 살상은 용납하지 않을 것이다! 당장 무기를 버리고 투항해라!"

미간을 찌푸린 한엽이 부하들에게 명령을 내렸다.

"놈들이 스키장 슬로프 위로 올라오지 못하게 막아라!"

부하들은 즉시 몸을 날려 기갑부대 앞을 막아섰다.

군인들은 원래 참선당 무인들이 명령에 불복종하는 순간, 바로 공격할 계획이었다. 헬리콥터에 있는 정찰병에 따르면 스키장 주위엔 거의 2백여 구에 달하는 시신이 널려 있었다.

그들의 정체를 아직 정확히 파악하지는 못했지만 2백여 구의 시신과 함께 있는 상대라면 극도로 위험한 자들일 것이다.

그러나 군인들은 쉽게 발포하지 못했다. 상대의 손에 들린 게 총이 아니라, 칼이나 검, 창과 같은 냉병기였던 것이다. 무림이 존재한다는 사실을 알았다면 무인의 손에 들린 무기가 군인의 손에 들린 총보다 무섭단 사실을 알았을 것이다.

그러나 무림을 모르기에 방아쇠를 재깍 당기지 못했다.

그 틈에 거리를 좁힌 참선당 무인들은 지체 없이 선공을 펼쳤다.

전차 위로 몸을 내밀었던 전차장이 가장 먼저 목숨을

잃었다. 그리고 지프 안에서 확성기로 항복을 권하던 소장이 두 번째로 죽었다. 순식간에 10여 명이 속절없이 죽어 나갔다.

그제야 적이 보통사람이 아님을 간파한 군인들이 발포를 시작했다. 호버링 중이던 헬리콥터 역시 기관포와 기관총을 발사했다.

타타타탕!

소총과 기관총이 쏟아 낸 탄환과 예광탄 수십만 발이 주황색 꼬리를 매단 채 날아가 참선당 무인들의 몸에 작렬했다. 일부는 신법을 펼쳐 피했지만, 일부는 피하지 못해 비명을 지르며 나뒹굴었다. 문자 그대로 아비규환(阿鼻叫喚)이었다.

부하들이 시간을 끄는 사이, 한엽은 우건의 숨통을 완전히 끊기 위해 고개를 돌렸다. 한데 우건의 모습이 보이지 않았다.

불과 몇 초 전까지만 해도 그 앞에 누워 있던 우건이 사라진 것이다.

그야말로 귀신이 곡할 노릇이었다. 한엽과 같은 고수 앞에서 감쪽같이 사라질 수 있는 사람은 이 세상에 거의 없었다. 여러 가지 운이 동시에 따르지 않으면 불가능한 일이었다.

우선 헬리콥터 편대와 기갑부대가 만들어 낸 소음이 너무 강했다. 그리고 그들이 쏘아대는 무기의 소음 역시 너무 강했다. 너무 강해 다른 소리들이 다 묻혀 버린 상황이었다.

두 번째는 우건의 심장이 거의 멈춰 있었단 점이었다.

사람은 심장이 뛰어야 살 수 있었다.

그리고 심장이 뛸 때는 심음(心音)이 들리기 마련이었다. 의사들은 진찰할 때 청진기로 심음을 듣지만 한엽과 같은 고수들은 청력을 집중하면 상대의 심음을 들을 수 있었다.

한엽 역시 이 심음을 이용해 상대의 위치를 파악하는 습관이 있었는데, 심장이 거의 멈춘 우건은 심음이 들리지 않았다.

이 두 가지 이유 때문에 한엽은 우건이 사라진 사실을 인지하지 못했던 것이다. 물론 그런 이유가 있다고 해도 한엽의 눈앞에서 우건을 귀신같이 빼내기란 쉽지 않은 일이었다.

일단 빈사 상태인 우건이 자기 발로 도망쳤을 가능성은 없었다. 만약 우건이 자기 발로 걸을 수 있는 상태였다면, 심음 역시 크게 들렸을 것이기 때문에 눈치 챘을 것이다.

그러나 심음은 전혀 들리지 않았다.

그 말은 그가 모르는 제3자가 우건을 빼내 갔다는 뜻이었다.

한데 한엽은 우건을 몰래 빼내 간 사람의 심음 역시 전혀 듣지 못했다. 상대가 한엽의 경지를 뛰어넘는 고수라면 가능할지 모르지만, 한엽은 지금까지 그런 고수를 보지 못했다.

미간을 잔뜩 좁힌 자세로 생각에 잠겨 있던 한엽이 갑자기 우건이 누워 있던 바닥을 향해 태을진천뢰를 연달아 발출했다.

펑펑펑펑!

땅이 움푹 파이며 흙과 돌멩이가 수십 미터 위로 치솟았다.

한엽은 자신이 만든 10여 미터 깊이의 구덩이 속으로 몸을 날리며 선령안을 펼쳤다. 곧 사람 하나가 간신히 통과했을 법한 통로가 눈에 들어왔다. 우건을 빼내 간 자가 한엽의 이목을 속이기 위해 땅 밑에서 몰래 접근해 왔던 것이다.

아마 땅 밑에 숨어 흙으로 심음을 차폐(遮蔽)한 상태로 대기하던 그자는 재빨리 우건을 끌어당겨 빼내 갔을 것이다. 그 다음엔 미리 파 둔 땅굴을 이용해 도망쳤을 것이다.

한엽은 지체 없이 땅굴 안으로 몸을 날렸다.

군인들과 싸우던 부하들이 죽든 말든 신경 쓰지 않았다. 부하들이야 또 키우면 그만이었다. 지금 급한 일은 우건의 숨통을 완전히 끊어 화근을 사전에 제거해 두는 것이었다.

한엽은 태을문 비전인 철지개산대법을 익히지 못했다.

아니, 익히지 않았단 말이 더 맞을 것이다.

한엽은 두더지처럼 땅 속을 돌아다니는 짓을 싫어했다. 그가 대성한 세 무공 모두 무기가 필요 없단 이유 역시 한 몫했다.

그 바람에 한엽은 토사가 흘러내려 막힌 통로를 태을진 천뢰나 천뢰조를 이용해 일일이 뚫어가며 이동할 수밖에 없었다.

물론 그 속도는 타인의 추종을 불허할 만큼 빨랐다.

그렇게 100여 미터를 이동했을 무렵이었다.

토사에 막힌 통로가 또 한 번 한엽의 발목을 붙잡았다.

한연은 지체 없이 태을진천뢰를 펼쳐 통로를 돌파했다.

한데 그때였다.

이번에는 뭔가 달랐다.

태을진천뢰를 펼치는 순간, 화약 냄새가 코를 찌르며 엄청난 폭발이 일어난 것이다. 우건을 빼낸 자가 한엽이 쫓아올 것에 대비해 다이너마이트로 만든 폭탄을 설치해 둔 것이다.

한엽은 급히 호신강기를 펼쳐 폭발의 충격을 견뎌 냈다.

다행히 주변을 둘러싼 흙이 호신강기 역할을 해 주어 옷자락과 머리카락 몇 가닥이 불길에 그슬리는 선에서 그쳤다.

그러나 폭탄은 단순히 한엽의 발목을 붙잡기 위한 용도

만은 아니었던 모양이었다. 폭탄이 터지는 순간, 위에 있던 흙 수십 톤이 눈사태처럼 밑으로 쓸려 내려와 통로를 차단했다.

"젠장!"

입술을 깨문 한엽은 밀려드는 토사를 태을진천뢰로 치워내며 지상으로 솟구쳐 올라와 주변을 빠르게 훑어보았다. 원래 있던 자리에서 남동쪽으로 100여 미터가량 이동해 있었다.

부하들은 여전히 군인들과 싸우는 중이었다. 그때, 참선당 무인들의 반격이 거센 탓인지, 아파치 헬리콥터 몇 대가 앞으로 나와 미사일과 로켓을 연달아 발사했다. 곧 주황색 화염과 짙은 연기가 버섯구름처럼 일어나 일대를 뒤덮었다.

한엽은 휘파람을 불어 부하들에게 퇴각하란 신호를 보낸 다음, 남동쪽으로 몸을 날렸다. 한엽은 주변 10여 킬로미터를 수색했지만 우건을 빼낸 자의 흔적은 남아 있지 않았다.

❖ ❖ ❖

허벅지까지 내려오는 커다란 등산 가방을 어깨에 멘 송지운은 연신 흘러내리는 땀을 수건으로 닦으며 위를 올려다봤다.

먹구름이 잔뜩 낀 하늘 밑으로 백두산(白頭山)의 웅장한 산세가 펼쳐져 있었다. 송지운은 뒤를 슬쩍 돌아보았다. 날씨가 점점 흐려진 탓에 백두산을 오르려는 등산객은 많지 않았다.

송지운이 백두산을 오르려는 이유를 생각해 봤을 때, 등산객이 많지 않단 점은 아주 다행스러운 일이 아닐 수 없었다.

송지운은 장백산(長白山)이라 크게 적힌 표지석(標識石) 옆을 돌아가며 지금까지의 여정을 잠시 떠올리는 시간을 가졌다.

송지운은 원래 구룡문 출신으로 그의 선친은 구룡문 부문주였던 송대길이란 사람이었다. 그런 선친이 태을문의 후예였기에 아들인 송지운 역시 태을문의 후예라 할 수 있었다.

지금으로부터 40여 년 전, 송대길은 본가의 낡은 한옥집 다락방을 청소하다가 조상 대대로 전해져 내려오던 태을문 비급과 태을문 역사를 기록한 고서(古書) 수십 권을 발견했다.

송대길은 즉시 골동품 가게를 찾아 고서를 팔기 위해 상경했다.

한데 상경하던 도중, 갑자기 떨떠름한 기분이 들었다.

교육을 제대로 받지 못해 까막눈이나 진배없는 그가

골동품 가게에서 사기를 당할지 모른단 불안감이 들었던 것이다.

단돈 몇 만 원에 국보급 문화재를 팔아넘긴다면, 아마 죽을 때까지 후회할 터였다. 서울에 도착한 송대길은 바로 골동품 가게를 찾아가지 않았다. 대신 낮에는 일을 하고 밤에는 야학을 다니며 그가 찾아낸 고서들을 해석하기 시작했다.

한데 해석할수록 고서의 내용이 뭔가 이상하단 사실을 깨달았다. 고서 중 반은 태을문이란 문파의 비급이었다. 그리고 나머지 반은 태을문이란 문파의 역사를 기록한 역사서였다.

고서의 내용에 점점 빠져들던 송대길은 예전부터 기운이 좋은 산으로 꼽히던 지리산에 들어가 비급을 연구하기 시작했다.

그러나 사부 없이, 어려운 내용으로 가득한 무공비급을 혼자 해석할 수 있을 리 만무했다. 송대길은 곧 벽에 부딪쳤다.

한데 바로 그때, 마치 운명의 장난처럼 그가 수련하던 지리산 피아골에서 태을양의미진진에 의해 현대무림으로 넘어온 검귀 소우, 패천도 강익, 무령신녀 천혜옥 세 명을 만났다.

송대길은 잃어버린 내력을 회복한 소우, 강익, 천혜옥이 새처럼 하늘을 날거나 맨손으로 아름드리나무를 박살내는 모습을 훔쳐보곤, 이들이라면 그가 가진 무공비급을 해석할 수 있을 것 같아 제자로 받아 달라 청했다. 그리고 제자로 받아 주면 그가 지닌 태을문의 비급을 넘겨준다는 약속을 하였다.

물론 이는 송대길이 무림의 흉험함을 알지 못하기에 일어난 일이었다. 무인은 절대 비급을 남과 공유하지 않았다. 해석하지 못해 비급을 썩히면 썩혔지, 남과 공유하지는 않았다.

한데 순진했던 송대길은 소우, 강익, 천혜옥의 제자로 들어감과 동시에 비급과 태을문의 역사를 기록한 고서를 건넸다.

그렇게 하여 탄생한 문파가 바로 지금의 구룡문이었다.

나중에 구룡문 부문주에까지 오른 송대길은 결혼해 송지운을 낳았다. 그러나 송대길은 사람의 욕심에 끝이 없다는 점을 알지 못했다. 송대길이 소우 등에게 건넨 태을문 비급은 시간이 부족해 급히 베껴 쓴 것처럼 허술하기 짝이 없어 군데군데 구결이 빠져 있었다. 또, 무공을 수련하는 데 있어 가장 중요하다 할 수 있는 심법의 구결이 모두 빠져 있었다.

천혜옥은 성격이 무난하여 그러지 않았지만, 송대길에게 태을문의 심법이 적혀 있는 다른 무공비급이 더 있을 거라 의심한 소우와 강익 두 사람은 그를 협박하기 시작했다.

그러나 심법이 적힌 무공비급이 있을 리 만무했던 송대
길은 두 사람의 협박에 응하지 않았다. 잔뜩 화가 난 소우,
강익 두 사람은 송대길을 잡아 고문하기에 이르렀다. 그로
부터 얼마 후, 송대길은 고문당한 후유증으로 인해 세상을
하직했다.

송대길을 고문해 죽인 소우와 강익의 화살은 그 아들인
송지운에게 향할 것이 불 보듯 뻔한 상황이었다. 어려서부
터 총명하기 그지없던 송지운은 소우와 강익의 마수가 자
신에게 뻗쳐오기 전에 구룡문을 탈출할 방법을 모색하기
시작했다.

그렇게 해서 찾은 방법이 다른 문파에 잠입하는 첩자로
신분을 바꾸는 것이었다. 다른 문도들이 돌아올 확률이 극
히 적은 첩자로 가기를 꺼려했던 탓에, 송지운은 그리 어렵
지 않게 구룡문을 빠져나와 다른 문파의 첩자로 들어갈 수
있었다.

물론 선친 송대길과 가까웠던 천혜옥이 그렇게 할 수 있
게 소우와 강익 두 사람의 방해를 은밀히 막아 준 덕분이었
다.

한데 송지운이 잠입한 문파의 정체가 바로 제천회였다.

송지운은 곧 망인단주 장린의 눈에 들어 그의 제자로
들어가는 행운을 얻었다. 그리고 우건과 장린이 양패구상

했을 때는 부상당한 장린을 죽여 위기에 처한 우건을 도와주었다.

송지운이 그를 아껴 준 사부를 죽이면서까지 우건을 도운 이유는 하나였다. 장린이 죽을 경우, 장린의 제자 중 유일하게 살아남은 송지운에게 모든 유산의 상속권이 있었던 것이다.

그 유산이란 바로 제천회의 고위직이었다.

송지운이 제천회 고위직을 탐냈던 이유는 제천회 정보를 빼내란 구룡문 수뇌부의 지시를 따르기 위해서가 아니었다.

그가 제천회 고위직에 오르려 한 진짜 이유는 구룡문보다 강한 제천회를 수중에 넣어, 선친을 협박하고 살해한 소우, 강익 일당에게 피의 복수를 하기 위함이었다.

한데 당시 망인단주 장린의 제자란 간판 외에는 내세울 게 없었던 송지운이 수뇌부의 눈에 들기 위해서는 공을 세울 기회가 필요했다. 맑은 물에선 위로 올라갈 기회를 좀처럼 만나기 어렵지만 흙탕물에선 얘기가 달라지는 것이다.

흙탕물 안에선 위로 올라가는 게 누구일지 예측이 어려웠다. 난세야말로 야망을 품은 자들에게는 천국과 같은 것이다.

송지운은 흙탕물을 만들기 위해 사부인 장린을 죽였다. 그리고 장차 제천회의 눈엣가시로 성장할 게 뻔한 우건을 살려 주었다. 그리고 떠나기 전에는 우건에게 제천회 간부 마동철이 청와대 간부와 거래하는 장소와 위치까지 알려 주었다.

우건은 송지운이 준 정보를 이용해 전임 대통령과 제천 회에 맹공격을 가했다. 그리고 그 공격으로 인해 전임 대통 령의 탄핵과 파면, 정권교체, 최민섭의 대통령 당선, 제천 회의 몰락과 같은 일들이 연속적으로 일어났다. 심지어는 송지운이 일을 꾸민 진정한 목적이라 할 수 있는 구룡문의 몰락과 원수인 소우, 강익의 죽음까지 이끌어 내는 데 성공 했다.

한편, 송지운은 그가 만든 흙탕물 속에서 군계일학에 가 까운 활약을 벌여 기대대로 제천회의 요직을 맡는 데 성공 했다.

한데 그 요직이 제천회의 정보를 담당하던 조직의 간부 여서 그에게 올라온 우건과 그 일행의 정보를 조작할 수 있 었다.

송지운 입장에선 우건과 그의 일행이 제천회를 몰아붙일수 록 염원에 한 발자국 더 다가설 수 있기에 당연한 조치였다.

그러던 어느 날, 송지운은 기제(忌祭)를 지내기 위해 선 친이 거주하던 본가를 찾았다. 한데 제사를 지내려 준비하 던 중에 우연찮게 송대길이 죽기 전에 작성한 유언장을 발 견했다.

송대길의 유언장에 따르면 소우와 강익은 틀린 게 아니었다.

실제로 송대길이 소우, 강익에게 넘기지 않은 책이 한 권 있었던 것이다. 물론 소우, 강익이 찾던 무공비급은 아니었다.

송대길이 넘기지 않은 고서 서두에는 태을문 27대 장문인 천선자란 분이 후인에게 남기는 유언이란 문장이 적혀 있었다.

한데 서두 다음 장부터는 글이 적혀 있지 않은 백지(白紙)로 채워져 있었다. 처음엔 시간이 부족해 서두만 적고 나머지 내용을 채워 넣지 않은 미완성본이라 생각했다.

한데 그 고서는 미완성본이 아니었다.

그 고서의 마지막 장에는 이런 글귀가 분명하게 적혀 있었다.

이 책은 태을문 비전이 아니면 읽을 수 없도록 만들어진 책이다. 태을문의 진정한 후인이 아니면 절대 읽을 수 없으니 괜한 일에 정력을 낭비할 필요 없을 것이다. 만일 조사의 유훈대로 몇 백 년 후에 태을문의 진정한 후인이 나타나 이 책을 수중에 얻는다면, 그간의 전후인과(前後因果)를 모두 알 수 있을 거라 생각한다. 부디 내가 기다리던 진정한 후인에게 이 책이 전해지길 바라며 여기서 붓을 놓는다.

송대길은 그제야 자기 눈에 글자가 보이지 않는 이유를 깨달았다. 종이에 어떤 특수한 처리를 하여 태을문 비전으로 읽지 않으면 볼 수 없었던 것이다. 송대길은 외아들 송지운에게 그가 숨겨 둔 고서를 찾아 태을문의 진정한 후인에게 전달하란 유언을 남겼다. 그리고 그 책을 어디에 숨겨 두었는지 알려 주었다. 유언장을 굳이 본가에 숨긴 이유는 소우, 강익 등에게 그 고서의 존재를 들키지 않기 위해서였다.

송지운은 선친의 유언에 의지해 숨겨 둔 고서를 찾아냈다. 한데 고서는 한 권이 아니라, 총 세 권이었다. 한 권은 송대길의 유언장에 적힌 대로 중간이 텅 비어 있는 서책이었다.

그리고 나머지 두 권 중 하나는 철지개산대법이라 불리는 이상한 술법의 구결이 적혀 있는 서책이었으며, 다른 하나는 목숨이 경각에 처한 사람의 생명을 연장시켜 주는 방법과 태을조사의 마지막 거처인 백두산 천지로 가는 방법을 적어 둔 서책이었다. 송지운은 나머지 두 책에 적힌 내용이 왜 필요한지 이해하지 못했지만, 어쨌든 시키는 대로 열심히 익히고 암기했다. 그리고 나선 진정한 후예를 찾아나섰다.

구룡문 출신인 송지운은 제천회 간부 중에선 태을문을 가장 잘 아는 사람이라 할 수 있었다. 우건은 제천회를 공격할 때 자신의 흔적을 지우기 위해 엄청난 노력을 기울였지만, 정보조직을 통해 올라온 보고서를 읽을 때마다 송지운은 우건이 태을문의 후예가 아닐까 하는 의심을 하기 시작했다.

그런 와중에 제천회, 구정연합이 동맹을 맺는 사건이 벌어졌다. 그 다음엔 연합하기 위해 열린 회담에 우건 일행이 난입하는 사건이 벌어졌다. 태을문의 후예로 우건을 의심하던 송지운은 우건을 발견하기 무섭게 슬며시 모습을 감추었다. 숨은 다음에는 우건에게 접근할 기회를 호시탐탐 노렸다.

그사이, 제천회와 구정연합의 고수들은 우건 일행의 손에 차례차례 목숨을 잃어 갔다. 우건 일행의 승리가 확실한 듯했다.

한데 그때 한엽이 이끄는 참선당이 나타났다.

한엽과 우건이 나누는 대화를 엿듣는 데 성공한 송지운은 자신의 의심이 틀리지 않았음을 확신했다. 심지어 태을문의 후예는 우건 한 사람만이 아니었다. 참선당의 당주인 한엽 역시 태을문의 후예였던 것이다. 그러나 그가 보기에 천선자가 말한 태을문의 진정한 후인은 우건이 더 맞는 듯했다.

그런 우건이 한엽에게 당해 쓰러지는 순간, 송지운은 재빨리 머리를 굴려 우건을 구출하기 위한 계획 하나를 급조했다.

송지운은 그제야 세 권의 책 중에서 읽지 못하는 한 권의 책을 제외한 나머지 두 권의 책이 필요한 이유를 깨달았다.

철지개산대법, 구명연령술(救命延靈術), 태을조사가 남긴 백두산 동부 모두 지금 이 순간에 필요한 것들이었던 것이다.

송지운은 미래를 내다보는 태을문의 혜안에 소름이 끼쳤지만, 어쨌든 지금은 그 혜안에 따라 서둘러 움직여야 할 때였다.

우건이 죽어 버리면 모든 게 끝인 상황이었다.

송지운은 우선 가까운 군부대에 신고부터 했다.

휴전선과 가까운 지역에 북한군 특수부대로 보이는 천여 명의 무장 괴한이 나타나 사람들을 학살한다는 내용의 신고였다.

신고를 받은 군은 화들짝 놀라 5분대기조와 같은 정찰부대를 급파해 실상을 알아보게 했다. 정말 북한군 특수부대 천여 명이 넘어왔다면 그건 역사상 전례 없는 남침도발이었다.

이는 국지전을 넘어 전면전으로 이어질 상황인 것이다.

군 수뇌부에선 장난전화일 거란 의견이 대세였지만, 그렇다고 확인하지 않을 도리가 없었다. 신고 내용이 사실로 밝혀지면 군복을 벗는 선에서 끝나지 않을 것이기 때문이었다.

한데 그 정찰부대의 보고 결과, 신고 내용은 사실인 것으로 드러났다.

군 수뇌부는 이 사실을 바로 대통령에게 보고했다.

보고받은 대통령은 지체 없이 근처 기계화사단에 진압하란 지시를 내렸으며 다른 지역의 부대 역시 강원도로 병력을 급파했다.

그의 예상대로 한엽은 갑자기 나타난 대규모 군 병력에 집중하느라 빈사 상태에 빠져 있던 우건을 신경 쓰지 못했다.

송지운은 그 틈에 철지개산대법을 펼쳐 땅 속으로 파고 들어 갔다. 그리고는 우건이 누워 있는 곳 밑으로 천천히 이동했다.

송지운은 침착하게 기회가 오길 기다렸다.

너무 빨리 모습을 드러내면 한엽에게 들킬 가능성이 있었다. 그리고 너무 늦게 모습을 드러내면 그사이 우건이 한엽에게 목숨을 잃을 수 있었다. 이번 일은 타이밍이 중요했다.

송지운은 헬리콥터가 사격을 가하는 순간, 재빨리 우건을 땅 밑으로 끌어당겼다. 그리고는 우건의 숨이 끊어지지 않도록 재빨리 서책에 적혀 있던 구명연령술을 우건에게 펼쳤다.

구명연령술은 과연 효과가 대단했다. 점점 미약해지던

우건의 호흡이 느리지만 안정적으로 이어지게 만들어 준 것이다.

우건의 상태가 안정을 찾아가는 모습을 확인한 송지운 은 바로 탈출을 감행했다. 뒤늦게 우건이 사라진 사실을 안 한엽이 추격해 왔지만 군용 폭탄을 이용해 추적을 차단 했다.

군용 폭탄은 이런 일을 대비해 외곽을 경계하던 보병에 게서 훔친 물건이었다. 다행히 위력이 뛰어나 추적을 완벽 히 차단할 수 있었다. 그렇게 해서 위험한 고비를 넘긴 송 지운은 고서에 적혀 있는 태을조사의 동부를 향해 바로 출 발했다.

송지운은 태을조사의 동부에 뭐가 있는지 몰랐다.

그러나 고서에 적힌 대로 태을조사의 동부에 도착하면 우건을 살릴 수 있을 듯한 느낌이 들어 지체 없이 길을 떠 났다.

고서에 적혀 있길 구명연령술이 통하는 기간은 사흘이었 다. 즉, 사흘이 지나면 구명연령술의 효과가 사라져 우건은 바로 송장으로 변했다. 커다란 배낭에 우건을 집어넣은 우 건은 배편을 이용해 백두산과 가장 가까운 중국 항구로 떠 났다.

항구에 도착해서는 바로 백두산으로 출발해 지금에 이르 렀다.

배를 탄 시간과 백두산으로 이동한 시간이 예상보다 꽤 길었던 탓에 남은 시간은 여섯 시간에서 일곱 시간에 불과했다.

즉, 일곱 시간 안에 일을 마치지 못하면 이 모든 고생이 허사로 돌아가는 것이다. 배낭끈을 단단히 조인 송지운은 백두산 천지를 향해 올라가기 시작했다. 그러나 중간쯤 와선 등산객 무리에서 떨어져 나와 고서에 적힌 길을 따라 이동했다.

한데 목적지를 얼마 남겨 두지 않았을 때였다.

꾸물거리던 하늘이 기어코 비를 뿌리기 시작했다.

처음에는 빗방울 몇 개가 꽃잎처럼 흩날리듯 떨어졌지만, 그로부터 1, 2분이 채 지나기 전에 머리가 아플 만큼 세찬 폭우로 변해 하늘에 구멍이 난 것처럼 쏟아붓기 시작했다.

산에서 맞는 폭우는 아주 위험했다.

순식간에 물이 불어 등산객을 덮칠 가능성이 높았다.

더구나 토사가 같이 쓸려 내려오는 경우가 많아 더 위험했다.

한데 백두산에서 맞는 폭우는 그보다 훨씬 더 위험했다.

백두산은 수목한계선이 밑에 있어 빗물을 받아 줄 나무나 흙이 부족했다. 쏟아지면 쏟아지는 대로 다 흘러내리는 것이다.

그러나 지체할 시간이 없던 그는 폭우를 뚫고 계속 전진했다.

기상은 갈수록 더 악화됐다.

방금 전까지 먼지가 풀풀 날리던 절벽에는 어느새 커다란 폭포가 만들어져 있었다. 그리고 수심이 얕던 시냇물은 어느새 흙탕물이 가득한 강으로 변해 인간의 접근을 불허했다.

결국, 사달이 나고 말았다.

송지운은 경신법으로 계곡을 건너다가 불어난 물에 휩쓸렸다. 처음에는 급히 천근추를 펼쳐 균형을 잡아 보려 하였지만, 자연의 힘은 위대하기 짝이 없어 곧 물살에 휩쓸렸다.

그렇게 흙탕물 속에서 이리저리 휩쓸리다 하류 쪽으로 떠내려가던 송지운은 바위에 머리를 찧는 순간, 정신을 잃었다.

❖ ❖ ❖

송지운은 몸이 으슬으슬 떨리는 한기를 느끼며 정신을 차렸다. 지독한 추위 다음에는 그보다 지독한 통증이 그를 찾아왔다. 송지운은 고통을 참으며 통증의 근원을 찾아보았다.

아프지 않은 데가 없었지만 유독 두 어깨의 고통이 심했다.

송지운은 강력 접착제로 붙인 것처럼 찰싹 달라붙어 있는 눈꺼풀을 억지로 들어 올렸다. 그 순간, 따가운 햇살이 눈을 찔렀다.

급히 눈을 감은 송지운은 일단 자신이 살아 있다는 사실에 안도했다. 송지운은 정신을 잃기 전의 일을 떠올려보았다. 무거운 배낭을 멘 상태에서 물이 불어난 계곡을 건너다가 물살에 휩쓸려 소용돌이치는 흙탕물 속으로 빨려들어갔다.

혼자라면 어렵지 않게 빠져나올 수 있었지만 불행히 그의 양 어깨엔 80킬로그램에 달하는 무거운 배낭이 있었다. 결국, 시야를 가리는 흙탕물 속에서 물살에 휩쓸려 떠내려가던 송지운은 어떤 바위 모서리에 이마를 찧으며 정신을 잃었다.

슬며시 눈을 뜬 송지운은 해의 위치를 확인했다.

최소 하루는 지난 듯했다.

송지운은 고개를 돌려 주변을 살펴보았다.

그는 지금 백두산에 있는 어느 이름 모를 시냇가에 누워 있었다. 송지운은 누운 상태로 내력을 운기해 보았다. 극심한 통증이 느껴지는 양 어깨 외에는 내력이 제대로 흘러갔다.

송지운은 구룡문에서 배운 태을문 운기요상법으로 오른쪽 어깨부터 치료했다. 다행히 요상법이 통해 곧 오른쪽 어깨를 약간 움직일 수 있었다. 통증을 참기 위해 이를 악문 송지운은 오른팔로 왼 어깨를 만져 가며 뭐가 문제인지 찾았다.

왼팔이 어깨에서 빠져나와 있었다

다시 한 번 이를 악문 송지운은 힘을 주어 빠진 팔을 다시 어깨에 집어넣었다. 그 다음엔 치료한 왼팔로 오른쪽 어깨를 만져 보았다. 마찬가지였다. 오른팔 역시 빠져나와 있었다.

같은 방법으로 오른팔을 집어넣은 송지운은 천천히 일어나 다친 데가 더 있는지 확인했다. 흙탕물에 젖어 더러워진 등산복 여기저기에 구멍이 나 있었다. 그리고 군데군데 멍이 들거나 살이 찢어진 분위에는 피딱지가 생겨 있었다. 송지운은 자신이 그런 상황에서 살아난 게 믿기지 않을 지경이었다.

사람은 원래 자신의 안위가 가장 중요한 법이었다.

송지운은 자신이 크게 다친 데가 없다는 사실을 확인한 후에야 자신이 백두산을 찾은 목적이 뭔지 떠오르기 시작했다.

그는 태을조사의 동부에 우건을 데려가기 위해 백두산을 찾았었다. 송지운은 화들짝 놀라 급히 그가 떠내려 온 시냇가를 거슬러 올라가며 그가 메고 있던 배낭을 찾기 시작했다.

그러나 그가 잃어버린 배낭의 모습은 보이지 않았다.

송지운은 배낭이 그가 쓰러져 있던 위치보다 더 아래쪽으로 떠내려갔을 가능성을 생각해 시냇물 하류까지 전부 뒤졌다.

그러나 여전히 배낭의 모습은 보이지 않았다.

7장. 선거(仙居)

송지운은 포기하지 않았다.

돌아가신 아버지의 유언을 지키기 위해서만은 아니었다.

우건과 한엽이 나누는 대화를 엿들은 송지운은 한엽의 목표가 세계 정복임을 알았다. 다른 사람은 허무맹랑한 일로 여길지 모르지만 송지운이 보기에는 충분히 가능한 일이었다.

다른 나라가 참선당을 쓰러트리기 위해 핵폭탄을 탑재한 탄도미사일을 본거지에 떨어트리거나 토마호크 같은 순항미사일을 수천 발 쏜다면 또 모르겠지만, 그게 아니라면 아프가니스탄 고원에 숨은 테러리스트보다 더 전멸

시키기 어려운 게 바로 무인이 주축을 이룬 참선당 같은 조직이었다.

반대로 참선당은 상대를 쉽게 쓰러트릴 수 있었다.

그들에게 있어 한 나라의 대통령과 같은 고위 인사를 암살하는 일은 식은 죽 먹기였다. 변장과 위장, 그리고 은신에 능한 무인은 목표물이 취약할 때를 노려 암기나 독으로 살해할 수 있었다.

그뿐만이 아니었다.

핵시설이나 군사시설에 잠입해 테러 활동을 벌이면 그들을 막을 방법이 없었다. 자국이 보유한 군사무기가 오히려 자신들의 목을 조르는 최악의 상황까지 발생할 수 있는 것이다.

송지운은 한엽의 세계 정복을 막기 위해서라도 우건을 살려야했다. 현재로선 한엽을 막을 수 있는 이는 우건만이 유일했다.

수색을 포기하지 않은 송지운은 차가운 물속으로 뛰어들었다. 그리고는 물속의 돌멩이, 수초 하나 지나치지 않고 전부 확인했다. 그러나 배낭의 행방은 여전히 오리무중이었다.

물 밖으로 나온 송지운은 배낭이 물살이나 토사에 휩쓸려 전혀 상관없는 지역으로 떠밀려 갔을 가능성을 생각해 백두산 일대 전체를 뒤졌다. 그리고 전체를 다 뒤진 다음엔 관광객이나 중국 공안이 배낭을 발견했을 가능성을 생각해 배낭을 발견한 사람이 있는지 그 일대 전체를 탐문해 보았다.

그러나 여전히 배낭의 행방은 오리무중이었다.

사실, 송지운은 물속에서 우건이 들어 있는 배낭을 찾지 못했을 때 이미 반쯤 포기한 상태였다. 구명연령술이 적혀 있던 고서에 따르면 효과를 발휘하는 시간은 사흘이 고작이었다.

한데 벌써 보름이 지났기에 이미 술법의 한계를 넘어선 상태였다. 그런 점에서 볼 때 우건이 이미 이 세상 사람이 아닐 확률이 그렇지 않을 확률보다 천 배, 만 배는 높았다.

그러나 송지운은 여전히 포기하지 않았다.

아예 백두산 근처에 터를 잡은 그는 산 전체를 샅샅이 뒤졌다.

심지어 북한 땅인 백두산 남쪽까지 넘어가 수색했다. 그리고 밤에는 천지 안에 들어가 수색했다. 우건이 이미 죽었을지라도 시신이라도 찾아내 장사를 지내 주고 싶었던 것이다.

선친의 유언장에 적혀 있던 내용이 모두 사실이라면 그는 태을문 후예의 먼 후손이었다. 조상이 태을문에 얼마나 은혜를 입었는지는 잘 모르겠지만 최소한의 도리는 하고 싶었다.

겨울이 와서 백두산 전체가 눈으로 뒤덮여 하얗게 변했을 때가지, 송지운의 탐색은 끝나지 않았다.

✣ ❖ ✣

송지운이 몇 달 넘게 찾아다니던 우건, 아니 우건이 들어있던 배낭의 행방을 알려면 몇 달 전으로 거슬러 올라가야 했다.

몇 달 전, 급류에 휘말린 송지운이 바위에 머리를 부딪쳐 정신을 잃었을 때였다. 의식이 없던 송지운은 급류에 휩쓸려 떠내려가다가 바위나 나무뿌리처럼 딱딱한 곳에 계속 부딪쳤는데 그 바람에 양팔이 탈구(脫臼)되는 불운을 겪었다.

그러나 결과적으로 우건에겐 불행이 아니라, 천운(天運)이었다.

송지운의 양팔이 탈구되는 바람에 배낭이 자유를 찾을 수 있었던 것이다. 처음에는 송지운과 배낭이 함께 급류에 떠내려갔지만, 비가 그쳤을 무렵엔 서로 다른 운명을 맞았다.

몸무게가 비교적 가벼웠던 송지운은 위로 떠올랐지만 체중이 많이 나가는 편인 우건은 그대로 가라앉아 버린 것이다.

한데 그게 전화위복으로 작용했다.

계곡 바닥에 거의 붙어 밑으로 떠내려가던 배낭은 커다란 암초를 만나 멈춰 섰다. 그리고 암초 옆으로 이어진 수중 통로를 따라 몇 백 미터를 더 흘러갔다. 그렇게 3, 4분이 지났을 무렵, 배낭이 갑자기 물 위로 치솟기 시작했다.

그리고 마침내 물 밖으로 나올 수 있었다.

한데 배낭이 떠오른 곳은 폭이 4, 5미터에 이르는 작은 연못이었다. 그리고 그 연못은 물이 흐르는 수로를 따라 어떤 석동(石洞)의 중심부와 이어져 있었다. 배낭은 마치 포석정(鮑石亭)에 띄워 놓은 술잔처럼 수로를 이용해 석동의 중심부로 흘러갔다. 그렇게 다시 고불고불한 수로를 이용해 3분여를 흘러갔을 때였다. 풍경이 갑자기 180도 달라졌다.

방금 전까지는 석순과 종유석으로 가득한 전형적인 동굴이었다면, 지금은 마치 사람이 인공으로 만든 듯한 석벽(石壁)에 둘러싸여 있었다. 그리고 거기서 다시 1분여를 더 흘러갔을 때였다. 갑자기 수로가 넓어지며 커다란 연못이 나왔다.

그리고 연못 반대편에선 각종 기화이초(奇花異草)로 뒤덮인 2, 300미터 높이의 완만한 동산 하나가 모습을 드러냈다.

동산 주위를 따라 흐드러지게 핀 수백여 종의 각종 꽃과 굵은 열매가 주렁주렁 달린 과일나무 10여 종의 모습은 마치 선계에 있는 듯한 착각을 불러일으키게 만들기에 충분했다.

놀라운 광경은 거기서 끝나지 않았다.

꽃과 나무 사이에 좀처럼 보기 힘든 매화록(梅花鹿) 10여 마리와 황금 털을 가진 황금성성이 수십 마리가 무리를 지어 뛰어다녔다. 또 수는 매화록이나 성성이보다 적긴 하지만, 너구리와 담비, 삵, 멧돼지, 노루 역시 발견할 수 있었다.

한데 가장 놀라운 광경은 동산 정상에 있었다.

동산 정상에 화강암으로 만든 석부(石府)가 그림처럼 지어져 있는데, 관리를 하지 않은 탓인지 넝쿨이 석부 전체를 뒤덮어 석부가 주변 모습과 조화를 이룬 상태로 남아 있었다.

수로를 따라 석동 안의 연못으로 흘러들어온 배낭은 곧 연못가에 자란 무성한 갈대숲에 걸려 더 이상 움직이지 않았다.

한데 그때였다.

나무에 올라가 사과와 비슷해 보이는 붉은색 과일을 따던 성성이들이 우건이 들어 있는 배낭에 관심을 보이기 시작했다.

성성이들은 연못으로 달려와 나뭇가지나 갈대 잎으로

배낭을 툭툭 찔렀다. 마치 안에 뭐가 들었는지 알아보려는 듯했다.

그때, 털색 끝이 하얗게 변한 늙은 성성이 한 마리가 손짓 발짓을 섞어 가며 다른 성성이들을 향해 꽥꽥 소리를 질러댔다.

그게 성성이들 사이의 의사소통 방법이었던지, 성성이들은 곧 배낭을 뭍으로 끌어올린 다음, 배낭 안을 열어보려 했다.

그러나 송지운이 단단히 봉해 놓은 배낭은 쉽게 열리지 않았다.

하지만 성성이들은 포기할 생각이 전혀 없는 듯했다.

그중 나이가 가장 많은 늙은 성성이는 아주 놀라운 지능을 지닌 듯했다. 어디서 가져왔는지는 모르겠지만 청동으로 만든 검을 가져와 배낭을 묶은 끈을 차례차례 잘라 냈다. 그리고는 지퍼를 열어 배낭에 든 우건을 밖으로 끌어냈다.

우건은 태을문 비전인 구명연령술에 의해 가사상태에 빠져 있었기 때문에 성성이들이 하는 행동을 전혀 알지 못했다.

우건이 배낭 밖으로 나오는 순간, 사람의 모습을 처음 본 듯 소스라치게 놀란 성성이들이 부리나케 사방으로 도망쳤다.

그러나 가사상태에 빠진 우건은 성성이들에게 위협을 주지 못했다. 곧 이를 깨달은 성성이들은 다시 우건 주위에 모여 그들의 호기심을 채우기 시작했다. 성성이들은 우건의 머리카락이나, 몸을 만져 보며 처음 보는 짐승을 탐색했다.

한데 그때였다.

성성이들의 두목으로 보이는 늙은 성성이가 뭔가를 느꼈는지 우건의 가슴 위에 귀를 슬쩍 대 보았다. 우건은 가사상태였기에 심장이 완전히 멎진 않았다. 현재 우건의 심장은 생명을 연장시키기 위해 필요한 최소한의 산소를 공급하기 위해 1분에 1번 정도의 아주 느린 속도로 뛰는 중이었다.

두근!

우건의 심장이 뛰는 순간, 화들짝 놀란 늙은 성성이가 다른 성성이들에게 소리를 질러 댔다. 다른 성성이들은 늙은 성성이의 말을 알아들은 듯했다. 수컷으로 보이는 건장한 성성이 서너 마리가 앞으로 나와 우건의 양 사지를 붙잡았다.

그리고는 늙은 성성이의 인도를 받아 석부가 있는 동산 정상으로 올라갔다. 성성이들의 태도가 대단히 난폭했기에 근처에 있던 매화록과 멧돼지, 노루, 고라니들이 황급히 도망쳤다.

그러나 성성이들의 목적지는 석부가 아니었다.

정확히 말하면 석부 지붕 위에 있는 작은 욕조 같은 장소였다.

욕조 안에는 붉은색 액체가 가득 들어 있었는데 근처에 과일 껍질이 있는 점을 봐선 과일로 즙을 내 만든 과즙인 듯했다.

성성이들은 우건의 옷을 벗긴 다음, 욕조에 냅다 던져 버렸다. 다행히 욕조가 아주 깊지는 않아서 목이 잠기지 않았다.

작업을 마친 성성이들은 욕조 주위에 둘러앉아 우건의 몸에 과즙을 끼얹었다. 마치 우건을 치료하려는 듯한 모습이었다.

❖　❖　❖

우건은 몸이 불타는 것 같은 통증에 놀라 눈을 번쩍 떴다. 가장 먼저 든 생각은 자신이 지옥에 떨어졌단 생각이었다.

중생을 구제하기 위한 살생이었지만, 그 살생의 정도가 지나친 나머지 죽어서 화염지옥에 떨어진 거라 생각한 것이다.

우건은 억지로 눈을 떠서 주변을 둘러보았다.

가장 먼저 시야에 들어온 광경은 둥근 형태의 지붕이었다. 사람이 도끼로 일일이 깎아 내 만든 지붕이었는데, 지붕 가운데 달린 커다란 구슬이 태양처럼 환한 빛을 발하는 중이었다.

지옥치고는 꽤나 운치 있단 생각이 들었다.

우건은 내친김에 고개를 돌려 옆을 보았다.

사람만 한 성성이 수십 마리가 동물원의 동물을 구경할 때처럼 우건 주위에 삼삼오오 모여 우건을 내려다보는 중이었다.

우건은 다시 눈을 감았다.

그리고 현실을 자각하려 노력했다.

처음에는 불에 타는 듯한 고통 때문에 이곳이 지옥이라 생각했다. 한데 그가 보는 광경은 전혀 지옥처럼 보이지 않았다.

이는 그가 아직 멀쩡히 살아 있다는 뜻이었다.

당연하지만 우건은 그 점이 가장 이해가 가지 않았다.

우건은 스키장에서 한엽에게 회생 불가능한 중상을 입었다.

사실, 한엽에게 당하지 않았어도 선천지기를 모두 사용해 곧 죽을 운명이었다. 한데 선천지기를 모두 사용한 상태에서 심각한 부상까지 당했던 자신이 아직 살아 있는 것이다.

우건은 근처에 사람이 있는지 확인해 보았다.

그러나 성성이들이 전부였다.

성성이들의 습성을 잘 알지는 못하지만 어쨌든 사람보다는 덜 위험할 듯했다. 안심한 우건은 현재 상태부터 살폈다.

마치 아기가 걸음마를 떼듯 천천히 그리고 조심스럽게 심법을 운기해 보았다. 그러나 생각보다 내력이 잘 모이지 않았다.

물론 내력이 전부 사라져서 그런 것은 아니었다.

우건이 가사상태에 빠져 있는 동안, 남아 있던 내력이 통제 불능 상태에 빠져 사지백해 깊숙한 곳으로 숨어든 상태였다.

운기를 포기한 우건은 몸 안에 남은 선천지기를 확인해 보았다.

"아!"

그 순간, 깜짝 놀란 우건의 입에서 갑자기 비명이 터져 나왔다. 우건이 갑자기 소리를 지르는 바람에 덩달아 깜짝 놀란 성성이들이 꺅꺅 소리를 지르며 사방으로 도망쳐 버렸다.

그러나 우건은 성성이들을 신경 쓸 여유가 없었다.

그에겐 해답을 찾아내야 할 일이 산더미처럼 남아 있었던 것이다.

선천지기의 양이 전보다 줄어들긴 했지만 일부가 여전히 단전에 남아 있었던 것이다. 우건은 한엽을 상대할 때 선천지기를 모두 소진했던 기억이 선명하였기에 믿을 수가 있었다.

아니, 이해가 가지 않는단 표현이 더 맞을 듯했다.

한데 가만 생각해 보니 이런 경험이 벌써 두 번째였다.

태을양의미진진에 갇혔을 때 몸 안의 선천지기를 다 소모해 조광을 죽였었다. 한데 현대무림으로 넘어왔을 때, 다 소모한 줄 알았던 선천지기가 원래대로 돌아와 있었던 것이다.

우건은 한 번 소진한 선천지기는 회복이 불가능하단 사실을 누구보다 잘 알았기에 이유를 찾아봤지만 결국 실패했다.

한데 그런 일이 또다시 일어난 것이다.

이는 우건의 상식을 완전히 뒤집는 일이었다.

그러나 아무리 생각해도 어떤 이유로 인해 이런 일이 일어났는지 알아내지 못했다. 우건은 방법이 없이 다른 문제로 넘어갔다. 내상 다음에는 외상이었다. 우건은 한엽의 성명절기인 천뢰조에 당해 내장이 드러날 정도의 중상을 입었다.

우건은 손을 밑으로 내려 부상당한 부위를 만져 보았다.

한데 부상을 입었다는 사실이 믿어지지 않을 만큼 깨끗했다.

무슨 조화인지 모르겠지만 어쨌든 외상은 없는 상태였다. 그리고 다 소진한 줄 알았던 선천지기 역시 일부가 남아 있는 상태였다. 우건은 바로 가부좌한 다음 천지조화인 심공을 끌어올렸다. 그리고 그 상태에서 운기행공에 들어갔다.

흩어져 있던 내력이 구결에 따라 움직이며 남아 있는 내상을 치료하기 시작했다. 그렇게 얼마의 시간이 흘렀을 때였다.

내상을 어느 정도 치료한 우건은 욕조 밖으로 나가기 위해 천천히 몸을 일으켰다. 그동안 먹은 게 없어 머리가 잠깐 어지럽기는 했지만 자기 힘으로 일어서는 데는 문제없었다.

우건은 그제야 본인이 석부의 지붕에 만들어 둔 둥그런 욕조 안에 누워 있었다는 사실을 알아냈다. 호기심이 생긴 우건은 석부 밑으로 내려와 먼저 동산을 한 바퀴 쭉 둘러보았다.

동산을 둘러보는 동안, 우건은 벌린 입을 쉽게 다물지 못했다.

그야말로 동천복지(洞天福地)나 다름없었다.

동산 전체에 흐드러지게 핀 기화이초는 머리가 시원해지는 향기를 내뿜으며 아름다운 자태를 한껏 자랑하는 중이었다.

그리고 동산 외곽에선 커다란 열매가 달린 과일나무 수백 그루가 바람이 불 때마다 마치 춤을 추듯 살랑거리는 중이었다.

우건은 감탄 어린 표정으로 그 모습을 지켜보다가 깜짝 놀랐다.

바람이 분다는 뜻은 외부와 이어진 통로가 있다는 뜻이었다.

우건은 어렵지 않게 동쪽 절벽에 뚫린 커다란 동혈(洞穴)에서 몇 분마다 세찬 바람이 불어 들어온단 사실을 알아냈다. 바람이 불어오지 않을 때는 동혈이 환풍구처럼 안의 공기가 밖으로 빠져나가게 해 주는 듯 탁한 공기가 전혀 없었다.

동산 주위에는 검은빛에 가까운 물이 흐르는 연못이 있었다. 아니, 규모만 보면 연못이 아니라 작은 호수에 가까웠다. 동산은 그 호수 위에 떠 있는 일종의 섬이라 할 수 있었다.

잠시 후, 우건은 이곳에 사는 짐승들을 모두 만나 볼 수 있었다.

우선 석부 지붕에 있는 욕조에서 보았던 성성이들을 가장 먼저 발견할 수 있었다. 성성이들은 생각보다 겁이 많은 듯 멀찍이 떨어져서 관찰하듯이 우건을 지켜보는 중이었다.

처음엔 동산에 성성이만 사는 줄 알았다.

그러나 곧 매화록, 멧돼지, 담비, 노루, 반달곰, 너구리 등 30여 종에 이르는 짐승이 산단 사실을 알아냈다. 이곳이 어떤 장소인진 잘 모르겠지만 외부와의 통로가 제한적인 이런 공간에 다양한 짐승들이 모여 산다는 게 믿어지지 않았다.

동산을 정신없이 구경하다 보니 점점 허기가 지는 것이 느껴졌다. 수련할 때 굶는 일은 다반사였지만, 지금은 큰 부상에서 갓 회복한 탓인지 시장기가 상당했다. 우건은 눈에 보이는 과일나무에 걸어가 노란색 과일을 따기 위해 손을 뻗었다.

처음엔 배인지 알았는데 자세히 보니 배보다 더 노란색이었다. 어쨌든 상당히 먹음직스러웠기에 군침이 절로 나왔다.

한데 그때였다.

뒤에서 돌멩이 하나가 날아왔다.

우건이 아무리 부상당했기로서니 돌멩이 하나 피하지 못할 정도는 아니었다. 그러나 우건은 피하지 않았다. 돌멩이는 그를 향해 날아온 게 아니라, 그 옆에 있는 바닥으로 떨어졌던 것이다. 이는 누군가가 그의 주의를 끌려 한단 뜻이었다.

우건은 뒤를 돌아보았다.

털끝이 하얗게 변한 늙은 성성이 한 마리가 서성대는 모습이 보였다. 성성이의 반대쪽 손에 돌멩이가 하나 더 있는 점을 봐선 돌멩이를 던진 것은 저 늙은 성성이가 분명했다.

우건은 성성이가 돌멩이를 던져 그의 주의를 끈 이유가 뭔지 궁금했다. 그가 따려던 과일의 주인이 성성이들이어서 그런 것인지, 아니면 다른 이유가 있는 것인지 궁금해졌다.

그때였다.

어린 성성이 하나가 쭈뼛거리며 다가왔는데 성성이 손에는 붉은색 과일이 몇 개 들려 있었다. 처음에는 색 때문에 사과인 줄 알았다. 그러나 곧 사과보다 조금 크다는 사실과 표면에 작은 돌기들일 튀어나와 있다는 사실을 알 수 있었다.

어린 성성이가 긴 팔을 내밀어 우건에게 손에 쥔 과일을 슬쩍 건넸다. 마치 먹으라는 듯했다. 그러나 우건은 징그럽게 생긴 형태 때문에 먹기가 좀 꺼려져서 받기를 주저했다.

우건이 받지 않는 모습을 본 성성이는 독이 들었을 거라 의심해 받지 않는 거라 오해한 듯했다. 자기가 먼저 한 입 깨물어 우걱우걱 씹어 먹었다. 한데 그 순간, 시원한 향기가 코를 찔렀다. 속이 드러날 때, 향기가 사방에 퍼진 것이다.

향기를 맡는 순간 배에서 얼른 달라 요동을 쳤기에, 우건은 성성이가 건넨 과일을 받아 눈을 질끈 감고 한입 깨물었다.

맛 역시 향기만큼이나 좋았다.

더 신기한 점은 먹는 순간 머리가 맑아지며 활력이 돋는단 거였다. 배고픔 역시 금세 사라져 신기하단 생각이 들었다.

우건은 정신없이 과일 하나를 통째로 먹어 치웠다.

그 모습을 본 성성이들이 박수를 치며 좋아했다. 그리고는 같은 과일 수십 개를 우건 앞에 산처럼 쌓아 놓기 시작했다.

우건은 몇 개를 더 먹은 다음에 손사래를 쳤다.

"나는 이제 더 못 먹으니까 너희들이 먹도록 해라."

우건의 말을 용케 알아들은 듯 성성이들은 자기들끼리 소리를 지르며 뭔가 얘기를 나누다가 남은 과일을 짊어지고 동산 정상으로 뛰어갔다. 우건은 성성이들이 뭘 하려는 건지 궁금해 그 뒤를 따라가 보았다. 산 정상에 도착한 성성이들은 석부 지붕에 있는 욕조에 올라가 가져온 과일을 손아귀의 힘으로 즙을 짜듯 으깨어 욕조 안에 던지기 시작했다.

성성이들은 그렇게 몇 번을 반복해 꽤 깊은 욕조를 과일 즙으로 가득 채웠다. 우건은 과즙에서 나는 시원한 향기에

207

매료당해 성성이들이 하는 행동을 옆에서 조용히 지켜보았다.

그때, 늙은 성성이가 우건에게 다가와 그의 팔을 슬쩍 잡았다.

성성이들이 자신을 해치려는 생각이 없다는 사실을 진작 눈치 챘던 우건은 늙은 성성이가 그를 만지게 내버려 두었다.

어차피 이 동산은 성성이와 같은 짐승들이 주인이었다. 손님 입장에서는 주인이 하자는 대로 따를 수밖에 없는 것이다.

늙은 성성이가 반대쪽 손으로 우건의 옆구리를 슬쩍 만졌다. 공교롭게도 성성이가 만진 부위는 우건이 한엽의 천뢰조에 당해 내장이 드러날 만큼 심한 부상을 입었던 자리였다.

늙은 성성이가 이번에는 과일즙으로 채운 욕조를 가리켰다.

우건은 그제야 늙은 성성이가 하는 행동을 이해할 수 있었다.

우건이 심한 외상에서 금방 회복할 수 있었던 이유가 바로 욕조를 채운 과일즙 덕분이었던 것이다. 우건이 복용한 과일의 이름이 뭔지는 모르겠지만, 외상 치료에 아주 효과적인 영과(靈果)였던 것이다. 의식을 잃은 우건이 부상을 입었단 사실을 깨달은 성성이들이 과일즙을 채운 욕조에 우건을 집어넣어 외상이 나을 수 있게 도와준 것이다.

뭔가 떠오른 우건은 그 자리에 주저앉아 내력을 운기해 보았다.

확실히 내상이 전보다 회복되어 있었다.

과일은 외상뿐 아니라 내상에도 아주 효과적이었던 것이다.

앞으로 이 과일을 이용해 영단(靈丹)을 만들어 낼 경우, 내, 외상 치료에 이보다 좋은 영단을 찾아보기 힘들 정도였다.

과일의 효능을 깨달은 우건은 선천지기 역시 과일을 복용한 덕에 회복했을 거라 짐작했다. 그러나 과일을 아무리 많이 먹어도 잃어버린 선천지기를 다시 회복하지 못했다. 과일이 아닌 다른 이유로 선천지기를 회복할 수 있었단 뜻이었다.

우건은 분명 이유가 있을 거라 생각했다.

그가 선골(仙骨)을 타고나기는 했지만 한 번 소진한 선천지기가 저절로 다시 채워지는 그런 선골을 타고나지는 못했다.

우건은 그 이유를 찾기 위해 석부로 내려가려 했다. 다른 데서 찾을 수 없다면 석부 내부에 해답이 있을 거라 생각했다.

한데 그때였다.

돌아서던 우건의 눈에 욕조가 들어왔다.

지금까지는 평범한 옥을 깎아 만든 사치스런 욕조라 생각해 신경 쓰지 않았다. 동천복지에 거대한 옥을 깎아 만든 욕조 하나쯤은 있을 거라 생각해 대수롭지 않게 여긴 것이다.

한데 돌아설 때 살짝 본 욕조는 어딘지 모르게 묘한 느낌을 풍겼다. 색깔은 보통 옥보다 훨씬 진했는데 뭔가 따뜻한 기운이 전해지는 것 같았다. 또, 조금 익숙한 느낌이 들었다.

우건은 내친김에 욕조를 자세히 관찰해 보았다.

욕조 가장자리에 손을 대는 순간, 손가락 끝을 타고 올라온 뭔지 모를 따뜻한 기운이 심장을 지나 단전으로 치달았다. 그리곤 단전에 있는 선천지기를 부드럽게 어루만져 주었다.

우건은 급히 장력을 펼쳐 욕조에 있는 과일즙을 날려 버렸다.

우건의 행동을 구경하던 성성이들이 다시 꽥꽥 소리를 지르며 도망쳤다. 그러나 우건은 욕조에 온 신경이 쏠려 있었던 탓에 성성이들을 배려해 줄 틈이 없었다. 우건은 욕조 안에 뛰어들어 표면을 자세히 들여다보았다. 그제야 욕조를 만든 옥의 재질이 평범하지 않다는 사실을 깨달을 수 있었다.

욕조의 재질은 무려 온옥(溫玉)이었다.

주먹만 한 온옥 한 덩어리의 가격이 같은 무게의 황금보다 수십 배 비싸다는 점을 생각해 볼 때, 욕조의 가격은 그야말로 숫자로 가격을 매기기 힘들 정도의 가치가 있었다.

우건은 온옥을 조사하다가 까무러칠 듯 놀랐다.

욕조를 만들 때 사용한 온옥이 평범한 온옥이 아니라, 만년온옥(萬年玉溫)이었던 것이다. 만년온옥은 온옥보다 효능이 수십 배 더 강한, 그야말로 인세에 다시없을 보물이었다.

우건은 그제야 욕조를 만든 온옥에서 익숙한 느낌을 받은 이유를 알 수 있었다. 설린은 언젠가 사부 천선자에게 생일 선물로 아주 귀중한 선물을 받은 적 있었는데, 그게 바로 만년온옥 중에 상품으로 꼽히는 천향온옥(天香溫玉)이었다.

설린은 우건이 중원으로 떠날 때 그녀가 가지고 있던 천향온옥을 건네주며 온옥을 자기로 생각해 절대 몸에서 떼어놓지 말라는 부탁을 했었다. 우건은 시키는 대로 따랐다. 현대무림으로 넘어오기 전까지 몸에서 떼어놓지 않은 것이다.

우건은 뭔가 떠오르는 생각이 있어 얼른 욕조에 누워 보았다.

그 순간, 온옥으로 만든 욕조에서 심신을 평안하게 해 주는 부드러운, 그리고 따뜻한 기운이 스멀스멀 올라왔다. 그리고는 기운이 온몸의 혈도를 통해 내부로 들어오기 시작했다.

우건은 운기행공하지 않았다.

그저 누운 상태에서 기운이 어떻게 작용하는지 계속 관찰했다.

잠시 후, 혈도를 통해 흘러들어 온 따뜻한 기운이 대경팔맥을 따라 흐르다가 최종적으로 단전을 향해 일제히 밀려갔다.

그리고는 단전에 있는 선천지기와 합해져 선천지기의 양을 늘려 갔다. 그 양이 극히 적어 단번에 잃어버린 선천지기를 모두 회복하진 못했지만 어쨌든 양이 느는 건 사실이었다.

즉, 이곳에서 정양하면 잃어버린 선천지기를 전부 회복할 수 있을 뿐 아니라, 선천지기의 양을 더 늘릴 수 있단 뜻이었다. 우건은 뛸 듯이 기뻐 혈도를 통해 흘러들어 온 따뜻한 기운을 즉시 운기행공하여 단전으로 계속 밀어 넣었다.

그렇게 열흘쯤 지났을 무렵, 마침내 잃어버린 선천지기를 모두 회복할 수 있었다. 아니, 잃어버린 선천지기보다 더 많은 양의 선천지기를 얻을 수 있었다. 그야말로 천운이 따랐다.

이번 일을 통해 우건은 의문 한 가지를 푸는 데 성공했다. 조광을 죽이기 위해 선천지기를 전부 소모했던 그가 현대무림으로 넘어왔을 때, 선천지기를 다시 회복할 수 있었던 이유는 바로 사매 설린이 준 천향온옥 덕분이었던 것이다.

중원에서 현대무림으로 넘어오는 데 얼마의 시간이 걸렸는지는 아직 잘 모르겠지만, 꽤 긴 시간이었던 듯 자그마한 천향온옥 하나로 잃어버린 선천지기를 전부 회복할 수 있었다.

그리고 참선당 고수들을 제거하기 위해 또 한 번 선천지기를 전부 소모했던 그가 선천지기를 회복할 수 있었던 이유는 석부 지붕에 만년온옥으로 만들어 놓은 이 욕조 덕이었다.

강원도 스키장에서 한엽과 싸우다가 정신을 잃은 그가 어떻게 해서 이 동천복지의 욕조까지 왔는지는 모르겠지만 어쨌든 그 덕에 또 한 번 절체절명의 위기에서 살아난 것이다.

의문을 해결한 우건은 밑으로 내려와 석부를 조사했다.

사실, 눈을 떴을 때 가장 먼저 시야에 들어온 것은 이 석부였다. 그러나 석부는 마치 거인이 칼로 커다란 바위를 정사각형 형태로 잘라 놓은 것처럼 매끈해 문을 찾기 쉽지 않았다.

우건은 석부를 조사하는 데 시간이 많이 걸릴 것 같아 동산 주위부터 돌아봤기 때문에, 정식으로 석부를 조사하는 것은 이번이 처음이었다. 석부는 회색빛 화강암으로 만든 듯했다. 만든 시점으로부터 세월이 적지 않게 흐른 듯 어른 팔뚝만큼 두꺼운 넝쿨이 벽에 바른 페인트처럼 석부 전체를 휘감고 있어 어디가 출입구인지 파악하기 쉽지 않았다.

우건은 넝쿨을 최대한 자르지 않은 상태에서 석부를 조사했다. 넝쿨과 기관진식이 이어져 있다면, 넝쿨을 자를 때 기관진식이 발동해 석부에 어떤 이상을 초래할 가능성이 있었다.

이런 동천복지에 만들어 둔 석부가 절대 평범할 리 없다는 생각이 들긴 했지만 1시간이 지나도록 문을 찾아내지 못했다.

우건은 벽을 부수기 전에 마지막 방법을 써 보기로 했다.

바로 선령안이었다.

시력을 높여 주는 선령안이라면 좀 더 세밀히 살필 수 있었다.

석부 주위를 돌며 선령안으로 벽을 살펴보는 순간.

놀라운 광경이 펼쳐졌다.

석부 남쪽 벽 중앙에 지팡이를 짚은 백발노인이 나타난 것이다.

너무나 생생해 마치 진짜 노인이 그를 쳐다보는 듯했다.

우건은 선령안을 푼 상태에서 다시 한 번 그 부분을 살펴봤다.

그러나 방금 전에 보았던 늙은 노인의 모습은 보이지 않았다.

선령안은 몇 가지 특수한 경우를 제외하면 맨 눈으로 볼 수 있는 광경을 더 자세하게 볼 수 있게 해 주는 술법이지, 투시(透視)처럼 볼 수 없는 광경을 보이게 해 주진 못했다.

즉, 이번 경우는 그 몇 가지 특수한 경우 중 하나란 뜻이었다.

선령안이 특수한 능력을 발휘하는 경우는 크게 두 가지였다. 첫 번째는 은신술, 둔갑술(遁甲術), 혹은 진법(陣法)처럼 사람의 뇌나 눈을 현혹시키는 술법이 펼쳐져 있을 때였다.

두 번째는 태을문과 관련된 무언가를 볼 때였다.

조사해 봤지만 첫 번째는 전혀 가능성이 없었다.

그렇다면 두 번째 이유일 가능성이 높았다.

즉, 이 석부가 태을문과 관련 있는 곳이란 뜻이었다.

우건은 생각지 못한 장소에서, 그리고 전혀 예상하지 못한 방법으로 발견한 사문(師門)의 흔적에 잠시 어리둥절해졌다.

부동심을 끌어올린 우건은 다시 선령안을 펼쳤다.

넝쿨 사이에서 다시 지팡이를 짚은 노인이 모습을 드러냈다.

우건은 노인의 모습을 어디서 본 적이 있는 것 같았지만 세월이 많이 흐른 탓인지 조금 흐릿하여 확신이 서지 않았다.

우건의 예상처럼 이 석부가 태을문과 관련 있는 사문의 유적(遺蹟)이라면 석부 문을 여는 방법은 의외로 쉬울지 몰랐다.

우건은 노인이 짚은 대나무 지팡이 위에 오른손 장심을 붙였다.

그리고는 천지조화인심공으로 운기한 내력을 장심을 통해 내보냈다. 처음에는 반응이 없어 잠시 실망했지만 손을 떼려는 순간, 벽 사이에 균열이 살짝 가는 모습을 보곤 내력을 계속 주입했다. 그렇게 10분 동안 내력을 주입했을 때였다.

쿠르릉!

기관이 돌아가는 소리와 함께 벽에서 갑자기 문이 튀어나왔다.

손을 뗀 우건은 튀어나온 문을 슬쩍 밀었다.

그 순간, 문이 자동으로 열리며 석부 안이 모습을 드러냈다.

의외로 석부 안은 아주 밝았다. 우건이 동산 천장에서 봤던 구슬과 같은 종류의 구슬이 석부의 천장에 박혀 있었던 것이다. 물론 천장의 구슬과 비교하면 아주 작은 편이었다.

우건은 함정이 있을 거라 생각하진 않았지만 어쨌든 조심하며 들어갔다. 선령안과 태을문 심공으로 연성한 내력을 사용해야만 열리는 석부에 함정을 설치해 두진 않았을 듯했다.

석부 안은 생각 외로 단출했다.

둥그런 원형 공간에 돌침상 하나가 전부였다.

그리고 돌침상 반대편 벽에는 고색창연한 검집이 하나 걸려 있었다. 우건은 검집을 살펴보기 위해 그쪽으로 걸어갔다.

그때였다.

앞으로 튀어나와 있어 입구에서는 전혀 보이지 않는 공간에 어떤 노인을 그린 그림 한 점이 걸려 있었다. 자세히 보기 위해 안력을 끌어올리는 순간, 그림의 주인공이 방금 전 석부 벽에서 보았던 노인이라는 것을 쉽게 알아볼 수 있었다.

석부 벽에 그려져 있던 노인의 그림은 세월이 흐른 탓에 흐릿했지만, 안에 있는 그림은 그렇지 않았다. 우건은 그림 속의 노인이 누군지 깨닫고 쓰러지듯 무릎을 꿇고 말았다.

그림 속 노인은 바로 태을문을 세운 태을조사(太乙祖師)였다.

천선자의 비동에서 태을조사를 그린 초상화를 본 적이 있어 착각했을 리 없었다. 우건은 그림이긴 하지만 조사를 뵙는 예에 따라 정성들여 구배지례(九拜之禮)를 올렸다. 절을 다 올린 다음에는 두 손을 모아 공손히 읍(揖)을 한 자세에서 목숨을 살려 준 은혜에 감사하는 묵도(默禱)를 올렸다.

석부 지붕에 만들어 둔 만년온옥 욕조와 동산에 있는 붉은 과일이 아니었으면, 우건은 이미 이 세상 사람이 아닐 터였다.

예를 마친 우건은 석부 안을 다시 한 번 조사했다.

한데 그림과 고색창연한 검집 외에 다른 물건은 보이지 않았다.

태을조사가 만년에 얻은 심득이 있을까 싶어 선령안을 동원해 샅샅이 뒤졌지만 서책은커녕, 글 한 줄 보이지 않았다.

그러나 소득이 전혀 없진 않았다.

덕분에 석부가 위치한 동천복지의 정체를 알아냈던 것이다.

이곳은 태을조사가 만년에 기거했다는 태을선거(太乙仙居)가 분명했다. 태을조사는 제자들에게 의발을 다 전수한 다음 백두산 어딘가에 있는 선거에 칩거해 남은 말년을 보냈는데, 선거의 위치는 역대 장문인 외에 아무도 알지 못했다.

일대제자의 신분이었던 우건은 백두산에 선거가 있다는 말만 천선자에게 들었을 뿐, 그 자세한 위치까진 알지 못했다.

그가 추측한 대로 정말 이 동천복지가 태을조사의 태을선거라면, 그는 지금 백두산 어딘가에 있단 뜻이었다. 한데 한엽과 싸우다가 의식을 잃은 그가 자기 발로 이곳에 왔을 리는 없었다. 즉, 바깥에 그를 도와준 사람이 있다는 뜻이었다.

우건은 그 순간, 정신을 잃기 전에 마지막으로 들었던 송지운의 목소리가 떠올랐다. 지금으로서는 정신을 잃은 그를 태을선거에 데려다준 사람이 송지운일 확률이 아주 높았다.

우건은 송지운이 어떻게 해서 태을선거의 위치를 알고 있었는지 그리고 그를 왜 도와주었는지 알지 못했지만, 어쨌든 송지운 외에 다른 사람이 개입했을 가능성은 없을 듯했다.

석부 조사를 마친 우건이 밖으로 나왔을 때였다. 늙은 성성이가 우건 앞에 갈기갈기 찢어진 커다란 배낭을 내려놓았다.

배낭을 내려놓은 늙은 성성이는 갑자기 손짓 발짓을 섞어가며 무언가를 열심히 설명했다. 늙은 성성이의 설명을 본 우건은 어렵지 않게 자신이 이 갈기갈기 찢어진 배낭

속에 들어 있던 상태로 이 동부에 들어왔단 사실을 알 수 있었다.

우건은 늙은 성성이가 가져온 배낭을 뒤져보았다.

배낭 안에는 검은색 가죽 방수주머니가 들어 있었다.

우건은 얼른 방수주머니를 밖으로 꺼내 안에 담긴 물건을 살펴보았다. 방수주머니 안에는 낡은 책 세 권과 말린 육포 한 줌, 생수병 세 개, 로프, 비상약, 플래시 등이 들어 있었다.

우건은 그중 낡은 책 세 권부터 먼저 살펴보았다.

8장. 안배(按排)

첫 번째 책을 넘기는 순간, 우건은 코끝이 시큰해졌다.

책을 적은 필체가 아주 익숙했던 것이다.

바로 사부 천선자의 필체였다.

놀란 우건은 서둘러 첫 번째 책을 읽어 보았다.

그러나 첫 번째 책에는 별 내용이 없었다. 서두와 말미만 존재할 뿐, 가운데 위치한 수십 장에는 글이 적혀 있지 않았다.

우건은 두 번째 책으로 넘어갔다.

두 번째 책엔 철지개산대법의 구결이 적혀 있었다.

철지개산대법은 태을문 비전으로 땅 속의 금이나 은을

캘 수 있게 해 주는 술법인데 구전(口傳)으로만 전할 뿐이
었다.

한데 구전으로만 전해지던 철지개산대법의 구결이 적혀
있는 책이 그가 있던 배낭 속에 같이 있었던 것이다. 더구
나 책을 작성한 사람은 사부 천선자였다. 우건은 그 이유를
찾아보려 애썼지만 아무리 생각해도 떠오르는 답이 없었
다.

우건은 하는 수 없이 세 번째 책으로 넘어갔다.

세 번째 책 역시 두 번째 책과 마찬가지로 태을문 비전을
적은 책이었다. 물론 내용은 달라서 이번엔 구명연령술이
었다.

구명연령술은 우건 역시 익히 아는 술법으로 중상을 당
한 사람을 가사상태에 빠트려 치료할 시간을 버는 수법이
었다.

철지개산대법이 있는 이유는 몰랐지만 구명연령술이 있
는 이유는 어느 정도 알 것 같았다. 우건은 한엽과 싸우다
가 선천지기를 모두 소진하였다. 그리고 허리와 가슴에 중
상을 입어 목숨이 경각에 이르렀었다. 그런 우건을 수백 킬
로미터 떨어진 백두산에 위치한 태을조사의 태을선거에 데
려가기 위해서는 시간을 버는 구명연령술이 반드시 필요했
다.

그러나 의문이 남기는 마찬가지였다.

우건은 곧 혼란에 빠져들었다.

사부 천선자는 왜 철지개산대법과 구명연령술이 적혀 있는 서책을 후세에 남겼을까. 그리고 그를 이곳으로 데려왔을 가능성이 높은 송지운은 어떻게 해서 이 서책들을 구했을까.

이 두 가지 의문은 도무지 풀리지 않는 수수께끼처럼 우건을 괴롭혔다. 우건은 두 의문을 풀기 위해 첫 번째 책으로 다시 돌아갔다. 첫 번째 책에는 서두와 말미만 적혀 있었다.

서두에는 천선자 본인이 직접 이 책을 저술했음을 증명하는 문구가 적혀 있었다. 그리고 말미에는 이 책을 저술한 이유가 대략적으로 적혀 있었다. 우건은 말미의 내용에 집중했다.

이 책은 태을문 비전이 아니면 읽을 수 없도록 만들어진 책이다. 태을문의 진정한 후인이 아니면 절대 읽을 수 없으니 괜한 일에 정력을 낭비할 필요 없을 것이다. 만일 조사의 유훈대로 몇 백 년 후에 태을문의 진정한 후인이 나타나 이 책을 수중에 얻는다면, 그간의 전후인과(前後因果)를 모두 알 수 있을 거라 생각한다. 부디 내가 기다리던 진정한 후인에게 이 책이 전해지길 바라며 여기서 붓을 놓는다.

우건은 미간을 살짝 찌푸렸다.

이 말미의 내용에 따르면 사부 천선자는 몇 백 년 후에 나타날 태을문의 진정한 후계자에게 전후인과를 알려 주기 위해 책을 지은 셈이었다. 우건은 복잡한 머리가 더 복잡해졌다.

사부님이 말한 진정한 후계자란 누구인가?

그리고 대체 어떤 일의 전후인과란 말인가?

우건은 앞일을 내다보는 능력, 즉 선견지명(先見之明)을 지닌 사부가 평범한 일로 이런 서책을 지었다곤 생각하지 않았다. 분명, 뭔가 큰일이 있었기에 이런 책을 지었을 것이다.

우건은 그 일이 한엽과 관련 있지 않을까 추측했다.

어쨌든 이 말미의 내용에 따르면 중간에 비어 있는 백지는 실제 백지가 아니었다. 종이에 특수한 처리를 하여 다른 사람이 보지 못하게 만들어 둔 게 분명했다. 그렇지 않다면 말미에 '이 붓을 놓는다.' 라는 문장이 들어갈 리가 없었다.

중간 내용을 모두 빼 버린 채 서두와 말미만 적은 사람이 '이 붓을 놓는다.' 란 문장을 쓰지는 않을 것이기 때문이었다.

그렇다면 눈에 안 보이는 중간 내용을 알아내는 게 급선무였다. 다행히 우건은 시행착오 없이 바로 알아낼 수 있었다.

우건은 말미에 적혀 있는 태을문의 진정한 후예에 주목했다.

태을문의 진정한 후예라면 필히 익혀야 할 몇 가지 술법이 있었다.

부동심, 분심공, 철지개산대법 등이 그런 술법이었다.

우건은 그 점에서 착안해 태을문의 진정한 후예만이 구전으로 전수받을 수 있는 술법을 펼쳐 첫 번째 책을 다시 읽었다.

바로 선령안이었다.

우건이 선령안을 펼치는 순간.

빈 백지 위로 글자 몇 개가 흐릿하게 떠올랐다.

우건은 내력을 더 끌어올려 선령안을 펼쳤다.

그 순간, 새카만 글자들이 하나둘 모습을 드러내기 시작했다.

우건은 처음부터 끝까지 정신없이 읽어 내렸다.

처음은 충격적이었다.

중간에는 가슴이 아팠다.

그리고 마지막엔 놀라움을 감추지 못했다.

예상대로 그가 발견한 책 세 권을 지은 사람은 천선자였다.

천선자는 반도 조광을 제거하러 간 우건의 귀환이 예상보다 늦는 모습을 보며 걱정했다. 더구나 그로부터 얼마

지나지 않아 마침 일이 있어 중원에 갔던 지인으로부터 제천회가 있던 개봉 안에서 엄청난 폭발이 있었다는 소문을 들었다.

천선자는 폭발이 혹시 우건과 관련이 있는 것이 아닐까 싶어 지인에게 폭발이 있었다는 지역을 조사해 달라 부탁했다.

보름 후, 지인이 돌아와 조사한 내용을 알려 주었는데, 걱정대로 그 폭발은 우건과 관련 있는 폭발이었다. 제천회 회주 조광이 우건을 제거하기 위해 강북의 내로라하는 고수 100여 명을 초청했는데, 우건이 그 고수들과 싸우던 도중 갑자기 엄청난 폭발이 일어나 제천회가 멸망했다는 것이다.

또 조광 등 그 자리에 있던 다른 사람들의 시신은 나중에 발견할 수 있었지만 이상하게도 우건을 포함한 100여 명의 고수들은 누가 존재를 지워 버린 것처럼 감쪽같이 사라졌다는 것이다.

이상한 일은 그뿐만이 아니었다.

그들이 사라진 자리에 그들이 사라지기 전에 입었던 옷과 착용한 무기, 심지어는 속옷까지 전부 떨어져 있었다는 것이다.

괴이하기 짝이 없는 현상인지라 명나라 조정에서 관원들을 대거 파견해 조사까지 마쳤지만, 왜 이런 일이 일어났는지 그리고 사라진 사람들은 어디로 갔는지 밝혀내지 못했다.

지인의 설명을 들은 천선자는 그 사건에 그가 알지 못하는 어떤 곡절이 숨어 있음을 눈치 챘다. 천선자는 다시 지인에게 폭발 현장을 전보다 자세히 조사해 달란 부탁을 하였다.

몇 달 후, 마침내 천선자는 지인이 조사해 온 내용을 연구해 그날 그곳에서 어떤 일이 벌어졌는지 알아내는 데 성공했다.

누가 태을양의미진진을 폭발시켜 그런 일이 일어났던 것이다.

천선자는 바로 태을양의미진진을 연구하기 시작했다.

지인이 조사해 온 내용을 토대로 연구를 거듭한 결과, 놀라운 사실이 밝혀졌다. 태을양의미진진을 펼친 다음, 사문(死門)과 휴문(休門) 사이에 구멍을 내면 폭발한단 사실이었다.

그리고 그 폭발의 여파가 시공간을 비튼단 사실까지 알아냈다.

즉, 우건은 폭발에 휘말려 다른 세계로 사라진 것이다.

폭발 사건의 전말을 알아낸 천선자는 이번 일을 꾸민 자를 찾았다. 태을문 안에서 도해 없이 태을양의미진진을 펼칠 수 있는 사람은 천선자가 유일했다. 그리고 도해를 보며 태을양의미진진을 펼칠 수 있는 사람은 조광, 한엽, 우건

세 명이었다. 천선자와 한엽은 태을문을 떠나지 않았으니까 태을양의미진진을 펼친 사람은 조광과 우건 둘 중 하나였다.

그러나 우건은 당연히 아니었다.

우건은 태을양의미진진을 설치할 이유가 없었다.

그렇다면 역시 조광이 펼쳤다는 결론이 나왔다.

그러나 조광 역시 도해 없이는 태을양의미진진을 펼치지 못했다. 그리고 그 말은 그를 도와준 사람이 있다는 뜻이었다.

천선자는 바로 한엽을 의심했다.

조광을 도와 우건을 해칠 사람은 한엽밖에 없었다.

한엽은 재능은 뛰어났지만 선근이 바르지 못해 언젠가 크게 사고를 칠 거란 느낌이 있었다. 한데 그게 이번이었던 것이다.

천선자가 한엽을 추궁하기 위해 막 일어섰을 때였다.

천선자의 비동 안으로 괴한 수십여 명이 들이닥쳤다.

괴한의 정체는 바로 중국 새외에 위치한 천산(天山)에서 신으로 군림하는 천산십마(天山十魔)와 십마의 졸개들이었다.

한데 천선자의 비동 입구에는 진법이 펼쳐져 있었다.

진법을 통과해 비동으로 들어오는 방법은 두 가지였다.

하나는 천선자가 안에서 진법을 직접 해제해 주는 방법

이었다. 그리고 다른 하나는 진법의 생문(生門)으로 들어갈 수 있는 방법을 알고 있는 것이었다. 이 두 가지 방법이 아니면 수렁에 빠진 짐승처럼 안을 헤매다가 정력이 바닥나 죽었다.

한데 천산십마와 그 졸개들은 상처 하나 없이 천선자의 비동으로 들이닥쳤다. 즉, 천산십마에게 생문을 가르쳐 준 자가 있단 뜻이었다. 예상대로 생문을 가르쳐 준 자는 한엽이었다.

천선자는 천산십마의 일곱 명과 졸개 대부분을 죽이는데 성공했지만 억눌러 놓았던 내상이 다시 도져 중상을 입었다.

천선자의 목숨이 바람 앞의 등불처럼 위태롭던 그 순간, 시동 송아가 갑자기 나타나 그를 들쳐 업고 비동을 빠져나왔다.

천선자는 의식을 잃기 직전, 송아에게 자긴 오래 살기 틀렸다며 사매 설린의 안위부터 챙기란 명을 내렸다. 그러나 송아는 사부부터 구하기로 마음먹은 듯 명을 따르지 않았다.

천선자는 송아에게 업혀 가까운 금강산으로 피신했다. 사부를 안전한 곳에 피신시킨 송아는 설악산에 돌아가 설린을 찾았다. 그러나 송아에겐 충격적인 결과가 기다리고 있었다.

그녀를 강제로 취하려던 한엽을 피해 도망치던 설린이 우건의 동부가 있는 비신암에서 몸을 던진 것이다. 송아는 즉시 금강산에 돌아가 천선자에게 그가 알아낸 사실을 고했다.

그러나 아직 태을문의 진전을 제대로 잇지 못했던 송아는 미행이 딸려 있다는 사실을 눈치 채지 못했다. 곧 한엽이 이끄는 중원고수들이 두 사람을 찾아 금강산으로 몰려왔다.

송아에게 설린의 이야기를 들은 천선자는 장탄식을 터트렸다. 그리고는 송아의 등에 업혀 다시 설악산으로 돌아갔다.

등잔 밑이 어둡다는 말처럼 한엽이 두 사람의 행방을 찾아 금강산을 뒤지는 동안, 두 사람은 설악산으로 돌아간 것이다.

천선자는 송아에게 설린의 시신을 찾아오란 지시를 내렸다.

설린의 시신을 찾는 일은 비교적 쉬웠다.

한엽이 설린의 시신을 수습해 양지 바른 곳에 묻어 주었던 것이다. 설린의 시신을 찾은 송아는 다시 사부에게 돌아갔다.

천선자는 한엽의 집념이 대단해 절대 포기하지 않을 것임을 알았다. 그리고 자신은 남은 생이 그리 많지 않음을 느꼈다.

천선자는 바로 태을양의미진진을 다시 연구했다.

사라진 우건을 이곳으로 다시 데려오기 위해서였다.

우건만이 미쳐 날뛰는 한엽을 쓰러트릴 수 있었다.

그러나 태을양의미진진을 폭발시켜 가는 방법은 알아냈지만, 한 번 간 사람을 다시 돌아오게 만드는 방법은 알아내지 못했다. 혹 천선자에게 시간이 많이 남아 있다면 모르겠지만 남은 생이 얼마 남지 않은 상황에서는 가능성이 전무했다.

천선자는 우건과 설린이 현생에서 맺어지지 못한 채 헤어진 게 너무나 안타까웠다. 우건은 태을양의미진진의 폭발에 휩쓸려 그가 알 수 없는 세계로 사라져 버린 상태였다. 그리고 설린은 악적 한엽의 마수를 피해 도망치다가 비신암 위에서 뛰어내려 우건에 대한 한없는 사랑과 정절을 지켰다.

천선자는 결국 사문이 금지한 술법을 쓰기로 마음먹었다. 태을문은 사마외도(邪魔外道)를 정기적으로 추적해 척살하는 일로 외공을 쌓았는데, 그런 사마외도 중 하나인 역천마(逆天魔)를 죽였을 때 그가 지닌 마공서를 입수할 수 있었다.

한데 그 마공서에는 죽은 사람의 혼을 불러내 강제로 환생시키는 역천과인수령기대법(逆天過人壽靈氣大法)이 있었다.

그러나 역천과인수령기대법엔 세 가지 단점이 존재했다.

첫 번째는 죽은 사람의 혼을 불러내 강제로 환생시킬 순 있지만 특정한 시기에 환생시키는 것은 불가능하단 점이었다.

그리고 두 번째는 하나를 더하면 하나를 빼야 하는 자연의 섭리대로 이 대법을 펼치기 위해서는 한 사람의 목숨이 반드시 필요하다는 점이었다. 마지막 세 번째는 이 대법이 천도(天道), 즉 하늘의 이치에 어긋나는 역천대법이기에 펼친 사람은 저주를 받아 영원히 지옥을 떠돌아야 한단 점이었다.

송아는 극구 말렸지만 천선자는 제자의 만류를 듣지 않았다.

결국, 천선자는 대법으로 불러낸 설린의 혼을 강제로 환생시키는 데 성공했다. 그리고 언젠간 우건과 만날 수 있도록 죽을 때마다 그 모습 그대로 다시 환생하는 저주를 걸었다.

천선자는 두 남녀가 맺은 인연의 끈이 끊어지지 않았다면, 먼 훗날 언젠가는 두 사람이 다시 해후할 수 있을 거라 믿었다.

그리고 만난다면 우건이 설린의 환생자(幻生子)를 인도해 같이 우화등선할 거라 믿었다. 천선자의 기대대로 두 사람이 우화등선하면 죽을 때마다 환생하도록 걸어 놓은 저주 역시 풀릴 것이다. 대법에 성공한 천선자는 송아에게 유언을 남긴 다음, 전광석화로 자신의 몸을 태워 재로 돌아갔다.

사랑하는 제자들을 위해 스스로 불구덩이 속에 뛰어든 것이다.

그때, 생각지 못한 일이 일어났다.

천선자가 재로 변한 그 순간, 한엽이 들이닥친 것이다.

한엽은 숨어서 두 사람이 나누는 대화를 전부 다 들은 듯했다. 그는 천선자가 연구한 태을양의미진진의 도해부터 빼앗았다. 그리고는 덜덜 떠는 송아를 차가운 눈으로 한 차례 노려본 다음, 그곳을 떠났다. 꼼짝없이 죽을 줄 알았던 송아는 한엽이 완전히 떠난 후에야 가슴을 쓸어내릴 수 있었다.

천선자가 재로 돌아간 후에는 송아가 나머지 부분을 채웠다.

송아에게는 사부의 죽음을 슬퍼할 시간조차 없었다. 생각이 바뀐 한엽이 갑자기 돌아와 그를 죽일 수 있었던 것이다.

송아는 천선자가 죽기 전에 남긴 유언에 따라 책 두 권을 서둘러 준비했다. 한 권은 철지개산대법의 구결을 적은 책이었고 다른 한 권은 구명연령술의 구결이 적혀 있는 책이었다.

천선자를 비롯한 태을문 역대 장문인에게는 태을조사가 우화등선하기 전에 남긴 유훈(遺訓)이 대대로 전해져 내려왔는데, 태을문의 맥이 끊길 위기에 처했을 때 철지개산대법과 구명연령술을 준비해 두면 위기를 넘길 수 있단 유훈이었다.

천지인을 합일시킨 태을조사는 미래를 내다보는 혜안을 지녔던 분이기에 역대 장문인들은 그 유훈을 절대 잊지 않았다.

그러나 지금까지는 태을문의 맥이 끊길 위기가 없었기에 마음속에만 품고 있었는데, 마침내 천선자 대에서 그때가 찾아온 것이다. 대제자 조광은 기사멸조의 죄를 저질러 우건에게 죽었다. 그리고 한엽은 사부와 사제를 죽음으로 몰았다.

또, 우건은 태을양의미진진이 폭발하는 바람에 모습을 감춘 후였고 설린은 한엽에게 협박당하다가 스스로 목숨을 끊었다.

더구나 유일하게 남은 제자라 할 수 있는 송아는 정식으로 입문하기 전이어서 무공이 아직 일천했다. 그야말로 천년 동안 이어져 온 도맥 정종 태을문이 멸문하기 직전인 것이다.

송아는 구결이 기억나는 태을문 오악령, 철산벽, 십자도법, 십자창법 등을 닥치는 대로 서책에 적어 내려갔다.

그중에 태을문 절예의 핵심이라 할 수 있는 고급 심법이 없다는 점은 아쉬웠지만 배우지 못했기에 어쩔 수 없는 일이었다.

준비를 마친 송아는 한엽의 추적을 피하기 위해 사람들이 많이 사는 도성으로 숨어들었다. 그리고 그곳에서 이름을 송준경(宋俊慶)으로 바꾼 다음, 이웃에 사는 처자와 혼인했다.

송아는 부인과 30여 년 넘게 해로하며 자식을 다섯이나 낳았다. 그러나 환속한 후에는 무공을 절대 펼치지 않았다. 무공을 펼쳤다는 소문이 나면 한엽이 쫓아올 수 있었던 것이다.

그러나 다행히 한엽은 그와 그의 가족을 추격해 오지 않았다.

천수를 누린 송준경은 죽기 전에 그동안 기억을 쥐어짜내 적은 태을문 비급과 천선자가 태을조사의 유훈에 따라 작성한 책 세 권을 아들에게 주고 소중히 여기란 유언을 남겼다.

그리고 그 유언이 책의 마지막 내용이었다.

송아, 아니 태을문 28대 장문인 송준경이 죽은 후에는 이 책을 건드린 사람이 없는 듯 글이 더 이상 이어지지 않았다.

책을 덮은 우건은 망부석처럼 한동안 움직이지 못했다.

천선자는 그와 사매를 위해 본인을 희생했다. 그와 사매가 입은 은혜를 갚을 방법이 없었기에 더 사무치는 면이 있었다.

그 다음에 든 생각은 약간의 안도감이었다.

그가 수연을 사랑한 것은 설린을 배신한 게 아니었다.

마치 천륜처럼 수연을 사랑할 수밖에 없기에 사랑한 것이다.

설린과 수연은 다른 사람이 아니었다.

천선자가 건 저주에 의해 같은 모습으로 환생한 동일인이었다. 그와 수연이 사랑에 빠진 것은 당연한 일이었던 것이다.

우건은 천선자와 사매를 생각하며 한동안 멍하니 앉아 있었다.

그때였다.

어느새 옆으로 다가온 늙은 성성이가 털이 숭숭 난 손가락으로 우건이 읽던 책을 가리켰다. 그리고는 다시 손을 돌려 동쪽에 있는 절벽을 가리켰다. 우건은 충격이 상상외로 컸기에 성성이가 무슨 뜻으로 그런 행동을 하는지 알지 못했다.

아니, 오히려 귀찮았다.

한데 늙은 성성이는 꽤 끈질긴 면이 있었다.

우건이 일어설 기미를 보이지 않자, 늙은 성성이가 우건의 옷자락을 살짝 잡아당겼다. 그리고는 자기가 먼저 앞장서서 길을 여는 듯한 행동을 취했다. 자기를 따라오란 듯했다.

우건은 한숨을 쉬며 늙은 성성이의 뜻대로 해 주었다.

늙은 성성이는 그런 대접을 받을 자격이 있었다.

우건이 천선자가 남긴 서책 세 권을 배낭 안에서 발견할 수 있었던 일, 그리고 붉은색 열매와 만년온옥으로 몸을 추스를 수 있었던 일 모두 이 늙은 성성이 덕분이었던 것이다.

늙은 성성이는 그가 조금 전에 가리켰던 동쪽 절벽으로 우건을 데려갔다. 그러나 동쪽 절벽은 이끼가 잔뜩 끼어 있는 평범한 절벽에 불과했다. 늙은 성성이가 따라온 젊은 성성이들에게 뭐라 지시하는 순간, 젊은 성성이 몇 마리가 절벽을 기어 올라가 절벽을 가린 이끼를 전부 떼어 내기 시작했다.

우건은 그제야 늙은 성성이가 자신을 이곳에 데려온 이유를 깨달았다. 절벽에는 고대 한문으로 적힌 글이 적혀 있었는데, 필치가 얼마나 장쾌한지 용과 봉이 꿈틀거리는 듯했다.

우건은 누구의 글인지 금방 알아보았다.

바로 태을조사였다.

비고에서 태을조사가 집필한 천지조화인심공의 구결을 본 적 있어 누구의 필체인지 알아맞히는 게 그리 어렵지 않았다.

급히 예를 표한 우건은 벽에 적힌 글을 정신없이 읽어 나갔다.

노도(老道)는 말년에 태을선거에 틀어박혀 그동안 해석하지 못했던 천서 부록(附錄)을 해석하는 데 온 신경을 집중했다. 다행히 하늘이 도우셨는지 우화등선을 앞둔 어느 날, 부록에 적힌 선구(仙口)를 해석하여 앞날을 내다볼 수 있는 명견선혜력(明見仙慧力)을 얻을 수 있었다. 이미 속세를 초탈한 노도지만 한 가지 걱정은 끝내 떨쳐버릴 수가 없었다. 바로 노도가 떠난 후에 태을문을 이끌어 갈 제자들에 대한 걱정이었다. 하여 노도는 명견선혜력으로 천기(天機)를 살짝 훔쳐보았는데, 그 와중에 놀라운 사실을 한 가지 알아낼 수 있었다. 지금으로부터 천여 년 후에 태을문의 맥이 끊길 위기에 처한다는 천기였다. 문파의 성쇠(盛衰)야 자연스러운 이치이기에 노도는 간섭할 생각이 없었다. 한데 태을문의 맥이 끊김과 동시에 천하에 큰 재앙이 도래한다는 사실을 알아냈다. 이를 알아낸 노도는 가만있을 수가 없어 우화등선 시기마저 미룬 채 이를 해결할 방법을 백방으로 모색하였다. 그 결과, 구명연령술과 철지개산대법, 그리고 만년온옥과 천년주령과(千年朱靈果)가 있으면 태을문의 맥이 끊어지지 않는다는 사실을 알아냈다.

우건은 천년 후의 미래를 정확히 예측한 태을조사의 능력에 다시 한 번 감탄하며 나머지 내용을 재빨리 읽어 내려갔다.

노도는 장문인에게 태을문의 맥이 끊어질 위기에 처하면 구명연령술과 철지개산대법의 구결을 적은 서책을 후대에 전하란 유훈을 내렸다. 노도가 명견선혜력으로 읽은 천기의 내용이 맞다면, 구명연령술과 철지개산대법은 큰 부상을 입은 태을문 후예의 목숨을 잠시 연명시킬 수 있을 것이다. 그리고 연명시킨 다음에는 노도의 유훈에 따라 우인(友人)이 그 후예를 노도가 머물던 이곳 백두산의 태을거로 데려올 텐데 도중에 폭우를 만나는 바람에 두 사람은 헤어질 것이다. 그러나 걱정할 필요 없다. 우인과 헤어진 후인은 노도의 안배에 따라 태을거에 무사히 도착할 수 있을 것이다. 그리고 태을거에서 금성(金猩)의 도움을 받아 만년온옥으로 만든 욕조와 천년주령과를 통해 몸을 회복할 수 있을 것이다. 후예는 몸을 회복하는 대로 바깥세상에 다시 나가 세상을 혼란케 하는 이들을 제압해 공을 세우도록 하라. 마지막으로 후예에게 필요한 몇 가지 구결을 적는다.

태을조사의 유훈대로 글의 제일 밑에는 천도인혼제법(天道引魂製法)과 천지조화검법(天地造化劍法), 태을음양진천뢰(太乙陰陽震天雷) 세 가지 무공의 구결이 각각 적혀 있었다.

천도인혼제법은 저주에 걸린 인간의 혼을 구제하는 술법이었는데, 역천과인수령기대법때문에 저주를 받아 구천을 떠도는 징벌을 받은 천선자의 원혼(冤魂)을 구제할 수 있었다.

천도인혼제법의 실체를 파악한 우건은 급히 일어나서 다시 태을조사가 절벽에 남겨 놓은 유훈을 향해 구배지례를 올렸다.

천선자에게 송구한 마음을 가지고 있던 우건으로서는 천선자의 원혼을 구제할 방법을 알려 준 태을조사가 고맙지 않을 리 없었다. 우건은 응어리가 쑥 내려가는 느낌을 받았다.

우건의 시선이 천지조화검법으로 향했다.

태을조사가 말년에 얻은 깨달음으로 창안했다 알려진 천지조화인심공에 천지검법을 합쳐 만든 거의 새로운 검법이었다.

우건은 천지조화검법의 구결을 읽어 내려갈수록 놀라운 마음을 감출 길이 없었다. 천지조화검법은 천지검법이 가진 유일한 약점을 거의 해결한, 그야말로 완벽한 절세신공이었다.

천지검법은 만류귀종(萬流歸宗)이라는 말이 어울릴 만큼

천하에 존재하는 모든 검법의 총본산과 같았다. 그러나 그런 천지검법에는 약점이 하나 있었는데, 그 약점이 너무나 지대한 탓에 태을문 문도조차 손을 대지 않는 경우가 많았다.

바로 검법을 펼칠 때 막대한 내력이 필요하다는 단점이었다.

우건이 과거에 태을혼원심공에 집중한 이유 역시 막대한 내력을 소모하는 천지검법을 제대로 펼치기 위해서였다. 태을혼원심공은 태을문 심법 중에서 짧은 시간 안에 내력의 양을 비약적으로 끌어올릴 수 있는 거의 유일한 심법이었다.

한데 천지조화검법은 검법을 펼칠 때 필요한 내력의 양이 평범한 검법과 다를 바 없을 정도로 적어 전이라면 100초를 펼칠 수 있는 내력으로 만초 가까이 펼칠 수 있었다.

말 그대로 우건을 무적으로 만들어 주는 검법이었다.

마지막 태을음양진천뢰는 태을진천뢰의 위력을 끌어올린 수법이었다. 전에는 태을진천뢰를 장력으로 펼쳤다면 이 무공은 말 그대로 벼락을 떨어트리는 것 같은 위력을 지녔다.

더욱이 한 번에 여러 개의 벼락을 떨어트릴 수 있어 마치 성구폭작을 손으로 펼치는 것과 같은 위력을 지니고 있었다.

태을조사가 남긴 세 가지 무공은 우건이 이미 알고 있는 무공을 발전시켰거나, 아니면 구결만 외우면 펼치는 데 문제가 없는 무공이었다. 익히는 데 많은 시간이 필요하지 않았다.

밖의 상황이 어떤지 모르는 탓에 우건은 밤낮을 잊은 채 수련에 몰두했다. 그리고 마침내 한 달 째 되는 날 아침에 세 가지 무공을 모두 완벽히 펼칠 수 있는 경지에 다다랐다.

우건은 동부를 떠나기 전에 마지막으로 태을선거에 들렸다.

태을선거 안에는 태을조사가 우화등선하기 전에 만들어 둔 태을선검(太乙仙劍)이 있었다. 태을조사는 우화등선하기 훨씬 전에 이미 내력을 유형화해 만든 비검(飛劍)을 펼칠 수 있었다. 즉, 검을 따로 가지고 다닐 필요가 없었던 것이다.

검 없이 갈대나 나뭇가지로 검법을 펼친단 얘기가 아니었다. 말 그대로 자신의 몸에 검을 가지고 다니다가 필요할 때 밖으로 꺼내 사용할 수 있는 경지에 다다랐단 뜻이었다.

그러나 태을조사는 비검을 가진 채 우화등선하지 않았다. 태을조사는 자신의 비검이 먼 훗날 악을 제거하는 일에 쓰일 거란 예지를 한 듯, 우화등선할 때 진원으로 몸 안에 있는 비검을 평범한 철검에 이식시켜 태을선검을 만들었다.

우건은 태을선검 앞에 무릎을 꿇은 채 한동안 묵도를 올렸다.

그리고는 일어나서 구배를 올렸다.

우건이 구배를 마치는 순간, 태을선검이 마치 이때를 기다렸다는 듯 벽에서 떨어져 나와 우건의 오른손으로 날아왔다.

우건은 태을조사의 신통력을 여러 차례 경험한 터라 별로 놀라지 않았다. 대신, 태을선검을 검집에서 천천히 뽑아 보았다.

우건은 뽑아 든 태을선검을 천장 조명에 비추어 보았다.

검신에 무채색에 가까운 은은한 검광이 흘렀다.

우건은 일단 검이 화려하지 않아 마음에 쏙 들었다.

태을선검을 한차례 휘둘러 본 우건은 내력을 주입해 보았다.

그 순간, 투명해 보이는 검기가 2, 3미터 길이까지 늘어났다.

우건은 내친 김에 선거를 나와 천지조화검법을 펼쳐 보았다.

검초가 펼쳐질 때마다 오물이 섞이지 않은 물처럼 속이 그대로 훤히 들여다보일 것 같은 검기가 허공을 종횡으로 갈랐다.

우건은 태을선검에 내력을 더 주입했다.

위잉!

검신이 진동하듯 부르르 떨림과 동시에 검강이 쏟아져 나왔다.

우건은 검강으로 천지조화검법을 다시 펼쳐 보았다.

좀 전보다 위력이 훨씬 강한 검초들이 펼쳐지며 공기가 타는 듯한 매캐한 내음과 함께 동부 전체가 검강이 만들어 내는 엄청난 기세에 영향을 받아 당장 무너질 것처럼 흔들렸다.

우건은 동부가 무너지기 전에 태을선검을 손에서 놓아 버렸다.

그 순간, 태을선검이 살아 있는 생물처럼 움직이기 시작했다.

마침내 이기어검이 펼쳐진 것이다.

우건은 이기어검을 10분 넘게 펼쳤지만 내력이 달리는 느낌을 받지 못했다. 불과 얼마 전까진 1분이 한계였기에 천지조화검법이 얼마나 뛰어난 검법인지 재차 실감할 수 있었다.

검을 회수한 우건은 문득 궁금증이 생겼다.

태을선검에 그가 지닌 모든 내력을 주입했을 때, 어떤 일이 일어나는지에 대한 궁금증이었다. 우건은 지체 없이 가진 내력을 전부 태을선검에 주입했다. 우건은 모든 내력을 주입하면 물처럼 투명한 검신에 색이 나타날 거라 생각했다.

그러나 결과는 정반대였다.

오히려 더 투명해져 검신이 아예 보이지를 않았다.

우건은 혹시 검신이 사라진 게 아닐까 하여 손가락을 살짝 대 보았다. 그때, 고압전류에 닿은 것처럼 몸이 부르르 떨렸다.

검신은 사라진 게 아니었다.

마치 순수한 기의 결정체를 모아 놓은 것처럼 엄청난 힘을 내재(內在)한 상태로 그 자리에 계속 머물러 있었던 것이다.

신기한 경험은 거기서 끝나지 않았다.

곧 검신에 이어 검 자루마저 모습을 감췄다.

아니, 사라진 것처럼 형체가 보이지 않는단 표현이 맞을 것이다.

그때, 검 자루를 쥔 손과 손목이 연이어 사라졌다.

우건은 그제야 태을선검이 가진 진정한 가치를 깨달을 수 있었다. 태을선검은 무형검(無形劍)을 익히기 위한 검이었다.

즉, 태을선검을 이용하면 비검과 함께 검법의 극이라 불리는 무형검을 연성할 수 있는 것이다. 강호에는 자신의 형체를 감추어 다른 사람의 눈과 뇌를 속이는 은신술이 존재했다.

그러나 은신술은 다른 무공을 펼치는 순간, 바로 깨졌다.

다시 말해 은신술이 풀려 신형이 드러날 수밖에 없는 것이다.

한데 무형검은 달랐다.

무형검은 은신한 상태에서 다른 무공을 펼칠 수 있었다.

우건은 무형검이란 경지가 있다는 말을 천선자에게 처음들었을 때, 다른 무공을 펼쳐도 풀리지 않는 어떤 엄청난은신술이 있는 줄 알았다. 한데 태을선검을 직접 써 본 후에야 그게 아님을 깨달았다. 무형검이란 은신술을 써서 은신하는 게 아니라, 검으로 은신술을 만드는 방법이었던 것이다.

우건은 사실 내력에 자신이 있었다.

태을조사는 태을문의 후인을 위해 여러 가지 안배를 해뒀는데, 그중 가장 중요한 안배를 꼽으라면 역시 주령과일 것이다. 주령과는 부상을 치료할 뿐만 아니라 복용한 사람에게 상당한 양의 내력까지 주는 천하에 다시없을 영과(靈果)였다.

우건이 서고에서 읽었던 기이한 영물을 기록한 서적에의하면, 주령과는 천년에 한 번 꽃을 피운 다음 열매를 맺는데, 열매를 100일 안에 따지 않으면 고름으로 변해 썩어버렸다.

우건이 태을선거를 찾아올 시기를 정확히 예측한 태을조사는 우건이 도착하는 시기에 맞춰 주령과가 열리도록 안배했다. 덕분에 우건은 주령과 수백 개를 복용할 수 있었다.

주령과 수백 개를 복용한 우건은 단전에 있는 내력의 양이 얼마인지 감조차 잡기 힘들 만큼 엄청난 기연을 얻은 것이다.

한데 그런 내력을 전부 동원했음에도 무형검은 검과 오른팔 하나를 숨기는 게 고작이었다. 우건은 그제야 무형검을 펼칠 수 있는 비결이 내력 하나만이 아니란 사실을 깨달았다.

우건은 태을선검에 다시 주목했다.

우건은 단순히 내력을 모두 동원해 태을선검에 주입했을 뿐인데 태을선검이 알아서 무형검의 경지로 그를 데려다주었다. 즉, 태을선검 자체가 무형검의 시발점이었던 것이다.

우건은 선령안을 펼쳐 태을선검의 투명한 검신을 살펴보았다.

그리고 그때, 검신 위에 어떤 글귀가 적혀 있음을 알 수 있었다. 글귀의 내용을 읽어 내려가던 우건은 본인에게 부족한 점이 뭔지 깨달았다. 그건 바로 검에 대한 완벽한 이해였다. 검을 완벽히 이해하지 않으면 무형검을 펼칠 수 없었다.

태을선검의 검신에는 검을 완벽히 이해하는 법이 적혀 있었다. 물론 검에 대한 우건의 이해가 떨어지는 편은 아니었다.

우건에게 검에 대한 이해가 떨어진다 말하는 것은 공자에게 문자를 제대로 읽을 줄 모른다며 탓하는 행동이나 같았다.

그러나 그 이해가 완벽하진 않았다. 한데 태을조사가 태을선검에 남긴 글귀엔 검을 완벽히 이해하는 방법이 있었다. 바로 인간이 검을 만든 목적 그 자체를 이해하는 방법이었다.

쇠로 만든 검은 신외지물(身外之物)이었다.

즉, 몸 밖의 물건인 것이다.

사람이 검을 만든 목적은 간단했다.

당연히 다른 사람을 베거나 찌르기 위해서였다.

맨손으로 상대를 공격하는 것보다 뾰족한, 그리고 날을 세운 검으로 멀리서 찌르는 것이 훨씬 큰 타격을 줄 수 있었다. 즉, 검은 인간의 팔을 연장시키기 위한 수단이었던 것이다.

태을조사는 이 점에 주목한 듯했다.

검은 물리적으로 신외지물에 해당하지만 넓게 보면 팔의 연장선이라는 점에 주목한 것이다. 태을조사는 거기서 더나아가 검을 신외지물이 아니라, 아예 신체 일부로 여겼다.

신체의 일부라면 당연히 검 역시 팔처럼 사용할 수 있어야 했다. 은신술을 펼치면 검 역시 팔처럼 사라져야 하는 것이다.

이것이 바로 무형검의 요체(要諦)였다.

태을조사는 무형검에서 한발 더 나아갔다.

팔을 늘인 게 검이라면 반대로 팔의 길이를 줄이는 방법 역시 가능할 거라 생각한 것이다. 태을조사는 내력을 유형화해 검으로 만들었다. 그리고 그 유형화한 검을 몸에 집어넣었다. 즉, 신체에 검을 집어넣는 비검을 만들어 낸 것이다.

우건은 어렸을 때, 태을문 서고에서 태을조사를 찬양한 책을 몇 권 읽은 기억이 있었다. 책에는 태을조사가 몸에서 꺼낸 비검을 이용해 하룻밤에 수천 리를 날아갔다거나, 무형검으로 강적을 죽였다거나 하는 내용이 적혀 있었다. 우건은 그 책을 읽을 당시, 비검이나 무형검은 인간의 신체론 절대 불가능하다고 생각해 후인이 꾸며 냈을 거라 짐작했다.

한데 후인들은 꾸며 낸 게 아니었다.

태을조사는 무형검과 비검에 대한 자신만의 확실한 논리가 있었다. 태을조사가 그 논리를 실제로 옮기는 데 성공했는지는 모르겠지만, 어쨌든 대담한 발상이 아닐 수가 없었다.

우건은 마치 귀신에 홀린 사람처럼 멍하니 서서 글귀의 내용을 읽고 또 읽었다. 그렇게 수백 번에 걸쳐 글귀를 정독한 우건은 쓰러지듯 그 자리에 털썩 주저앉아 가부좌를 틀었다.

눈을 감은 우건은 글귀를 반복해 떠올리며 입정에 들어갔다. 입정에 든 우건은 무려 한 달이 지난 후에야 눈을 떴다.

한데 눈을 뜨는 순간, 지독한 냄새가 혹 풍겨 왔다.

우건은 혹시 부상이 도졌나 싶어 급히 몸부터 살폈다.

그러나 몸에는 별 이상이 없었다.

우건은 그제야 지독한 냄새의 정체가 눈앞에 산처럼 쌓여 있는 과일, 하수오(何首烏), 장뇌삼(長腦蔘), 영지(靈芝) 등이 썩어서 나는 냄새란 사실을 깨달았다. 우건은 고개를 돌려 주위를 살펴보았다. 성성이 몇 마리가 걱정스러운 기색으로 우건을 지켜보다가 그가 깨어나는 순간 팔짝팔짝 뛰며 좋아했다. 우건이 한 달 동안 가부좌한 상태에서 깨어나지 않는 모습을 본 성성이들이 굶어 죽지 말라고 과일과 영약을 앞에 가져다 놓은 것이다. 그가 입정에서 깨어났을 때, 성성이들이 팔짝팔짝 뛰며 좋아한 게 그 증거일 것이다.

우건은 입정에 들 때, 몸을 지키는 호신진법(護身陣法)을 펼쳐 두지 않은 일을 후회했지만, 어쨌든 다행히 성성이들은 그를 해치거나 건드리지 않아 깨달음을 얻는 데 성공했다.

우건은 벌떡 일어나 바닥에 놓여 있던 태을선검을 집어 들었다.

9장. 출거(出居)

　한 달 동안 곡기를 끊은 채 앉아 있었으면, 일어설 때 어
지럽거나 미칠 듯한 허기를 느끼는 게 당연했다. 아니, 인
간이 한 달 동안 물과 음식을 먹지 못한 상태로 그리고 잠
을 자지 못한 상태로 지내면, 죽었어도 예전에 죽었을 것이
다.

　이는 무인이라 해도 마찬가지였다.

　평범한 사람보단 오래 버틸 테지만, 그들 역시 사람인 이
상 몸이 견디는 한계를 넘는 순간 죽음을 맞을 수밖에 없었
다.

　한데 우건은 어지럽지 않았다.

그리고 배가 전혀 고프지 않았다.

그가 복용한 주령과가 우건의 내력을 엄청나게 상승시켜 준 덕분에 이제 한 달쯤은 버틸 수 있는 상태에 이른 것이다.

태을선거에 도착하기 전과 비교하면 상전벽해와 다름없었다.

일어선 우건은 태을선검을 내려다보다가 내력을 천천히 주입했다. 내력이 태을선검 안으로 밀려들어 가는 순간, 선검이 마치 팔처럼 느껴졌다. 신외지물과 진정한 합일에 성공하는 순간이었다. 우건은 그 상태에서 글귀에서 얻은 깨달음대로 내력을 운기하며 어떻게 변하는지 주의 깊게 지켜봤다.

그 순간, 태을선검이 희뿌연 안개에 휩싸이듯 모습을 감췄다.

우건은 내력을 주입하며 계속 주시했다.

잠시 후, 태을선검에 이어 검을 쥔 팔이 사라지기 시작했다.

여기까지는 깨달음을 얻기 전과 동일했다.

우건은 부동심을 발동해 초조해지려는 마음을 억눌렀다.

그때였다.

팔에 이어 오른쪽 어깨가 사라졌다. 그리고 어깨를 시작으로 몸통, 머리, 다리 순으로 안개에 휩싸이듯 모습을 감추었다.

완벽히 은신한 것이다.

우건은 그 상태에서 생역광음을 펼쳐 보았다.

투명한 검광 하나가 뇌전처럼 허공을 갈라 근처에 있던 나무 한 그루를 통째로 잘라 버렸다. 수령이 천여 년은 가볍게 넘겼을 법한 거목 한 그루가 밑동부터 통째로 잘린 것이다.

무형검을 펼쳐 모습을 감춘 우건 때문에 어리둥절하던 성성이들은 갑자기 그들 근처에 있는 거목이 꿍음과 함께 쓰러지는 순간, 괴성을 지르며 사방으로 흩어졌다. 성성이들 눈엔 나무가 자기 혼자 쓰러진 것처럼 보일 가능성이 높았다.

우건은 내친 김에 천지조화검법 몇 초식을 더 펼쳐 보았는데, 여전히 은신이 풀리지 않았다. 은신한 상태에서 상대를 죽일 수 있는 그야말로 완벽한 살인검법을 손에 넣은 것이다.

그러나 비검은 펼쳐 보지 못했다. 비검을 펼치려면 우선 태을선검부터 먼저 내력으로 녹여야 했다. 한데 태을선검은 태을조사가 몸속에 있는 비검을 밖으로 끄집어내 형체화한 다음, 그 형체화한 비검에 만년오금(萬年五金)을 섞어 만들었다.

즉, 우건의 내력으로 태을선검을 녹이면 만년오금과

태을조사의 비검 두 가지로 분리할 수 있었던 것이다. 그리고 분리한 다음에는 태을조사의 비검을 흡수해 몸 안에 가두어야 하는데, 실패할 경우 태을조사의 비검은 비검 대로 잃고 우건은 우건대로 피해를 입는 끔찍한 상황에 처할 수 있었다.

가장 좋은 방법은 역시 비검을 직접 연성하는 방법이었다. 한데 본인이 직접 비검을 연성하려면 시일이 많이 필요했다.

태을조사는 비검을 연성하는 데 한 갑자의 기간이 걸렸다. 우건은 그보다 더 걸릴 것이기에 시간상 불가능한 것이다.

그에게는 아직 할 일이 많았다.

태을선거에 머무르며 속편하게 비검이나 연성할 시간이 없었다.

우건은 늙은 성성이를 찾아가 정중히 포권하며 말했다.

"금성대협(金猩大俠)과 여러 소협(小俠)들 덕분에 몸을 추스를 수 있었습니다. 그리고 뜻하지 않게 광세기연(曠世奇緣)까지 얻는 행운을 얻었습니다. 이 모두 이 불초를 정성으로 돌봐 주신 대협과 소협들 덕분일 겁니다. 이번 일을 마치는 대로 태을선거를 다시 찾아 정식으로 감사의 인사를 드리겠습니다. 다시 만날 때까지 평안하길 기원하겠습니다."

늙은 성성이는 용케 우건의 말을 알아들은 듯 눈물까지 흘려가며 태을선거를 떠나는 우건을 따라와 끝까지 배웅하였다.

그뿐만이 아니었다.

우건에게 주령과를 비롯해 성형하수오, 천년영지와 같은 진귀한 영약이 든 커다란 보따리 몇 개를 안겨 주기까지 하였다.

성성이들과 헤어진 우건은 다시 만날 날을 기약한 채 올 때와 같은 방법으로 태을선거를 빠져나갔다. 연못을 거슬러 올라가서 포석정처럼 생긴 통로를 지나 송지운과 헤어졌던 시내로 다시 빠져나왔다. 시내 수면에 얼음이 얼어있었지만 우건에게는 별문제가 아니었다. 비응보로 솟구치는 순간, 눈 덮인 백두산의 장쾌한 산세가 한눈에 들어왔다.

그때였다.

시냇가에 검은색 점퍼를 착용한 젊은 사내가 하나 서 있었다.

젊은 사내는 심법을 익힌 듯 눈에 정광이 어려 있었다.

우건은 무인이란 생각에 곧장 그쪽으로 몸을 날렸다.

젊은 사내는 얼어붙은 시냇물 속에서 갑자기 사람이 튀어나오리라고는 예상하지 못했기에 멈칫거리다가 황급히 피했다.

한편, 젊은 사내를 향해 날아가던 우건 역시 흠칫 놀라 멈칫거리기는 마찬가지였다. 사내의 얼굴이 어딘지 모르게 눈에 익었던 것이다. 젊은 사내 역시 우건의 얼굴을 본 듯했다.

젊은 사내가 떨리는 음성으로 소리쳐 물었다.

"다, 당신은?"

우건은 급히 지상으로 내려가 젊은 사내에게 물었다.

"나를 이곳으로 데려다준 게 당신이오?"

예상대로 젊은 사내는 바로 송지운이었다.

우건의 시신을 찾는 데 실패한 송지운은 결국 백기를 들었다.

시신을 찾는 일을 포기하기로 마음먹은 것이다.

그 대신, 떠나기 전에 우건과 헤어진 시냇가에 비석이라도 세워 줄 요량으로 이곳을 재차 찾았다가 우건과 만난 것이다.

송지운은 뛸 듯이 기뻐하며 우건이 정신을 잃었던 순간부터 다시 만나기 전까지의 과정을 낱낱이 이야기해 줬다. 우건은 송지운 덕에 살아남은 거나 마찬가지였기에 그 자리에서 바로 감사의 절을 올리려 했다. 그러나 송지운은 조상의 유언대로 했을 뿐이라며 절을 올리려는 우건을 극구 말렸다.

우건을 말린 송지운이 눈을 빛내며 부탁했다.

"대신, 제 청을 한 가지 들어주실 수 있겠습니까?"

"내가 할 수 있는 일이라면 뭐든 하겠소. 말해 보시오."

우건의 대답을 들은 송지운은 바로 바닥에 엎으려 부탁했다.

"저를 태을문의 제자로 받아 주십시오."

우건은 지체하지 않고 바로 승낙했다.

송아의 후손인 송지운보다 태을문에 더 적합한 문도는 있을 수 없었다. 송아와 송아의 후손들이 천선자가 남긴 책 세 권을 가보처럼 소중히 보관해 주지 않았다면, 태을문은 맥이 끊겼을 것이다. 또, 송지운은 선골이 뛰어난 데다 악근(惡根)이 없어 조광이나 한엽처럼 사문을 배신할 위험이 없었다.

송지운은 그 자리에서 사부를 뵙는 예로 구배지례를 올렸다.

절을 올린 송지운을 일으켜 세운 우건이 말했다.

"넌 이제부터 태을문 29대 제자다. 네 위론 사부인 나와 여사숙 한 분이 계신다. 지금부턴 너의 사숙을 찾으러 갈 것이다."

송지운이 얼른 대답했다.

"그럼 제자가 서둘러 배편을 마련하겠습니다."

우건은 고개를 저었다.

"배를 타고 가면 시간이 많이 걸린다."

"그, 그럼 어떻게 한국까지 가신다는 건지요?"

"이렇게."

우건은 당황하는 송지운을 끌어당겨 옆구리에 끼웠다.

그리고는 그대로 몸을 뽑아 올려 남쪽으로 내달렸다.

송지운은 빠르게 변하는 풍경을 보며 소스라치게 놀랐
다. 우건은 비응보와 일보능천을 번갈아 펼쳤는데, 발을 한
번 구를 때마다 3, 40미터에 이르는 긴 거리를 단숨에 주파
했다.

더 놀랄 일은 그 다음에 벌어졌다.

갈수록 속도가 빨라졌는데 얼마나 빠른지 숨을 쉬기 힘
들어 고통스러울 지경이었다. 송지운은 태을문의 무공을
배워 보지도 못하고 죽을지 모른단 생각에 얼른 내력을 운
기했다.

송지운이 간신히 정신을 차렸을 무렵엔 이미 북한 영역
인 백두산 남쪽으로 넘어와 압록강을 건널 준비를 하던 중
이었다.

우건은 강가에 쓸려와 있는 판자조각을 공중으로 던졌
다. 그리곤 송지운을 옆구리에 낀 상태로 그 판자조각 위에
올라타 너비가 수백 미터에 이르는 압록강을 가볍게 횡단
했다.

우건은 전혀 쉬질 않았다.

밤낮으로 달려 다음 날 정오 무렵에는 휴전선을 통과했
다. 휴전선 철책 안에는 GP가, 밖에는 GOP가 있었지만 우

건과 송지운을 전혀 감지해 내지 못했다. 그야말로 바람과 같았다.

그날 저녁에는 벌써 서울에 도착해 바로 강남으로 넘어갔다.

우건의 목적지는 확실했다.

얼마 지나지 않아 쾌영문의 모습이 보였다. 그리고 그 다음에 수연의원이 눈에 들어왔다. 우건은 재빨리 창문을 훑었다.

두 건물 다 창문에 불이 들어와 있지 않았다.

우건은 건물을 감시하는 사람이 있을지 몰라 선령안을 펼쳤다.

내력이 늘어난 덕에 선령안의 위력 역시 같이 높아져 전보다 자세하게 그리고 전보다 더 멀리 살펴보는 게 가능했다.

다행히 감시하는 사람은 없었다.

우건은 송지운에게 잠시 기다리란 명을 내린 다음, 일월보를 펼쳐 쾌영문과 수연의원을 살펴보았다. 그러나 예상대로 다 비어 있었다. 사람이 급히 떠난 흔적은 있었지만 가구에 쌓여 있는 먼지의 양을 볼 때 몇 달은 비어 있었던 듯했다.

우건은 송지운에게 돌아가 방금 본 광경을 말해 주었다.

눈치 빠른 송지운이 얼른 제안했다.

"제가 주변을 좀 탐문해 볼까요?"

"그렇게 하게."

잠시 후에 돌아온 송지운이 이웃에게서 얻은 정보를 전해 주었는데, 우건이 한엽과 싸우다가 의식을 잃었던 날부터 수연의원과 쾌영문, 규정문에 사람들이 살지 않았다고 하였다.

보고를 마친 송지운이 조심스레 물었다.

"휴대전화나 이메일 같은 걸로 찾을 수 있지 않을까요?"

우건은 송지운의 도움을 받아 수연과 원공후 등의 휴대전화에 전화를 걸어 봤지만 모두 끊겨 있어 통화가 이뤄지지 않았다.

송지운이 자기 휴대전화로 인터넷에 접속하며 물었다.

"메일 주소는 아십니까?"

우건은 그가 유일하게 아는 메일 주소를 불러 주었다.

메일 주소를 적던 송지운이 물었다.

"누구의 주소입니까?"

"쾌영문의 김동이란 사람의 주소일세."

송지운은 메일을 작성해 김동에게 보낸 다음, 잠시 기다렸다.

그로부터 1분쯤 흘렀을 때였다.

마침내 기다리던 답신이 도착했다.

답신을 읽은 송지운이 깜짝 놀라 우건에게 휴대전화를 건넸다.

"직접 읽어 보시는 게 좋겠습니다."

우건은 서둘러 답신을 읽어보았다.

답신에는 우건만이 알 수 있는 정보가 적혀 있었다.

제가 생각하는 그분이 맞다면 제 막내 사매의 부모님이 살고 계시는 곳으로 와 주십시오. 급히 상의드릴 일이 있습니다.

송지운이 물었다.

"김동이란 사람의 막내 사매 부모가 살고 있는 곳을 아십니까?"

"알고 있다."

"어딥니까?"

"청와대."

우건은 송지운이 놀랄 틈도 없이 그를 옆구리에 끼고 북쪽으로 내달렸다. 그렇게 한참을 달렸을 때 청와대가 나타났다.

우건은 경호실 무인들이 청와대 곳곳을 지키고 있다는 사실을 알았지만 무시한 채 바로 담을 넘었다. 그리고는 전에 가 본 적이 있는 청와대 관저 쪽을 향해 곧장 몸을 날렸다.

한데 중간에 그를 가로막는 무언가가 있었다.

우건은 즉시 선령안을 펼쳤다.

그 순간, 대기의 흐름이 어떤 진법에 의해 막혀 있는 모습이 보였다. 누가 청와대 관저 주위에 진법을 펼쳐 둔 것이다.

우건은 바로 진법을 조사했다.

잠시 후, 우건은 놀라운 사실을 하나 알아냈다.

관저 주위에 설치한 진법이 그가 아는 진법이었던 것이다. 아니, 정확히 말하면 그가 이곳에서 펼친 적 있는 진법이었다.

바로 운중비선건곤진법(雲中秘仙乾坤陣法)이었다.

몇 년 전, 경찰 특무대는 두 패로 갈라져 치열한 다툼을 벌였다.

한쪽은 특무대를 장악한 이곽연합이었고 다른 한쪽은 이곽연합과의 내분에서 패해 청와대 경호실로 자리를 옮긴 당혜란 일파였다. 이곽연합은 결국 당혜란 일파와 당혜란 일파를 돕는 대통령 최민섭을 없애기 위해 청와대를 전격 기습했다.

당혜란에게 도움을 요청받은 우건은 이곽연합을 각개격파할 목적으로 태을문 비전인 운중비선건곤진법을 청와대 경내에 설치했다. 그리고 그 진법 덕에 승리할 수가 있었다.

당연히 청와대를 떠날 때는 진법을 해제해 두었다. 한데 몇 년 후에 다시 찾은 청와대 안에서 그 진법과 마주한 것이다.

우건은 진법 안에 답이 있을 거라 생각해 생문으로 몸을 날렸다. 진법에 전과 달라진 부분이 전혀 없었기에 우건은 생문으로 들어가 운중비선건곤진법을 돌파하는 데 성공했다.

우건은 한 발자국만 더 걸으면 밖으로 나갈 수 있는 시점에서 잠시 멈춰 송지운에게 잠시 진 안에 있으란 지시를 내렸다.

송지운을 진 안에 남겨 둔 우건은 밖으로 나옴과 동시에 일월보를 펼쳐 은신했다. 그리고는 관저를 향해 걸음을 옮겼다. 경호실 소속 고수 수십 명이 관저 담장 안팎을 지키는 중이었지만 그들 중에 우건의 잠입을 눈치 챈 고수는 없었다.

우건은 경호원 하나가 문을 열고 현관 안에서 나올 때, 재빨리 안으로 들어갔다. 관저 안엔 경호원이 많지 않았다. 개인경호원 몇 외에는 전부 무공을 익히지 않은 일반인이었다.

관저 안을 살펴보던 우건은 미간을 살짝 찌푸렸다.

소독약과 한약이 뒤섞여 만들어 낸 고약한 냄새가 안방으로 보이는 문 안에서 풍겨 왔던 것이다. 우건은 먼저 안방 옆을 살펴보았다. 안방 옆에 딸린 다용도실 소파에 피곤해 보이는 의사와 간호사, 경호원 몇 명이 앉아 있었다.

일월보를 푼 우건은 안방 문을 슬쩍 열어 보았다.

다행히 잠가 두지 않은 듯 문은 쉽게 열렸다.

문이 열리는 순간, 고약한 냄새가 확 풍겨 오며 안방의 전경이 모습을 드러냈다. 커다란 침대 위에 병자가 누워 있었다.

그리고 침대 옆 의자에선 병자를 간호하다가 지친 것처럼 보이는 중년 여인과 젊은 여인 두 명이 꾸벅꾸벅 졸고 있었다.

우건은 침대 옆으로 걸어가 병자의 얼굴을 확인했다.

병자의 정체는 대통령 최민섭이었다.

그를 마지막으로 봤을 땐 건강에 전혀 이상이 없었다. 아니, 그 나이대의 다른 사람과 비교했을 때 아주 건강한 편이었다. 한데 지금은 눈이 퀭했으며 혈색 역시 좋지 않았다.

우건은 고개를 돌려 중년 여인과 젊은 여인의 얼굴을 보았다.

중년 여인은 영부인 윤미향이었다.

그리고 그녀 옆에 앉아 있는 젊은 여인은 최아영이었다.

우건은 윤미향과 최아영이 깨지 않도록 조심하며 최민섭의 맥을 진맥해 보았다. 그러나 진맥으론 무슨 병에 걸렸는지 확인하기 어려워 곡지혈(曲池穴)을 통해 내력을 밀어 넣었다.

우건은 밀어 넣은 내력으로 최민섭의 대경팔맥을 샅샅이 조사해 본 후에야 그가 이렇게 앓아누운 이유를 알 수 있었다.

독이이었다.

중독당하는 순간, 목숨을 잃는 그런 맹독은 아니었지만 인간의 여러 장기를 서서히 망가트리는 아주 섬세한 독이었다.

우건은 침대 옆을 보았다.

현대의학에서 쓰는 기계와 약을 주입하기 위해 설치해 둔 링거가 보였다. 그러나 기계와 링거에 든 약품으론 최민섭이 복용한 독을 해독하지 못하는 듯 병세에 차도가 보이지 않았다.

침대 위에 올라간 우건은 최민섭의 상체를 살짝 일으켜 세웠다.

잠에서 깬 최민섭이 눈을 힘겹게 뜨며 물었다.

"누, 누구?"

"지금부터 대통령님의 병을 치료해드리겠습니다. 치료하는 동안 말을 하거나 몸을 크게 움직이면, 지장이 생길 수 있습니다. 지금부터는 제 지시에 따라 행동해 주십시오."

최민섭이 믿을 수 없다는 표정으로 물었다.

"다, 당신은 우, 우 경호원?"

"맞습니다. 우건입니다."

"따, 딸애에게 당신이 주, 죽었을 거란 말을 들었는데……."

"최 소저가 틀렸습니다. 전 이렇게 살아 있습니다."

우건은 오른손 장심을 최민섭의 명문혈에 바짝 붙였다.

"지금부터 치료에 들어가겠습니다. 앞서 당부 드린 대로, 치료하는 동안 절대 말을 하거나 크게 움직이시면 안 됩니다."

최민섭은 우건을 신뢰했다.

지금 역시 마찬가지였다.

그 당부대로 하겠다는 듯 고개를 끄덕인 후에 입을 다물었다.

우건은 최민섭의 명문에 붙인 장심으로 태을혼원심공으로 만든 양강한 내력을 밀어 넣기 시작했다. 독은 음독한 성질을 지니기 마련이라 독을 없애려면 양강한 내력이 필요했다.

치료는 생각보다 빨리 끝났다.

주령과를 복용해 내력이 급상승한 덕에 최민섭의 사지백해에 스며든 독을 제거하는 데 많은 시간이 필요하지 않았다.

최민섭의 명문혈에서 장심을 뗀 우건이 물었다.

"기분이 어떻습니까?"

최민섭이 고개를 돌리며 물었다.

"이젠 말을 해도 괜찮은 것이오?"

"그렇습니다. 치료는 다 끝났습니다."

최민섭은 침대 밑으로 내려와 자기 발로 몇 걸음 걸어보았다.

걷기를 멈춘 최민섭이 믿기지 않는다는 표정으로 말했다.

"정말이군. 전혀 어지럽지가 않아. 방금 전만 해도 속이 메슥거려 참을 수가 없었는데 지금은 오히려 시장기가 도는군."

그때, 최민섭이 하는 말을 들은 듯 윤미향과 최아영이 동시에 벌떡 일어났다. 이내 최민섭이 자기 발로 걷는 모습을 본 두 여인은 최민섭의 품에 덥석 안기며 오열을 터트렸다.

눈물을 닦은 최아영이 급히 물었다.

"아버지, 이제 괜찮으신 거예요?"

최민섭이 최아영의 머리를 쓰다듬으며 대답했다.

"그동안 너와 네 엄마가 고생이 많았다. 우 경호원이 해준 치료 덕에 몸이 다 나았으니까 이제 걱정할 필요 없을 게다."

최아영은 그제야 우건이 방 안에 있다는 사실을 깨달은

듯했다.

"아버지의 병을 낫게 해 주신 게 정말 주공이신가요?"

우건은 고개를 끄덕였다.

"시기를 놓치지 않아 다행이었소. 대통령님을 중독시킨 독이 생각보다 지독해, 때를 놓쳤으면 치료하기 까다로웠을 거요."

최아영은 감동한 표정으로 머리를 숙였다.

"정말 감사해요. 우리 가족은 매번 주공께 도움만 받는군요."

최아영에 이어 윤미향, 최민섭까지 우건에게 감사를 표시했다.

그러나 우건에게는 인사를 받는 것보다 더 급한 일이 있었다.

"그보다 이곳에 김동이 있소?"

"아, 그이를 바로 불러올게요."

방을 나간 최아영은 곧 김동, 당혜란, 진이연 등과 돌아왔다.

우건을 본 김동은 눈물을 글썽이며 고개를 푹 숙였다.

"저, 정말 살아계셨군요. 메일이 왔을 때만 해도 참선당이 함정을 판 게 아닌가 걱정했는데 정말 살아 계셨던 거군요. 대체 그동안 어디에 계셨던 겁니까? 이곳 사정은 알고 계십니까?"

"그동안 무슨 일이 있었는지 말해 보게."

김동은 눈물을 참으며 스키장을 떠난 후의 일을 털어놓았다.

우건의 희생 덕에 참선당의 추적을 피한 원공후 일행은 곧 몇 명씩 조를 이루어 사방으로 흩어지기 시작했다. 참선당이 추적을 계속할 것에 대비해 피해를 줄이기 위해서였다.

김동은 진이연 등과 함께 움직이는 바람에 경호실이 있는 청와대로 피신했다. 그리고 안전하게 피신을 마친 후에는 바로 쾌영문과 수연의원에 사람들을 보내 수연과 최아영, 정미경 등을 데려오려 하였다. 그러나 청와대가 보낸 사람들이 도착했을 때는 이미 의원과 쾌영문이 텅 비어 있었다.

그로부터 몇 시간 후에 최아영이 혼자서 청와대에 도착했다.

김동은 바로 최아영에게 어찌 된 일인지 물었다.

최아영에 따르면 원공후가 강원도 외곽에서 전화를 걸어와 수연과 정미경, 최아영 세 명에게 피하란 말을 했다고 하였다. 깜짝 놀란 세 여인은 급히 머물던 곳에서 나와 피신했는데, 도중에 부모님을 걱정한 최아영이 떨어져 나와 청와대로 달려온 것이다. 최아영은 청와대로 올 때 수연과 정미경에게 같이 갈 것을 재차 권했지만 두 사람은

폐를 끼칠 수가 없다며 거절했다. 그게 수연, 정미경과의
마지막이었다.

우건은 김동 옆에 서 있는 당혜란에게 물었다.

"대통령님은 어쩌다가 중독되신 거요?"

최아영에게 우건의 치료를 받은 대통령이 나았단 말을
들은 듯 먼저 경호실을 대표해 감사 인사를 한 당혜란이 대
답했다.

"외부 행사에서 돌아오던 중에 대통령님이 인도에서 기
다리던 어떤 남자와 악수했는데, 아마 그때 중독된 것 같아
요. 대통령 주치의를 비롯해 내로라하는 의사들을 은밀히
불러들여 치료를 맡겼지만 우 소협이 오기 전까지 모두 비
관적이었어요."

"지연독(遲延毒)을 쓴 걸 보면 대통령님을 죽이기 위해
서가 아니라 협박하기 위해서인 것 같은데, 놈들이 협박해
왔소?"

당혜란이 씁쓸한 표정을 지으며 대답했다.

"맞아요. 경호실과 특무대를 해체하라더군요. 그렇지 않
으면 대통령님을 시작으로 대법원장, 국회의장, 총리 순으
로 암살해 대한민국 정부를 완전히 마비시킬 거라 협박했
어요."

"밖에 내가 전에 펼쳤던 운중비선건곤진이 다시 펼쳐져
있던데, 그건 참선당이 습격해 올 것에 대비해 설치해 둔

것이오?"

당혜란이 미안한 표정을 지었다.

"우선 주인의 허락 없이 진법을 도용한 점부터 사과할게요. 우 소협 말대로 놈들이 습격해 올지 몰라 전에 우 소협이 이곽연합을 상대하기 위해 펼쳤던 진법을 다시 설치해 두었어요."

"상관없소. 아니, 오히려 잘했다고 말해 주고 싶었소."

고개를 끄덕인 우건은 김동에게 다시 물었다.

"다른 사람들을 추적할 방법이 있나?"

"그렇지 않아도 그 말씀을 드리려던 참이었습니다."

"찾아냈나?"

"큰형이 보낸 메일을 몇 시간 전에 받았는데, 위치를 추적해 봤더니 대구가 나왔습니다. 지금 계속 추적 중이니까 정확히 대구 어디쯤에 있는지 곧 알아낼 수 있을 것 같습니다."

고개를 끄덕인 우건은 김동에게 대포폰 한 대를 받아 나왔다. 그리고 진 안에서 기다리던 송지운을 김동에게 소개했다.

"이번에 태을문에 입문한 송지운이라는 사람일세. 그가 다 아니까 그간의 사정을 듣도록 하게. 나는 바로 대구로 내려가겠네. 김은의 위치를 알게 되면 바로 전화로 연락해 주게."

김동 등과 헤어진 우건은 청와대를 나와 대구로 곧장 향했다.

수연이 원공후의 연락을 받고 의원에서 나왔다면 원공후와 만나 도주 중일 가능성이 가장 높았다. 그리고 김은은 원공후의 대제자이니까 그들이 같이 있을 가능성 역시 높았다.

즉, 김은을 찾아내면 수연 역시 찾을 수 있을 듯했다.

우건은 일보능천을 전력으로 펼쳐 대구로 내려갔다.

새벽 무렵, 대구에 도착한 우건은 김동의 문자메시지를 받았다.

김은이 지금 대구 팔공산(八公山)에 있다는 문자메시지였다.

우건은 즉시 휴대전화 내비를 이용해 팔공산으로 내달렸다.

✤ ❖ ✤

김은은 헉헉거리며 뒤를 돌아보았다.

김철, 임재민, 남영준, 그리고 강원도 스키장에서 함께 참선당과 싸웠던 구절마도 윤제광 등이 10여 명의 부상자들을 부축해 가며 가파른 팔공산 산길을 힘겹게 오르는 중이었다.

벌써 몇 달째 이어진 추격과 도주로 인해 다들 한계에 부딪친 상황이었다. 참선당은 스키장에 있던 무인들을 살려두지 않겠다는 듯 거머리처럼 따라붙어 절대 떨어지지 않았다.

쉬익!

날카로운 파공음을 들은 김은은 본능적으로 고개를 숙였다.

그 순간, 비도 한 자루가 김은의 머리카락을 자르며 지나갔다.

걸음을 멈춘 김은은 입술을 깨물며 위를 쳐다보았다.

참선당 무인 20여 명이 앞을 막아섰다.

그뿐만이 아니었다.

산 아래쪽에서 30여 명이 더 나타나 그들의 퇴로를 차단했다.

산 위를 막은 참선당 무인들은 마치 그들이 이곳에 도착하길 기다렸다는 듯 여유로운 표정으로 그들을 내려다보았다.

김은은 전음으로 몸이 그나마 멀쩡한 사람들을 불러 모았다.

참선당 무인들에게 포위당했다는 사실을 다들 아는 듯 표정들이 무거웠다. 기나긴 도주의 끝이 마침내 다가온 것이다.

그때, 적의 수장으로 보이는 중년 사내가 나와 중국말로 외쳤다.

잠시 후, 함성을 지른 적들이 그들을 향해 달려들었다.

김은 등이 암담한 표정으로 적의 돌격을 지켜볼 때였다.

머리 위에서 세찬 강풍이 불더니 한 사람이 모습을 드러냈다.

그 사람은 마치 천신(天神)이 강림하듯 천천히 내려와 그들과 적 사이를 막아섰다. 그리고는 오른손을 앞으로 뻗어 갔다.

쿠르르릉!

고막을 찢을 것처럼 강렬한 뇌성과 함께 벼락 수십 개가 동시에 지상으로 낙하했다. 벼락은 자연의 기운 중 가장 강한 기운이었다. 나무와 돌, 사람을 가리지 않고 두 쪽 냈다.

그야말로 학살이었다.

김은 일행을 공격하려던 적 20여 명이 육편으로 변해 흩어졌다.

불붙은 나무와 산산조각 난 바위조각이 사방으로 날릴 때, 인간의 몸으로 벼락을 만들어 낸 그 사람이 앞으로 날아갔다.

방금 전 부하들에게 공격을 명령했던 중년 사내는 자신이 보고 있는 광경을 믿을 수 없다는 듯 멍한 눈을 하고 있었다.

그러나 비겁한 자는 아닌 듯했다.

도망치는 대신, 그에게 날아오는 적을 향해 장력을 발출했다.

사다리타기로 참선당 간부 자리에 오른 게 아니라는 듯 노도와 같은 장력이 바닥에 커다란 골을 만들며 앞으로 날아갔다.

그때였다.

벼락을 만들어 낸 사람이 검을 뽑아 장력 가운데를 갈라갔다.

처음엔 노도와 같은 기세를 지녔던 중년 사내의 장력이었지만, 검에 의해 잘리는 순간 눈 깜짝할 사이에 자취를 감췄다.

정체불명의 사내는 장력을 가른 기세를 낭비할 생각이 전혀 없다는 듯 그대로 날아가 검을 앞으로 쭉 뻗었다. 그 순간, 물처럼 투명한 검광이 서로 다른 두 개의 점을 동시에 이은 것처럼 긴 직선을 그리며 중년 사내의 미간을 관통했다.

김은 일행의 앞을 막아선 적을 단숨에 해치운 정체불명의 사내는 그대로 몸을 뽑아 올렸다. 김은 일행은 귀신에 홀린 사람처럼 사내의 모습을 지켜보았다. 30여 미터에 이르는 거리를 단 한 번의 도약으로 뛰어넘은 정체불명의 사내는 산 밑을 막고 있는 적들에게 다가가 다시 검을 찔러 갔다.

이번에는 수백 개에 달하는 작은 검광들이 별무리처럼 일어나 적들의 요혈을 집요하게 파고들었다. 적들은 도망치기 위해 몸을 날렸지만 검광이 만들어 낸 바다는 깊고 넓었다.

그들이 헤엄쳐서 도망치기에는 무리였던 것이다.

"으아악!"

마지막 적이 지른 비명이 끝나기 무섭게 죽음과 같은 정적이 찾아왔다. 그저 방금 전에 벼락에 맞아 불이 붙은 나무가 탁탁 소리를 내며 타들어 가는 소리만이 들려올 뿐이었다.

세 초식으로 적 수십 명을 죽인 정체불명의 사내가 검을 놓는 순간, 검이 마치 기다렸다는 듯 검집으로 빨려들어 갔다.

"흐음."

자신이 만들어 낸 참상을 보며 짧은 한숨을 쉰 사내가 천천히 돌아섰다. 그 순간, 김은은 참지 못하고 눈물을 흘렸다.

미치도록 보고 싶었던 우건이 그 앞에 서 있었던 것이다.

"주공!"

김은이 가장 먼저 달려가 우건 앞에 무릎을 꿇었다.

"전 주공께서 살아 계실 줄 알았습니다!"

뒤이어 김철, 남영준, 임재민 등이 달려와 같이 무릎을 꿇었다.

우건은 근처에 수연이나, 원공후가 없는 것을 보고 급히 물었다.

"사매와 쾌영문주의 소식은?"

김은이 눈물을 닦으며 고개를 저었다.

"두 달 전 쯤, 참선당의 추격을 피하기 위해 대전에서 헤어진 후에는 연락이 끊겼습니다. 가능한 모든 수단을 동원해 연락해 보려 했지만, 참선당에게 추격당할 수 있어 일부러 연락을 끊은 것 같습니다. 주공께는 정말 면목이 없습니다."

"자네가 면목 없을 일이 아니네. 모두 내 불찰이야."

김은이 다시 고개를 저었다.

"그런 말씀하지 마십시오. 주공께서 참선당의 추격을 막아 주시지 않았으면, 저희들은 이미 이 세상 사람이 아니었을 겁니다."

우건은 김은 등과 함께 산기슭에 흩어져 있는 시체부터 없앴다. 그리곤 김은 일행에 있는 부상자를 치료했다. 우건이 가져온 주령과와 성형하수오 등을 이용했기에 차도가 빨랐다.

부상자를 다 치료한 후에는 팔공산 정상으로 올라갔다.

우건은 방금 전에 한 가지 실수를 저질렀다.

아니, 실수라기보다는 새로운 무공에 적응하지 못한 결과였다.

우건은 태을선거에서 배운 태을음양진천뢰로 먼저 일격을 가했다. 그리고 그 다음에는 천지조화검법의 성하만상 초식으로 남은 적을 없앴다. 한데 두 가지 무공의 위력이 그의 예상을 훨씬 뛰어넘는 탓에 인질을 만드는 데 실패한 것이다.

김동이 다른 일행의 행방을 알아내지 못한다면 방법은 결국 하나였다. 적을 붙잡아 정보를 알아내는 방법밖에 없었다.

김은 일행을 추격하던 적에게서 소식이 끊기는 순간, 참선당은 더 많은 고수를 보내 김은 일행을 척살하려 들 게 분명했다.

우건은 팔공산 정상에 가부좌를 한 채 적이 오기를 기다렸다.

다행히 오래 기다릴 필요가 없었다.

참선당이 한국에 얼마나 많은 무인을 파견했는지, 그리고 어느 정도로 조직을 갖춰놨는지는 정확히 모르겠지만, 상당한 수준에 이른 듯 100명이 넘는 적이 팔공산에 나타났다.

우건은 태을선검을 뽑아 그를 향해 다가오는 적들에게 찔러 갔다. 성하만상과 오검관월, 유성추월 등이 연달아 펼쳐졌다.

투명한 검광 수십 개가 물결치듯 사방으로 뻗어 나가는 순간, 적들이 비명을 지르며 쓰러졌다. 천지조화검법에 태을선검이 더해져 만들어 내는 위력은 우건조차 놀랄 지경이었다.

이번엔 전과 달리 손속에 사정을 두었기에 상당한 숫자의 적을 생포할 수 있었다. 우건은 그중 간부를 불러 취조했다.

간부 중 우리말을 할 줄 아는 자에게 먼저 물었다.

"다른 사람들은 지금 누굴 쫓고 있소?"

간부는 말할 생각이 없다는 듯 입을 꾹 다물었다.

우건은 평소에 비정하다는 말을 자주 듣는 편이었다.

한데 지금은 더더욱 남의 사정 봐 가며 취조할 생각이 없었다.

우건은 바로 간부의 팔을 잡아 천사대를 펼쳤다.

그 순간, 간부의 팔이 빨래를 쥐어짤 때처럼 양쪽으로 비틀렸다. 분근착골보다 몇 배는 강한 고통이 간부를 강타했다.

더구나 기절을 할 수 없었기에 고스란히 고통을 겪어야 했다.

간부는 결국 고통에 못 이겨 입을 열었다.

"다, 다른 팀은 제, 제주에서 다른 놈들, 아니 다른 사람

들을 추적 중에 있습니다. 제, 제 휴대전화에 여, 연락처가
있……."

우건은 더 들을 필요가 없다는 듯 간부의 주머니에서 휴
대전화를 꺼냈다. 그리고는 김동에게 연락해 간부의 휴대
전화로 전화를 건 자들 중 제주에 있는 자들을 추적하게 하
였다.

팔공산의 적을 정리한 우건 일행은 곧장 대구공항으로
향했다.

공군이 쓰는 대구공항에는 공군 수송기 두 대가 엔진에
시동을 건 채 출발 준비를 마친 상태였다. 물론 민간인인
그들이 군용기를 이용할 수 있는 것은 대통령의 조치 덕분
이었다.

우건은 수송기에 오르기 직전, 김은을 불러 지시했다.

"자네들은 서울로 가게. 공항에 가면 경호실 사람이 나
와 있을 거네. 그들과 함께 청와대에 가서 대통령을 지켜
주게."

김은이 급히 물었다.

"주공께선 제주로 가실 겁니까?"

"그래야겠지."

"저희들도 데려가 주십시오. 저흰 아직 더 싸울 수 있습
니다."

김철, 임재민, 남영준 역시 김은과 같은 생각인 듯 데려가

달라 청했다. 다만 윤세광만이 이해가 안 간다는 얼굴로 쳐다볼 따름이었다. 윤세광 입장에서는 만신창이 몸으로 우건을 따라가려는 김은 등을 이해하기가 쉽지 않은 것이다.

우건은 고개를 저었다.

"청와대에 가서 기다리게. 필요한 일이 생기면 바로 부르겠네."

김은 등은 그제야 마지못해 고개를 끄덕였다.

"그 약속 꼭 지키셔야 합니다."

김은 일행이 공군 수송기에 탑승해 서울로 떠나는 모습을 확인한 우건은 남은 수송기에 탑승해 제주공항으로 출발했다.

10장. 귀거(歸居)

우건은 제주공항이 얼마 남지 않은 시점에서 김동의 전화를 받았다. 참선당 간부가 넘겨준 휴대전화를 조사해 참선당 추적조가 서귀포에서 활동 중이란 점을 알아냈던 전화였다.

제주공항에 도착한 우건은 바로 서귀포를 찾았다. 그리고는 김동이 전화로 알려 준 지점으로 이동해 기파를 퍼트렸다. 전에는 기파로 수색 가능한 범위가 3, 40미터에 불과했지만 지금은 내력이 상승한 덕에 100미터로 늘어나 있었다.

우건은 빠르게 움직이며 기파에 무인이 걸려들기를 기다렸다.

그렇게 10여 분을 움직였을 때였다.

마침내 되돌아온 기파가 전방 50여 미터 앞에 무인이 있다는 정보를 알려 주었다. 우건은 지체 없이 그쪽으로 날아갔다.

상대가 우건을 파악할 수 있는 거리에 이르렀을 때, 재빨리 일월보를 펼쳐 신형을 감춘 우건은 천천히 접근을 시도했다.

렌터카 옆에 10여 명의 무인이 모여 대화를 나누는 중이었다.

무인들은 중국말로 대화를 나누는 중이었는데 구룡문과 북쪽, 본문 세 단어 외에는 알아듣기가 힘들었다. 중세 한국어와 현대 한국어가 다르듯 중국말 역시 변화가 커서 다 알아듣기는 무리였다. 같은 시대를 살았던 오온이나 백무성, 타가생이 하는 중국말은 알아들을 수 있었지만, 지금 중국인들이 쓰는 현대 중국어는 알아듣기가 쉽지 않은 것이다.

그러나 우건은 걱정하지 않았다.

구룡문, 북쪽, 그리고 본문 세 단어로 상황을 유추할 수 있었다.

참선당이 쫓는 자들이 북쪽에 있는 구룡문 본문에 숨어 있다는 뜻이었다. 대화를 마친 무인들은 렌터카에 탑승해 북쪽으로 이동했다. 우건은 즉시 무형검을 펼쳐 몸을 감추었다.

일월보는 다른 무공을 쓰는 순간 은신술이 풀리지만, 무형검은 달랐다. 무형검을 펼친 상태에서 신법을 펼쳐도 은신술이 풀리지 않아 무인들은 우건이 그들의 뒤를 밟는단 사실을 전혀 눈치 채지 못했다. 그렇게 10여 분을 달렸을 때였다.

렌터카를 세운 무인들이 차에서 내려 앞에 있는 음식점으로 들어갔다. 구룡문이 그들의 본문을 절이나 빌딩에 숨긴 게 아니라, 사람들이 의심하지 않는 음식점에 숨긴 것이다. 제주는 관광도시였기에 본문을 은폐하기 좋은 방법이었다.

우건은 무형검으로 은신한 상태에서 음식점 안으로 들어갔다.

단체 관광객이나 수학여행을 온 학생들을 대상으로 하는 음식점인 듯 수백여 평의 공간에 탁자와 의자들이 가득했다.

우건은 고개를 돌려 창문 쪽을 보았다.

창문에 내부 수리중이라는 팻말이 걸려 있었다.

우건은 귀혼청을 펼쳤다.

무기 부딪치는 소리와 고함치는 소리가 은은하게 들려왔다.

이미 싸움이 벌어졌다는 뜻이었다.

우건은 음식점 후문으로 나와 뒷마당을 둘러보았다. 장독대 100여 개가 줄을 맞춰 서 있을 뿐, 사람은 보이지 않았다.

우건은 다시 음식점 안으로 들어가 귀혼청을 펼쳤다.

소리는 음식점 밖이 아니라, 음식점 식당 지하에서 들려왔다.

우건은 소리가 들려온 방향으로 몸을 날렸다.

지하로 내려가는 통로의 입구가 활짝 열려 있었다.

우건은 지체 없이 열려 있는 입구로 몸을 날렸다.

음식점 지하에는 수백 명이 살 수 있는 지하세계가 있었다.

그리고 그 지하세계의 중추에 해당하는 대형 광장에서 양측의 무인들이 무기를 맞댄 채 치열한 싸움을 벌이는 중이었다.

우건은 그중 좌측의 무인들을 먼저 살펴보았다.

광장 좌측에는 무령신녀 천혜옥, 중암거산 장대철, 채월랑 명주희 등 눈에 익은 천혜옥 일파 30여 명이 자리해 있었다. 그리고 광장 우측에는 얼굴에 곰보 자국이 가득한 중년 사내를 중심으로 50여 명에 이르는 참선당 무인들이 서 있었다.

우건은 고개를 끄덕였다.

천혜옥 일파가 이곳을 피신장소로 선택한 이유를 알 것 같았다.

천혜옥은 검귀 소우, 패천도 강익과 함께 구룡문을 세운 세 명의 창립자 중 한 명이었다. 한데 소우와 강익 두 명이 강원도 스키장에서 죽는 바람에 천혜옥 혼자만 남은 것이다.

소우와 강익이 살아 있을 때는 천혜옥을 따르는 세력이 가장 약했지만, 소우와 강익이 부하들과 함께 돌아올 수 없는 강을 건넌 다음에는 그녀의 일파가 구룡문에서 가장 큰 세력으로 떠올랐을 것이다. 그 다음 역시 쉽게 유추할 수 있었다.

천혜옥은 바로 제주에 내려와 소우와 강익의 잔당에게서 구룡문 본문을 탈환했을 것이다. 그리고 앞으로 닥쳐올 참선당과의 대결에서 승리하기 위해 무공을 갈고닦았을 것이다.

그러나 예상은 맞는 경우보다 빗나가는 경우가 많은 법이었다.

지금이 딱 그러했다.

참선당 무인들을 이끄는 곰보 자국 사내는 보통 고수가 아니었다. 평범한 무공을 익힌 고수라면 천혜옥 일파에게 약간이라도 승산이 있을지 모르지만 곰보 자국 사내는 평범한 무공을 익힌 고수가 아니었다. 독공을 익힌 독의 고수였다.

우건은 곰보 자국 사내를 한 차례 본 적이 있었다.

중원에서 비무행을 했을 때, 비무의 증인 자격으로 참석한 자들 중 하나였는데 바로 혈독왕(血毒王) 광윤(光尹)이었다.

무인들은 대부분 허세가 있어 자기 별호에 신(神)이나 왕(王), 군(君)과 같은 글자를 넣는 것을 아주 즐기는 편이었다.

그러나 다른 사람이 어떤 고수의 별호에 신이나 왕, 군과 같은 글자를 넣어 부르는 행위는 그 의미가 180도 달라졌다.

이는 그들의 실력이 진짜란 뜻이었다.

혈독왕 광윤은 그중 후자에 속했다.

즉, 그가 독으로는 천하에서 세 손가락에 안에 드는 고수란 의미였다. 광윤이 독공을 펼칠 때마다 지독한 악취와 함께 시커먼 돌개바람이 구름처럼 일어나 천혜옥 일파를 덮쳐 갔다.

천혜옥, 장대철, 명주희와 같은 고수들이 앞에서 내력으로 독기(毒氣)를 밀어내곤 있었지만 힘에 부쳐 하는 게 보였다.

내력이 가장 떨어지는 명주희는 이미 한계인 듯 얼굴이 파랗게 질려 있었다. 많이 버텨 봐야 앞으로 몇 분이 고작일 듯했다.

우건은 광윤부터 없애야겠다는 생각이 들었다.

무형검으로 은신한 우건은 광윤을 향해 곧장 몸을 날려 갔다.

광윤 주위에는 독기로 만든 시커먼 돌개바람이 휘돌고 있었지만 우건에게 전혀 타격을 주지 못했다. 지금의 우건을 독으로 죽이려면 독공의 끝이라는 천독(天毒) 정도는 있어야 했다.

돌개바람을 가볍게 가른 우건은 태을선검을 앞으로 쭉 뻗었다.

그 순간, 태을선검이 광윤의 목을 자르며 지나갔다.

혈독왕 광윤의 최후라고는 믿기 힘들 만큼 허무한 죽음이었다.

광윤을 죽인 우건은 몸을 드러내며 태을음양진천뢰를 펼쳤다.

콰콰쾅!

태을음양진천뢰가 만들어 낸 수십 개의 벼락이 광장을 가득 채운 독기를 순식간에 태워 버렸다. 이 세상에 벼락보다 강한 양기가 없었기에 독 따위는 그 앞에서 무용지물이었다.

물론 벼락은 단순히 독기만 태우는 데서 그치지 않았다.

독의 보호를 받고 있던 참선당 무인들 역시 벼락의 희생양으로 전락했고, 독기가 걷혔을 때는 이미 반 이상 쓰러져 있었다.

우건은 남은 무인들을 처리하기 위해 천지조화검법을 펼쳤다.

유성추월, 일검단해, 조옹조락, 선인지광이 연달아 펼쳐졌다.

광장 전체에 검광이 물처럼 넘실거린다 싶은 순간, 적들이 비명을 지르며 나자빠졌다. 극에 이른 천지조화검법 앞에선 미물에 불과할 뿐이라는 듯 눈 깜짝할 사이에 끝나 버렸다.

등장과 동시에 천혜옥 일파를 공격하던 참선당 무인들을 무참히 도륙한 우건은 곧장 천혜옥에게 몸을 날렸다. 천혜옥은 믿을 수 없다는 눈으로 우건을 쳐다보며 멍하니 서 있었다.

우건이 방금 보인 신위에 놀란 건지, 아니면 우건이 살아 돌아왔다는 점에 놀란 건지 쉽게 판단하기 어려운 반응이었다.

우건은 급히 물었다.

"쾌영문주의 소식은 들었소?"

"스키장에서 헤어진 후에는 듣지 못했어요."

우건은 팔공산에서의 실수를 반복하지 않기 위해 참선당 무인 몇 명을 살려 두었다. 바로 천사대를 이용해 그들을 취조했다. 그러나 참선당 안에서 지위가 낮은 듯 아는 게 없었다. 천사대를 이용했기에 거짓으로 대답한 건 아니었다.

우건은 잠시 고민하다가 무형검에 목이 잘려 죽은 광윤의 시신을 뒤졌다. 곧 시신의 주머니에서 휴대전화를 찾아냈다.

광윤은 중원무림에 있던 자이지만, 현대문명의 이기(利器)에 거부감이 없었던 듯 통화목록에 꽤 많은 번호가 있었다.

우건은 바로 통화목록을 김동에게 전해 번호를 추적케 했다.

잠시 후, 김동이 전화해 조사한 내용을 보고했다.

-광윤이란 자와 자주 통화한 상대의 위치를 막 확인했습니다.

"어딘가?"

-그게…….

김동의 망설이는 듯한 목소리에 우건은 심장이 덜컥 내려앉았다. 김동이 말하길 망설이는 이유는 그 위치가 의외이거나, 아님 우건에게 의미가 아주 깊은 장소일 가능성이 높았다.

우건은 부동심을 끌어올리며 물었다.

"어딘가? 그곳이."

-설악산입니다.

"으음……."

설악산은 의외의 장소였다.

그리고 우건에겐 아주 의미가 깊은 장소였다.

아니, 우건만이 아니었다.

한엽 역시 설악산은 의미가 깊은 장소였다.

그와 한엽은 설악산에서 거의 20년 가까이 동고동락했었다.

한엽이 배신했다곤 하지만 의미까지 사라지진 않았을 것이다.

우건은 제주공항으로 달려갔다.

천혜옥 등이 도와주겠다며 나섰지만 우건은 정중히 거절했다.

다른 사람을 끌어들이는 건 스키장 사건 하나면 충분했다. 더욱이 이번 일은 다른 사람이 관여할 성질의 것이 아니었다.

이는 태을문을 끝까지 지킨 자와 끝내 배신한 자의 싸움이었다. 외인이 사문의 일에 간섭하도록 내버려 둘 수 없었다.

제주공항에 도착한 우건은 대통령의 특별한 배려 덕분에 대기하던 군 수송기에 탑승해 바로 강릉비행장으로 향했다.

강릉비행장에 도착해서는 지체 없이 설악산으로 향했다.

한엽이 정말 설악산에 있다면 태을문 본문이 있던 곳에 있을 터였다. 우건은 주변을 수색하지 않고 바로 본문을 찾았다.

천선자가 생전에 기거하던 비동이 얼마 남지 않았을 때였다.

귀혼청을 펼친 우건의 귀에 희미한 울음소리가 들려왔다. 우건은 혹시 몰라 울음소리가 들린 곳으로 곧장 몸을 날렸다.

울음소리는 수림이 울창한 계곡 안에서 들려왔다.

우건은 주변을 경계하며 계속 나아갔다.

곧 울음소리가 흘러나오는 작은 동굴을 하나 발견할 수 있었다.

우건은 동굴을 바로 수색하지 않았다.

귀계에 밝은 한엽이 함정을 설치해 두었을 가능성이 있었다.

울음소리는 여자의 것이 분명했다.

처음에는 흐느끼다가 나중에는 오열로 변했다.

우건은 귀혼청에 내력을 더 집중했다.

곧 여인이 오열하는 소리 속에 나이 든 남자의 나지막한 신음이 섞여 있다는 사실을 알아냈다. 그 순간, 우건은 흠칫했다.

남자의 음성이 귀에 익숙했던 것이다.

우건은 서둘러 동굴 안으로 들어갔다.

곰이 월동하는데 썼을 법한 좁은 굴 안에 남녀 두 명이 있었다. 남자는 누워 있었고 여자는 옆에 앉아 있었는데, 선령안을 펼치는 순간 남자와 여자의 얼굴이 또렷하게 드러났다.

누워 있는 남자는 바로 원공후였다.

그리고 원공후 옆에서 오열하는 여자는 정미경이었다.

우건은 급히 원공후에게 다가가며 정미경에게 물었다.

"어떻게 된 겁니까?"

정미경은 처음에 우건이 적인 줄 안 듯 얼른 원공후를 보호했다. 그러나 우건의 목소리를 들은 후에는 기절할 것처럼 놀랐다. 우건이 나타날 줄 전혀 예상하지 못했던 것이다.

"주, 주공?"

"수간호사님은 절 주공으로 부르실 필요 없습니다. 주종은 쾌영문주와 저와의 계약일 뿐, 수간호사님과는 상관없습니다."

정신을 차린 정미경은 그간 있었던 일을 재빨리 털어놓았다.

우건은 이미 의식이 흐릿한 원공후의 상태가 더 나빠지지 않도록 신경 쓰며 정미경이 털어놓는 그간의 사정을 들었다.

우건의 도움으로 스키장을 빠져나온 원공후 일행은 한엽이 그들의 행적을 추적해 수연의원과 쾌영문의 위치를 알아낼지 모른단 불안감에 빠졌다. 원공후는 즉시 아내 정미경에게 전화를 걸어 사정이 있으니 수연과 함께 동네를 빨리 빠져나오라 말했다. 일이 생겼음을 직감한 정미경은 수연과 함께 동네를 빠져나와 서울 외곽에서 원공후를 기다렸다.

그러나 도착한 건 원공후 일행만이 아니었다.

우건이 선천지기까지 소모해 가며 참선당의 추격을 저지하기는 했지만, 참선당의 숫자가 워낙 많아 전부 막지는 못했다.

저지를 뚫은 참선당 추적자들은 원공후 일행을 추격하여 마침내 원공후 일행과 수연, 정미경이 만나는 장면을 포착하는 데 성공했다. 그 다음부터는 지옥과 같은 날들이 이어졌다.

원공후 일행은 집요하게 쫓아오는 적을 약화시키기 위해 두 패로 갈라졌다. 원공후 일행과 김은 일행 두 패로 나뉘어 적을 분산시키려는 계획이었다. 그러나 적의 목표는 명확했다.

적의 목표는 원공후 일행이었다.

아니, 원공후와 함께 도망치는 수연이었다.

원공후는 수연 등과 함께 전라도 섬 지역으로 도망쳤지만, 참선당이 거기까지 쫓아오는 바람에 다시 북쪽으로 이동했다.

그렇게 정신없이 쫓기다보니 어느새 싸움이 처음 벌어졌던 강원도에 이르러 있었다. 원공후 등이 다음 계획을 의논하려할 때, 참선당은 기다렸다는 듯 대규모 병력을 동원해 그들을 포위해 버렸다. 이젠 더 이상 도망칠 데가 없는 것이다.

그때, 쫓기는 내내 거의 말이 없던 수연이 앞으로 걸어 나왔다.

그리고는 적의 수장으로 보이는 사내에게 제안을 하나 하였다.

순순히 따라갈 테니까 다른 사람들은 풀어 달라는 제안이었다.

원공후는 수연이 우건의 생사를 물어올 때마다 곧 건강한 모습으로 다시 나타날 거라며 어물쩍 넘어가고는 했었다.

수연은 그때부터 우건에게 심상치 않은 일이 생겼단 사실을 눈치 챈 듯했다. 아니, 이미 이 세상 사람이 아닐 거라 생각한 듯했다. 그녀는 삶을 포기한 사람처럼 행동하였다.

먹지를 않았다.

그리고 잠을 자지 않았다.

그저 멍한 눈으로 하늘을 계속 올려다볼 뿐이었다.

수연은 원래 총명한 여인이었다.

참선당이 그들을 쫓는 이유가 그녀 때문임을 어렵지 않게 짐작할 수 있었다. 그녀는 우건처럼 자신을 희생해 다른 사람들을 구하기로 마음먹은 듯 적에게 자신의 안위를 맡겼다.

그녀의 호위를 책임졌던 원공후, 최욱이 그녀의 결심을 돌리기 위해 애썼지만 결국 실패해 수연은 참선당으로 끌려갔다.

참선당은 약속을 지켜 원공후, 최욱, 정미경 세 명을 놓아주었다. 그러나 원공후 등은 수연을 포기하지 않았다. 지금까지 두 차례에 걸쳐 구출을 시도했지만 다 실패로 돌아갔다.

두 번째 구출을 시도할 때는 원공후마저 크게 다쳐 결국 이 동굴 속으로 피신할 수밖에 없었다. 최욱은 수연의 구출을 포기한 채 원공후의 부상을 치료하려 했지만 원공후가 거절했다.

수연을 구하지 못하면 장차 우건을 볼 낯이 없다는 이유였다.

얘기를 마친 정미경이 간절한 눈으로 물었다.

"남편은 괜찮을까요?"

우건은 고개를 끄덕였다.

"내, 외상이 모두 심하긴 하지만 제게 치료할 방도가 있습니다. 이제 수간호사님께서는 걱정하실 일이 없으실 겁니다."

정미경을 안심시킨 우건은 태을문 비전인 유곡기혈교정술로 원공후의 내상부터 치료했다. 원공후의 수준에 이른 고수들은 외상보다 내상이 중요했다. 유곡기혈교정술을 마친 다음에는 메고 있던 가방에서 주령과를 몇 개 꺼내 건넸다.

정미경이 얼떨결에 손을 뻗어 주령과를 받으며 물었다.

"이게 웬 과일이에요?"

"그동안 쾌영문주를 간병하느라 식사를 못하셔서 시장하실 겁니다. 이걸 드시고 시장기를 푸십시오. 아마 하나만 먹어도 배가 꽤 부를 거라 생각합니다. 그리고 다 드신 후에는 과일을 조금씩 씹어서 쾌영문주의 입에 넣어 주십시오. 의식이 돌아오고 있으니까 입에 넣어 주면 알아서 먹을 겁니다."

정미경이 놀라 물었다.

"이 과일을 먹으면 남편이 나을까요?"

"내일 아침엔 자기 힘으로 일어나 운기요상할 수 있을 겁니다."

정미경은 다시 눈물을 쏟으며 연신 머리를 숙였다.

"고맙습니다, 고맙습니다. 이 은혜는 절대로 잊지 않겠습니다."

"쾌영문주는 남이 아니니까 그렇게 말씀하실 필요 없습니다."

우건은 참선당 무인들이 원공후 부부가 머무르는 굴속으로 들어오지 못하게 입구에 진법을 펼쳤다. 안에서는 밖으로 나갈 수 있지만 밖에서는 안으로 들어올 수 없는 진법이었다.

정미경이 굴을 나가려는 우건을 급히 붙잡으며 물었다.

"오 선생을 구하러 가시는 건가요?"

"그렇습니다."

정미경이 간절한 얼굴로 당부했다.

"두 사람 다 무사히 돌아오셔야 해요. 꼭요."

우건은 담담한 표정으로 대답했다.

"꼭 그렇게 하겠습니다."

대답한 우건은 굴을 나와 최욱이 갔다는 북서쪽 능선으로 향했다. 북서쪽 능선엔 우건의 동부가 있는 비신암이 있었다.

최욱이 왜 비신암 방향으로 갔는지는 모르겠지만 최욱이 한엽에게 당하기 전에 구해 내는 게 급선무라 좀 더 서둘렀다.

한데 무언가 이상했다.

참선당 무인들이 득실거릴 거라 생각했던 예상과 달리 비신암 근처는 쥐 죽은 듯이 고요했다. 나뭇가지에 쌓인 잔설(殘雪)이 무게를 이기지 못하고 떨어지는 소리만 들려왔다.

우건이 비신암에 도착했을 땐 이미 해가 떠오르는 중이었다.

우건은 동쪽 하늘을 태울 듯이 붉게 물들인 해를 바라보다가 비신암 절벽으로 걸음을 옮겼다. 비신암 절벽은 그에게 좋은 추억이 많은 장소였다. 비신암 절벽 위에서 태을혼원심공을 대성했었다. 그리고 가끔 사매와 즐거운 시간을 보내기도 했었다. 그러나 지금은 고통스러운 장소로 변했다.

천선자가 남긴 책에 따르면 우건이 죽었을 거라 생각한 사매가 한엽의 협박에 못 이겨 몸을 던진 장소가 바로 이 비신암이었던 것이다. 우건은 비신암 바로 앞에서 걸음을 멈췄다.

그가 보고 있는 광경을 믿을 수 없었던 것이다.

비신암 절벽 끝에 남녀 두 명이 서 있었다.

남자는 한엽이었고 여자는 수연이었다.

우건의 시선은 수연에게 먼저 향했다.

수연은 멍한 시선으로 우건을 바라보는 중이었다. 살아 돌아온 우건을 보고 기뻐할 법한데 그런 감정이 전혀 드러나지 않았다. 마치 처음 보는 사람을 보는 것 같은 눈빛이었다.

우건은 마음이 찢어질 듯 아팠지만 냉정을 잃진 않았다.

일단, 수연이 살아 있다는 사실 그 자체가 중요했다. 살아만 있다면 어떻게 해서든 정상으로 돌아오게 할 자신이 있었다.

우건의 시선이 수연 옆에 서 있는 한엽에게 향했다.

한엽은 강원도 스키장에서처럼 노을을 등진 상태로 서 있었다.

그때는 지는 해였고 지금은 떠오르는 해란 게 다른 뿐이었다.

우건은 한엽에게 물었다.

"그녀를 어떻게 한 겁니까?"

한엽은 우건을 힐끔 보았다.

그리곤 손을 뻗어 수연의 어깨를 잡아 자기 쪽으로 당겼다.

그때였다.

무심하던 수연의 눈에 감정이 처음으로 떠올랐다.

그건 애정이었다.

남녀관계에 무심한 우건조차 쉽게 알아볼 수 있는 감정이었다.

수연은 사랑하는 애인을 바라보듯 한엽을 올려다보았다.

한엽이 씽긋 웃으며 우건에게 말했다.

"뭘 어떻게 하긴. 보다시피 그녀는 그저 사랑에 빠졌을 뿐이야."

"그녀에게 섭혼술(攝魂術)을 건 겁니까?"

한엽이 껄껄 웃었다.

"넌 여자를 얻기 위해 섭혼술 같은 잡술을 사용하는 모양이지만 난 아니다. 난 내 힘으로, 그리고 내 실력으로 쟁취했다."

우건은 한엽의 말을 믿지 않았다.

섭혼술이 아니라면 수연이 한엽을 사랑할 리 없었다.

그와 그녀는 장장 4백년에 걸쳐 서로를 찾아다닌 연인이었다.

그런 그녀가 한엽을 사랑할 리 만무했다.

그때였다.

한엽이 하얀 이를 드러내며 히죽 웃었다.

"한데 말이야. 사람의 감정이란 게 아주 요상하기 짝이 없더군. 내가 갖지 못할 때는 천하를 부숴서라도 갖고 싶은 게 여자인데, 정작 내 손에 들어왔을 때는 쉽게 질리더라고."

우건은 무너지려는 마음을 억지로 다잡으며 물었다.

"무슨 말입니까?"

한엽이 혀를 차며 대답했다.

"허허, 그새 많이 무뎌졌군. 예전이라면 한 번에 알아들었을 텐데 말이야. 뭐, 아직 시간은 많으니까 내친김에 다시 한 번 말해 주지. 난 그녀가 질렸어. 그녀의 몸뚱이도, 마음도."

수연은 그 말에 큰 충격을 받았다는 듯 몸을 부르르 떨었다.

마치 사랑하는 사람에게 배신당한 여자의 모습처럼 보였다.

우건은 오히려 그런 수연을 보며 충격을 받았다.

한엽의 말대로 수연은 섭혼술에 걸린 게 아니었다.

우건 정도면 심령이 제압당한 건지, 아닌지 금세 알 수 있었다.

그저 섭혼술에 제압당한 거라 생각하며 애써 위안을 찾으려 했을 뿐이었다. 우건은 혼란스러웠다. 냉정함을 유지하게 해 주던 부동심조차 지금 상황에서는 별 도움을 주지 못했다.

우건은 비틀거리며 한발 물러섰다.

"사, 사매? 그자의 말이 사실이었던 거야? 정말 그런 거야?"

한엽은 다시 혀를 찼다.

"고작 그 정도에 부동심이 깨지다니 다시 살아난 게 아깝군."

말을 마친 한엽은 다시 고개를 돌려 수연을 보았다.

"원하던 여자는 얻었으니까 이제는 다른 것을 얻으러 가야겠어."

수연은 그게 뭐냐 묻는 것 같은 눈빛으로 한엽을 쳐다보았다.

그때였다.

한엽이 수연의 어깨를 잡아 절벽 쪽으로 돌려세웠다.

그리고는 우건을 바라보며 말했다.

"지금부턴 50년 동안 별러 온 복수를 해야겠어. 하지만 그냥 하는 복수는 별로 재미가 없을 거야. 그리고 상대의 사기가 극도로 떨어진 지금 상태에선 더더욱 재미가 없을 거야. 재미있는 복수를 위해선 상대가 가진 모든 실력을 끌어낼 필요가 있는데, 넌 그러기 위한 수단이야. 먼저 가서 기다려."

말을 마친 한엽이 우건을 보며 눈을 찡긋했다.

그리고는 수연을 절벽 끝에서 던져 버렸다. 절벽으로 떠밀린 수연은 믿을 수 없다는 눈으로 한엽을 멍하니 쳐다보았다.

우건은 모든 상황이 마치 영화 속의 느린 그림을 보는 듯했다.

우건이 절벽 쪽으로 몸을 날렸을 땐 이미 수연이 작은 점으로 변해 있었다. 곧 설악산 산허리를 휘감은 짙은 아침

안개가 수연의 몸을 휘감아 그의 시야에서 사라지게 만들었다.

한엽이 우건을 보며 물었다.

"이제 제대로 할 마음이 생겼나?"

"물론."

분노한 우건은 태을선검을 뽑아 곧장 찔러 갔다.

한엽은 섬영보로 가볍게 피하며 천뢰조로 반격해 왔다.

콰콰콰쾅!

사방에 벼락이 내려치며 엄청난 기의 폭풍이 몰아쳤다.

절벽 한 모퉁이가 폭풍에 휩쓸려 그대로 떨어져 나갔다.

두 사람은 공중으로 몸을 솟구치며 계속 싸웠다.

한엽은 천뢰조와 무영십팔수, 태을진천뢰를 연달아 펼쳤다. 우건은 천지조화검법과 태을음양진천뢰를 양손으로 펼쳤다.

콰콰콰쾅!

태을음양진천뢰가 만들어 낸 벼락을 뒤집어쓴 한엽은 이형환위를 여덟 번 연속으로 펼친 후에야 간신히 피할 수 있었다.

한엽이 조금 놀란 듯한 얼굴로 물었다.

"이건 대체 무슨 수법이냐?"

"태을음양진천뢰."

대답한 우건은 지체 없이 무형검을 펼쳤다.

태을선검부터 마치 투명한 막을 씌운 것처럼 형체가 사라지기 시작하더니, 어느 순간 우건의 모습 전체가 사라져 버렸다. 그 모습을 본 한엽은 코웃음 쳤다. 선령안을 익힌 자신의 앞에서 통할 리 없는 은신술을 펼쳤다고 여긴 것이다.

그러나 코웃음이 경악으로 바뀌는 데는 오랜 시간이 걸리지 않았다. 무형검은 선령안으로 꿰뚫어 볼 수 없었다. 더욱이 우건은 무형검을 펼친 상태에서 천지조화검법을 펼쳐 갔다.

사방에서 검기와 검강이 비처럼 쏟아져 내렸다.

한엽은 극상승의 신법으로 우건의 공격을 계속 피했지만, 우건이 어디서 공격해 오는지 알 수 없어 점점 초조해져 갔다.

공격이 처음 시작된 지점을 덮쳐 갔을 때는 이미 다른 곳으로 이동한 우건이 한엽의 빈틈에 날카로운 기습을 가했다.

그러나 한엽은 초조해 했을 뿐, 절망하지는 않았다.

한엽은 갑자기 두 팔을 번쩍 들어 천뢰조를 펼쳤다.

그 순간, 수백 개에 달하는 벼락이 비신암 전체에 작렬했다.

콰콰콰콰쾅!

벼락이 떨어지는 곳마다 그 충격파가 사방으로 퍼져 피할 방도가 없었다. 지금은 호신강기를 펼쳐 막아야 할 때였다.

우건은 급히 무형검을 푼 상태에서 호신강기를 끌어올렸다.

"거기 있었구나!"

우건이 무형검을 풀길 기다렸다는 듯 한엽이 득달같이 달려들었다. 한엽이 절기를 쏟아낼 때마다 기의 폭풍이 몰아쳤다.

비신암 정상은 한엽이 쏟아 낸 기의 폭풍에 거의 초토화되었다.

우건은 그가 익힌 가장 강한 무공인 천지조화검법과 태을음양진천뢰를 번갈아 펼쳐 한엽을 상대했지만 역부족이었다.

한엽은 그보다 30년 먼저 이 땅에 도착해 수련을 거듭했다.

우건이 선거에서 태을조사가 남긴 유진을 얻었다고는 하지만, 세월의 간극을 메우기에는 부족한 감이 있었던 것이다.

우건은 결국 태을선검을 녹이기로 마음먹었다.

내력을 전부 동원해 태을선검을 녹이는 순간, 오금의 정화와 태을조사가 남긴 비검이 분리되었다. 우건은 태을조사가 남긴 비검을 손으로 잡아 갔다. 처음에는 이가 시릴 만큼 차가웠지만 시간이 지날수록 용암에 손을 집어넣은 것처럼 뜨거워졌다. 우건은 고통을 참으며 비검을 흡수해 갔다.

마침내 비검을 다 흡수했을 때, 한엽이 다시 천뢰조를 펼쳤다.

콰콰콰쾅!

벼락 수백 개가 우건을 향해 떨어졌다.

우건은 벼락을 향해 날아가며 손을 앞으로 뻗었다.

그 순간, 태을조사의 비검이 장심에서 튀어나와 한엽이 쏟아 낸 천뢰조를 분쇄하기 시작했다. 그리고 다 분쇄한 후에는 한엽에게 곧장 날아갔다. 한엽은 그가 아는 모든 절기를 쏟아 낸 비검을 막으려 했지만 비검은 달리 비검이 아니었다.

섬광이 한 차례 번쩍하는 순간.

"으아악!"

비명소리와 함께 잘려진 한엽의 머리가 밑으로 떨어졌다.

마침내 한엽을 없앤 우건은 초토화된 비신암을 둘러보았다.

그리고는 비신암 절벽 끝으로 천천히 걸어갔다.

이 세상에 수연이 없단 생각을 하는 순간, 가슴이 찢어질 듯 아팠다. 현생에서는 이제 더 이상 그녀를 만날 수 없었다.

우건은 동이 튼 하늘을 올려다보다가 절벽 끝으로 발을 내딛었다. 그녀를 다시 만나기 위해서는 이 방법밖에 없었다.

우건이 절벽 밑으로 몸을 던지려는 순간.

"주공!"

뒤에서 익숙한 목소리가 들려왔다.

발을 거둔 우건이 고개를 돌렸을 때였다.

그를 부른 최욱이 먼저 보였다.

뒤이어 최욱 옆에 서 있는 여인이 보였다.

우건은 눈을 부릅떴다.

여인은 바로 수연이었다.

한엽에게 죽은 줄 알았던 수연이 멀쩡히 살아 있었던 것이다.

우건과 수연은 누가 먼저랄 거 없이 서로를 향해 달려갔다.

❖ ❖ ❖

한엽이 마지막에 무슨 생각을 했는지는 아무도 몰랐다.

그러나 한엽이 절벽 끝에서 민 여자는 수연이 아니라, 수연의 얼굴로 성형을 한 천면화사(天面華蛇) 옥지민(玉智敏)이었다. 이곽연합이 특무대를 장악했을 때, 특무대 1팀 부팀장이었던 옥지민은 황도진처럼 참선당이 특무대에 잠입시킨 첩자 중 하나였다. 옥지민은 이곽연합이 청와대를 공격했을 때, 같이 공격했다가 진이연의 손에 패해 도주했었다.

한데 도주한 후에 참선당으로 돌아가 한엽의 정부(情夫)노릇을 한 듯 수연처럼, 아니 설린처럼 얼굴을 성형한 것이다.

옥지민이 우건을 처음 보는 사람처럼 대했던 게 그제야 이해가 갔다. 옥지민은 청와대에서 우건을 본 적이 없었던 것이다.

한엽은 옥지민을 수연으로 속여 우건의 분노를 이끌어 냈다.

옥지민을 수연으로 속인 게 우건의 부동심을 깨트리기 위해서였는지, 아니면 단순히 분노한 우건이 전력을 다하길 원해 그런 건지는 남아 있는 사람들로선 알 수 있는 방법이 없었다.

어쨌든 한엽의 죽음으로 참선당은 무너졌다.

현대무림에 잠시 평화가 찾아온 것이다.

"정말 이런 곳이 있었군요."

수연이 태을선거의 아름다운 풍경에 감탄하며 말했다.

우건은 고개를 끄덕였다.

"조사께서 말년에 기거하신 곳이니까 다른 곳과는 다를 거야."

그때였다.

석부에서 나온 송지운이 지붕 욕조에 있는 두 사람에게
외쳤다.

"사부님, 사모님. 준비 다 끝났습니다."

수연이 부끄러워하며 우건의 품에 얼굴을 묻었다.

"왠지 주모란 말보다 사모님이란 말이 더 쑥스러워요."

"하하, 사모를 사모로 부르는데 그게 어찌 쑥스러울 일
이야."

"그래도요."

우건은 부끄러워하는 수연을 사랑스러운 눈길로 쳐다보
았다.

우건은 설악산에서 수연과 재회한 직후에 그와 그녀의
인연에 대해 솔직히 말했다. 그리고 그녀에게 바로 고백하
였다.

수연은 당연히 고백을 받아들였다.

두 사람은 서울에 돌아와 곧장 혼례식을 올렸다.

두 사람의 혼례식에는 많은 사람들이 참석했다.

쾌영문, 규정문, 그리고 천혜옥이 장문직에 취임한 구룡
문, 심지어는 일본에 있는 대정회까지 축하사절을 보냈다.
또 경호실, 특무대의 호위를 받으며 최민섭 부부가 직접 참
석했다.

당연히 은수 역시 혼례에 참석해 두 사람의 행복을 기원
했다.

혼례를 마친 우건과 수연은 신혼여행으로 태을선거를 찾았다.

수연에게 태을선거를 보여 주기 위해서였지만, 그게 전부는 아니었다. 태을조사는 그들을 이어주기 위해 자신을 희생한 천선자가 환생할 수 있는 방법을 남겼다. 바로 천도인혼제법이었다. 송지운은 방금 전까지 그 준비를 하던 중이었다.

수연이 지붕 밑으로 내려가며 우건에게 물었다.

"쾌영문주님 소식 들었어요?"

"아직 못 들었는데. 무슨 일 있어?"

"수간호사님이 이번에 임신을 한 것 같아요."

"그거 참 경사로군."

"아 참, 그리고 김동 씨와 아영이가 곧 혼례를 올릴 것 같아요."

"어, 둘이 그런 사이였어?"

"아마 둘이 연애한다는 거 사형만 눈치 채지 못했을 거예요."

"어쨌든 잘되었군."

"김동 씨는 아영이와 결혼한 다음에 보안 회사를 차릴 생각인가 봐요. 큰형과 동생이 도와준다니까 걱정은 없을 거예요."

수연이 석부 문을 열며 우건에게 물었다.

"천도인혼제법으로 사부님이 정말 환생하실 수 있는 건가요?"

"조사님께서 말씀하신 거니까 틀림없을 거야."

"환생하신 다음에는요?"

"우리처럼 인연으로 맺어져 있다면 언젠간 다시 만날 수 있겠지."

두 남녀는 웃으며 석부 안으로 들어갔다. 그런 두 사람의 뒤로 그들의 앞날을 축복하듯 어디선가 따스한 바람이 불었다.

〈완 결〉